JENNIFER LYON

Plus One – Nur bei Dir

JENNIFER LYON

Nur bei Dir

Roman

Ins Deutsche übertragen von
Michaela Link

LYX
EGMONT

Die Originalausgabe erschien 2013
in zwei Bänden unter den Titeln *The Proposition* und *The Possession*.

Deutschsprachige Erstausgabe Dezember 2014 bei LYX
verlegt durch EGMONT Verlagsgesellschaften mbH,
Gertrudenstraße 30–36, 50667 Köln

1. Auflage
Redaktion: Birgit Sarrafian
Satz: KCS GmbH, Stelle/Hamburg
Printed in Germany (670421)
ISBN 978-3-8025-9524-0

www.egmont-lyx.de

MIX
Papier
FSC FSC® C083411

Für diejenigen, die nie aufgeben. Kämpft weiter und denkt daran: Wenn das Leben euch eine Zitrone gibt, macht euch Zitronentörtchen daraus.

1

Kat Thayne blendete die Musik und den Lärm der Hochzeitsfeier aus und studierte mit kritischem Blick ihre Kreation. Die extra für diesen Anlass gestaltete Torte erhob sich in fünf imposanten Etagen aus schneeweißer Buttercreme und wurde gekrönt von Lavendelblüten mit Kaskaden von *Swarovski*-Kristallen. Tauben aus weißer Schokolade trugen fliederfarbene Bänder aus gefärbter Zuckerwatte, die sich um die Schichten schlangen. Der Effekt war so dezent wie hinreißend romantisch.

Sie hatte sich vorgenommen, dass die Fotos vom Anschneiden der Torte der abolute Knaller werden sollten, und tauschte einige leicht verwelkte Blüten gegen frische aus.

»Endlich fertig?«

Die ungeduldige Stimme des Fotografen störte sie in ihrer Konzentration. Sie funkelte ihn wütend an. »Sage ich Ihnen, wie Sie Ihre Bilder machen sollen?«

Er antwortete ihr mit einem verärgerten Grunzen, hielt aber den Mund, bis sie ihren Behälter mit den Utensilien geschlossen hatte, den Henkel ergriff und zurücktrat. Dann wurde er plötzlich aktiv und suchte mit der gleichen Akribie nach dem besten Aufnahmewinkel für die Torte, als ob er ein Covermodel für Bademoden vor sich gehabt hätte.

Kat verzieh ihm sofort seine Ungeduld von eben. Wer ihre Zuckerbabys richtig behandelte, dem sah sie fast alles nach.

Sie machte ihm Platz und zog sich in eine der vielen Ecken zurück, die das *La Jolla*, ein schickes kalifornisches Hotel, zu bieten hatte. Von dort aus hatte sie einen guten Blick auf den Ballsaal. Das Motto der Braut, Nacht der Diamanten, war hier mit weißen Rosen und Orchideen, drapiert mit Satinbändern in wunderschönen Kristallvasen, umgesetzt worden. Die Nacht wurde mittels dramatischem lavendelfarbenem Licht aus der Kuppel des Raums dargestellt, an der sternenförmige Kristalle glitzerten.

Eine perfekte Bühne für die Braut in ihrem weißen eng anliegenden Kleid mit von Hand aufgenähten Kristallen. Sie schien sich in der Bewunderung ihrer Gäste zu sonnen.

Kat schauderte. Der Gedanke, dass sie im Mittelpunkt solcher Aufmerksamkeit stehen könnte, verursachte ihr Unbehagen. Sie war in eine Welt des Wohlstands und der Privilegien hineingeboren worden, aber sie passte dort nicht hin und hatte niemals wirklich hingepasst. Das ständige Bestreben, etwas zu sein, was sie nicht war, hatte sie beinah zerstört. Nach einem brutalen Raubüberfall vor sechs Jahren …

Denk nicht daran.

Sie war hier, um ihre Arbeit zu machen, die sie liebte, nicht um alte Erinnerungen noch einmal aufleben zu lassen.

Stattdessen beobachtete sie die Gäste: Sie trugen atemberaubende Abendkleider und Smokings, die mit dem Preis von Kats Auto mithalten konnten. Sie schlenderten umher, redeten und lachten, während sie aus Champagnergläsern *Louis Roederer Cristal* tranken. Die Kleider waren wahre Kunstwerke, und Kat hatte Gefallen daran, die Schnitte zu studieren und sich die Ornamente und Muster einzuprägen, die sie für ihre Torten verwenden konnte.

Kat richtete ihre Aufmerksamkeit auf die Braut, die mit ihren Brautjungfern – den geduldigen Bräutigam im Schlepptau – die Hochzeitstorte in Augenschein nahm. Die übrigen Gäste scharten sich um sie.

Sie hörte das Getuschel. Lob für ihre Arbeit schwebte durch den Raum. Das klang in Kats Ohren so süß und befriedigend wie sonst nichts auf der Welt.

Dann ging mit einem Knistern wie von Elektrizität eine Bewegung durch die Menge.

Köpfe wurden gereckt, und alle schauten an Kat hinter ihrer mit Blumen umhüllten Säule vorbei zum Eingang des Saals.

Selbst die Braut hielt inne, um den Neuankömmling zu mustern.

Kat richtete ihre Aufmerksamkeit auf den Unruhestifter.

In der Tür des Ballsaals stand ein Mann, der mit seinen mindestens eins fünfundneunzig alle anderen im Raum überragte. Er trug einen eleganten tiefschwarzen Smoking und kein Fünkchen Farbe, um das Bild abzumildern. Selbst sein Hemd und seine Krawatte waren schwarz. Er sah aus wie der Tod. Ein sehr sexy, sehr faszinierender Tod.

Es war deutlich zu spüren, dass die übrigen Gäste wie elektrisiert waren. *Und das nur wegen eines Mannes.* Kat war immun gegen diese Art von aufgesetztem Charme, der schnell an Wirkung verlor, weil nichts dahintersteckte. Aber sie war schließlich auch nur ein Mensch und neugierig auf den Mann, der die Reichen und Mächtigen hier im Saal mühelos in seinen Bann schlug. Sie lugte ein wenig hinter der Säule hervor, um nur ja nichts zu verpassen.

Der Neuankömmling ging von seinem dramatischen Verharren in der Tür nahtlos zu einem schwungvollen Schritt über. Für einen so großen Mann bewegte er sich mit überraschender Geschmeidigkeit an den Tischen vorbei. Alle Augen im Raum folgten ihm.

Instinktiv wich sie zurück, um sich in ihrer Nische zu verbergen. Der Behälter mit ihren Utensilien, den sie in der Hand hielt, knallte gegen die Wand. *Mist.*

Der Mann hielt erneut inne und richtete seinen Blick auf sie.

Wie Schokolade mit Wasser vermischt verformte sie sich innerlich zu einem starren Klumpen. Der Blick aus seinen tiefdunklen Augen nahm ihr das vertraute Gefühl, mit dem Hintergrund zu verschmelzen. Stellte sie bloß. Fing sie ein. Sie ließ die unglaubliche Ausstrahlung dieses Mannes auf sich wirken: nachtschwarzes Haar mit einem neckischen Wirbel, braune Augen, wie glühende Kohle, mit leuchtenden bernsteinfarbenen Sprenkeln versehen. Die Kanten seines Gesichtes waren bemerkenswert eckig, selbst sein Kinn war harsch; wie zerklüftete Klippen, von erfahrener Hand gemeißelt. Es juckte sie in den Fingerspitzen, die wilde Schönheit seines Gesichts nachzuzeichnen, sich diese gnadenlosen Linien einzuprägen und sie später in einem ihrer Kuchen nachzubilden.

Das Herz schlug ihr bis zum Hals. Ihre Haut kribbelte, und die Härchen auf ihren Armen stellten sich wie elektrisiert auf.

Verdammt, sie war nicht so immun, wie sie dachte.

Kat riss gewaltsam den Blick von ihm los, entschlossen, sich wieder unter Kontrolle zu bekommen. So hatte sie nicht mehr auf einen Mann reagiert seit … nun …

Seitdem.

Reflexartig krampfte sie die Finger ihrer linken Hand um

den Plastikgriff ihres Utensilienkoffers und riss sich zusammen, um dieser seltsamen Anwandlung, die in ihr aufstieg, Herr zu werden. Sie machte keine Dates. War nicht dazu in der Lage. *Schau nicht hin. Er wird weitergehen. Ich bin nur eine Servicekraft. Schau nicht hin.* Sie konzentrierte sich auf ihre Torte. Ihre Schöpfung. Das schien zu helfen.

Allerdings sah sie ihn nur zu gut aus dem Augenwinkel. Der Mann wandte sich nach links.

Er kam direkt auf sie zu.

Die Blicke sämtlicher Anwesenden folgten ihm und ruhten schließlich auf ihr. *Mist.* Solange die Aufmerksamkeit ihren Torten galt oder ihrer Arbeit im Allgemeinen, fühlte sie sich gut.

Auf sicherem Boden.

Da hatte sie alles unter Kontrolle.

Die Art, wie er sie musterte, versengte ihr die Haut und machte sie hypersensibel; ihre Selbstkontrolle schmolz dahin und verwandelte sie in ein nervliches Wrack. Sie unterdrückte den Drang, wegzulaufen, beschwor ihre gesamte Willenskraft herauf und stellte sich ihm.

Er war nur noch wenige Schritte von ihr entfernt. Sie steckte in der Nische fest, die eben noch ihre Zuflucht gewesen war. Während er aufmerksam ihre Züge musterte, fühlte sich ihre Ecke an wie ein Gefängnis. Sie atmete ein, sehnte sich verzweifelt nach beruhigendem Sauerstoff.

Stattdessen stieg ihr der Duft von Seife und etwas Dunklem und durch und durch Männlichem in die Nase.

Sie versuchte zu begreifen, was er von ihr wollte. Überall um sie herum füllten zauberhafte Frauen mit kunstvollen Frisuren und prächtigen Roben und Juwelen den Raum. Sie hingegen hatte ihr braunes, mit violetten Strähnchen durchzogenes Haar zu einem schlichten Pferdeschwanz zurückgebunden. Und über T-Shirt und schwarzer Hose trug sie zu allem Überfluss auch noch ihre Arbeitsschürze. Warum also war er so auf sie fixiert?

Er blieb unmittelbar vor ihr stehen, und Kat bemühte sich verzweifelt um innere Ruhe, die sich einfach nicht einstellen wollte.

Sie räusperte sich und fragte: »Kann ich Ihnen irgendwie behilflich sein?« Sie hoffte hochmütig zu klingen, aber in ihren eigenen Ohren klang ihre Stimme nur dünn und brüchig.

Er ließ den Blick gemächlich über ihr Gesicht, ihren Hals bis hinunter zu ihren Sneakers wandern.

Es fühlte sich an, als zöge er sie mit den Augen aus. Kat riss ihren Utensilienkoffer an sich und schlang die Arme darum, um etwas Massives zwischen sich und ihn zu bringen.

Er zog die Augenbrauen hoch und fragte: »Kennen wir uns?«

Seine Stimme hatte einen seidigen Unterton, und seine Worte überraschten sie total. Sie konnte sich nicht vorstellen, diesem Mann begegnet zu sein und ihn vergessen zu haben. Manche Dinge mochten aus ihrem Gedächtnis gelöscht sein, aber er? Niemand würde einen Mann von solcher Präsenz vergessen. Aus nächster Nähe sah sie eine Narbe quer über seiner linken Augenbraue, und eine weitere zog sich rechts um seinen energischen Mund. Er war nicht im klassischen Sinne gut aussehend, eher auf wilde Art schön.

Antworte ihm!

»Nein.«

Er senkte ganz leicht das Kinn und musterte sie unter seinen hochgezogenen Augenbrauen. »Und wenn ich Sie gern kennenlernen würde?«

Verräterische Wärme breitete sich in ihrem Bauch aus. Sie kämpfte dagegen an, indem sie sich die Ecke des Kastens in die Hüfte rammte. Der stechende Schmerz setzte ihr Gehirn in Gang. Er musste sich auf Kosten einer Servicekraft amüsieren. Das war die einzige Erklärung, die ihr einfiel. »Brauchen Sie ein paar Kekse? Einen Kuchen? Vielleicht einen Notfallbrownie?«

In seinen Augenwinkeln bildeten sich Fältchen. »Welche Art von Notfall erfordert einen Brownie?«

Sie machte eine wegwerfende Handbewegung. »Oh, das Übliche. Trennungen, Schwiegereltern, die unerwartet auftauchen. Gern auch, wenn sich der Chef mal wieder als Mistkerl erwiesen hat. Wenn einem der Wein ausgeht. Und der klassische Fall von …« Ihre Stimme verlor sich, sie sagte sich, dass sie es nicht tun sollte. Dass sie den Mund halten sollte.

Er blitzte sie herausfordernd an. »Kommen Sie, seien Sie nicht schüchtern. Ich würde zu gern den klassischen Notfall kennen, der einen Brownie erfordert.«

Sag es nicht. Aber ihr Mund bewegte sich bereits. »MAS. Oder für den Laien: Männliches Aufdringlichkeits-Syndrom.«

Die Sekunden dehnten sich in die Länge.

Kat war ganz schlecht. Sie war zu weit gegangen. Und das bei einem Mann, der offensichtlich über Macht verfügte. Dem alles zustand. Und der total auf sie konzentriert war. Ihr Magen krampfte sich zusammen, und der Griff des Werkzeugkastens glitt ihr beinahe aus den plötzlich verschwitzten Händen. Sie hielt ihn fester und klammerte sich daran.

Sein linker Mundwinkel zuckte. »Haben Sie zufällig ein

spezielles Konfekt für den Mann, dem eine herbe Abfuhr durch eine hübsche Konditorin erteilt wird?«

Für den Bruchteil einer Sekunde löste sich alles in Luft auf, bis auf den Mann vor ihr. Als seien sie die beiden einzigen Personen in diesem Raum.

Irgendjemand räusperte sich.

Die Realität brach durch den seltsamen Nebel in ihrem Gehirn, der in ihr den törichten Wunsch weckte, unaufrichtigen Komplimenten Glauben zu schenken. Aber Kat wusste es besser: Er spielte nur mit ihr. Für ihn war das lediglich eine Form von Unterhaltung. Zeit, das Ganze zu beenden. Und zwar sofort. Sie ließ ihren Werkzeugkoffer sinken und trat auf ihn zu. Ohne der Enge in ihrer Brust Beachtung zu schenken, blickte sie auf.

Ihm ins Gesicht. Er betrachtete sie, als sei sie seine Beute.

Kat rief sich ins Gedächtnis, dass sie in einem Raum voller Menschen vollkommen sicher war, und sie heuchelte Selbstbewusstsein, als sie antwortete. »Es ist alles ausverkauft. Vielleicht versuchen Sie es an der Bar?« Sie wartete seine Antwort nicht ab, sondern ging zur Tür, die in die Hotelküche führte.

Mit jeder Faser ihres Körpers spürte sie, wie die Blicke aller Anwesenden im Ballsaal ihr folgten. Vor allem aber sein Blick. Sie konnte ihn auf ihrem Rücken hinunter bis zu ihrem Hintern verfolgen – er hinterließ eine Spur des Erschauerns, eine Mischung aus Verlangen und Furcht.

2

Kat drückte die Tür zur Hotelküche auf, trat ein und stieß einen Seufzer der Erleichterung aus. Sie war dem betörenden großen Geheimnisvollen relativ unbeschadet entkommen.

»Herzlichen Glückwunsch«, zwitscherte Kellen Reynolds und nahm ihr den Kasten mit ihrem Konditorwerkzeug ab. »Ich wusste, dass du das hinkriegst. Und die Pressefotos werden der *Sugar Dancer Bakery* noch mehr Kundschaft bringen.« Seine Augen funkelten, um sich im nächsten Moment zu verdunkeln. »He, was ist los?«

Kat wurde bewusst, dass sie einfach dastand und immer noch das Feuer dieser Begegnung in sich spürte. »Ich weiß es nicht.« In einem seltsam benommenen Zustand wurde ihr bewusst, dass Kellen fast das Gegenteil von dem Mann im Ballsaal war. Der eine war dunkel und bestimmend, der andere blond und sanft; der eine groß und muskulös, was selbst im Abendanzug nicht zu übersehen war, der andere klein und spindeldürr.

»Alles in Ordnung?«

Sie musste sich zusammenreißen. »Ja, klar. Es war einfach … merkwürdig.« Warum hatte er sich von all den Frauen im Raum ausgerechnet auf sie konzentriert? Und wer war er?

»Was denn? Erzähl schon.« In seinem Ton lag ernsthafte Sorge.

»Nichts Schlimmes«, beruhigte sie ihn. Dann sprudelte die

Geschichte von dem dramatischen Auftritt des großen dunklen Fremden nur so aus ihr heraus.

Kellen entspannte sich sichtlich und stellte Kats Werkzeugkasten auf die Arbeitsplatte neben einem tiefen Spülbecken. Die bloße Gegenwart ihres besten Freundes und Mitbewohners beruhigte Kat. Sie streifte ihre Armbanduhr ab, gab acht, dass sie mit ihrem schlechten Bein nicht über die schwarze Matte vor dem Spülbecken stolperte, und berichtete weiter über ihre Begegnung mit dem Unbekannten. »Vielleicht ist er einer dieser aufgeblasenen Geschäftsführer, die ihre Machtposition gern benutzen, um die Aushilfskraft zu Sex mit ihnen zu zwingen.« Doch Kat bezweifelte das. Dazu wirkte die Macht, die er ausstrahlte, viel zu selbstverständlich.

Kellen reichte ihr den benutzten Spritzbeutel, den Aufsatz und die Tülle. »Vielleicht interessiert er sich einfach für dich.«

Sie nahm die Teile entgegen und übertünchte ihr Bedauern mit einem Lachen. »Aber ich interessiere mich nicht für ihn.«

»Lügnerin.«

Wie konnte sie eine Berührung gleichzeitig herbeisehnen und fürchten? Verdammt, sie war so was von verkorkst. Aber damit würde sie sich jetzt nicht auseinandersetzen. »Vergiss ihn.« Sie reckte das Kinn vor und zwang sich zu einem Lächeln. »Meine Torte war ein Meisterwerk. Sie hat richtig Furore gemacht.« Obwohl der dramatische Auftritt des rätselhaften Mannes ihr beinahe die Show gestohlen hätte.

Kellen ließ seine Grübchen aufblitzen. »Wie ich es vorhergesagt habe, Kit Kat. Übrigens, ich habe den Wagen zum Hintereingang gefahren. Sobald wir alles abgewaschen haben, können wir aufbrechen.«

Sie tauchte die Hände in das Spülwasser und wusch sorgfältig ihre Dekoriertüllen ab. »Danke, Kel.«

Kel nahm sich ein Geschirrtuch und trocknete ab. »Ich habe in deinem Handschuhfach die Einladung für die Verlobungsfeier deines Bruders gesehen. Da steht, dass du mit einer Begleitperson eingeplant bist.«

Kat hob den Kopf. »Was hattest du in meinem Handschuhfach zu suchen?«

»Ich habe mich davon überzeugt, dass deine Versicherung nicht abgelaufen ist.«

Sie blinzelte bei seiner todernst vorgebrachten Lüge. »Und ist sie das?«

Er ließ sein Du-kommst-aus-dem-Gefängnis-frei-Karten-Grinsen aufblitzen. »Aufgeflogen! Ich habe rumgeschnüffelt. Dir nachspioniert. Also, wen nimmst du mit? Muss ich es in meinem Kalender vermerken?«

Die Sache stieß ihr – zu ihrem maßlosen Ärger – sauer auf. Sie hatte angegeben, dass sie in Begleitung kommen würde, weil sie auf keinen Fall allein gehen wollte. Und zwar nicht nur wegen ihrer Familie, die sie umso mehr unter ihre Kontrolle zu bringen versuchte, je mehr Kat sich in den letzten Jahren zurückgezogen hatte. Aber ihr eigentliches Problem war, dass ihr Exverlobter dort sein würde.

Ich muss hingehen, rief sie sich energisch ins Gedächtnis. Es gab nicht viele plausible Ausreden, um die Verlobungsparty ihres Bruders zu versäumen.

»Also, bin ich nun deine Begleitung?«

Hinhaltend antwortete sie: »Dein Begleiterstatus ist passé. Erinnerst du dich an Diego? Der Mann, mit dem du ein Haus kaufst?«

Er tat das mit einer flüchtigen Handbewegung ab. »Big D wird nichts dagegen haben, solange ich ihm einige deiner Plätzchen sichere.« Dann wurde er ernst und fügte hinzu: »Ich bin immer frei für dich, Kat, vor allem an dem Abend, an dem du dich mit deiner Familie und deinem Ex herumschlagen musst.«

Normalerweise hätte sie sich auf das Angebot gestürzt. Sie wollte es nur zu gern annehmen. Es war so unkompliziert, Kellen an ihrer Seite zu haben, und er gab ihr immer das Gefühl, beschützt zu sein. Er war ein Schild, der ihr die Luft verschaffte, die sie zum Atmen brauchte. Aber in letzter Zeit versuchte sie, der Abhängigkeit von ihm etwas entgegenzusetzen. Sie musste es versuchen. Ihr bester Freund würde aus ihrer Wohnung ausziehen, sobald sein und Diegos Haus fertig war.

»Weißt du was, ich werde dein Angebot nicht annehmen! Denn sonst wirst du vermutlich einen Weg finden, das Zimmer zu durchsuchen, in dem ich aufgewachsen bin, nur um deinen zwanghaften Schnüffeltrieb zu befriedigen.« Sie spülte die letzten Teile ab, die sie benutzt hatte, reichte sie ihm zum Abtrocknen und fügte hinzu: »Ich weiß sowohl das Angebot zu schätzen als auch deine Hilfe heute Abend.«

Er grinste. »War mir ein Vergnügen. Du weißt, ich liebe es, wenn du in meiner Schuld stehst.«

»Ja, das weiß ich. Genauso wie ich weiß, wonach du im Handschuhfach gesucht hast.« Sie schlug ihm leicht auf den Arm. »Aber er ist weder da noch irgendwo anders, wo du nach ihm suchen wirst. Ich zeige dir den Entwurf für den Kuchen nicht, den ich für deine Hauseinweihungsparty backen werde.« Sie hatte daran gearbeitet, seit er und Diego ein Angebot für das Haus abgegeben hatten. Wenn sie nicht schlafen konnte, skizzierte sie den Kuchen, wollte ihre Liebe für die beiden Männer in diese Kreation fließen lassen. Sie hatte fünf Jahre lang mit Kellen zusammengelebt. Jetzt machte er seinen Doktor in Physiotherapie und richtete sich mit seinem Lebensgefährten ein Zuhause ein.

Sie versuchte, entspannt zu bleiben und ihre Angst vor dem Alleinsein zu verdrängen.

Nachdem sie sich die Hände abgetrocknet hatte, nahm sie ihre *Sugar-Dancer-Bakery*-Schürze ab und schüttelte den Kopf. »Du wirst den Kuchen am Tag der Party in deinem Haus sehen.«

»Du bist einfach gemein«, nörgelte er, klappte den Werkzeugkasten zu und sicherte ihn. »Vielleicht haben Diego und ich gewisse Vorstellungen, was den Kuchen betrifft. Es ist schließlich unsere Party.«

Sie verlagerte das Gewicht, um den Schmerz in ihrem rechten Bein zu lindern, während sie sich in der riesigen Küche des Restaurants nach etwas umsah, das sie übersehen haben könnte. All ihre Gerätschaften waren eingepackt. Die Hotelbediensteten würden sich um Reste und Abwasch kümmern. Sie war durch mit allem.

Schließlich wandte sie sich zu Kellen um und verdrehte die Augen. »Könnte es sein, dass du ein unverbesserlicher Kontrollfreak bist? Diego vertraut mir.« Was ein weiterer Grund war für ihre Entschlossenheit, sich aus ihrer Abhängigkeit von Kellen zu befreien. Die beiden Männer bauten sich ein gemeinsames Leben auf. Kat war da nur das fünfte Rad am Wagen.

»Diego ist nichts als ein schwanzwedelnder Welpe, wenn es

um deine Kekse geht. Das ist total unfair.« Er nahm den Zubehörkoffer. »Lass uns nach Hause fahren und deinen Erfolg mit einem Glas Wein begießen.«

»So viel zum Thema Schamlosigkeit.« Sie schnappte sich Schlüssel und Handtasche und ließ sich ihren Schmerz nicht anmerken, als sie neben ihn trat. »Du versuchst, mich betrunken zu machen, um dir meine Skizzen anzusehen.«

»Ein Glas Wein in Kombination mit einer Beinmassage, und du würdest mir alles geben, was ich will.« Er öffnete die Tür und grinste Kat an. »Du bist so einfach gestrickt.«

»Du kannst mich mal.« Kat ging auf ihren hellgrünen SUV, einen *Hyundai Santa Fe*, zu und ließ die Schlösser aufspringen. Während Kellen die Kiste hinten verstaute, zog sie die Fahrertür auf und bemerkte ihr bloßes Handgelenk. »Mist. Ich hab meine Armbanduhr vergessen.« Sie drehte sich um, um zurückzugehen.

»Ich geh sie holen.« Kellen klappte den Kofferraum des SUV zu, ging zur Küchentür hinüber und verschwand hinter derselben.

Kat stieg ein und warf ihre Handtasche auf den Rücksitz. Ihre Schlüssel in der einen Hand, griff sie mit der anderen nach der Tür.

Die wurde ihr jedoch weggerissen, und die Schlüssel fielen ihr aus der Hand.

Sie drehte sich in der Erwartung um, Kellen vor sich zu sehen.

Stattdessen fiel das schwache Licht der Sicherheitslämpchen auf zwei Männer in dunklen Hemden, die äußerst bedrohlich wirkten. Der eine von beiden stand so nah bei ihr, dass sie förmlich im Wagen gefangen saß. Der andere stand einige Schritte entfernt und drehte den Kopf hin und her wie ein Kampfhund, der nach Beute Ausschau hält.

Ihre Lippen und Finger wurden taub. Kalter Schweiß brach ihr aus. Sie bekam Ohrensausen, und alles um sie herum verschwamm vor ihren Augen zu einer grauen Masse.

Der Mann ließ die Hand vorschnellen, packte ihren Pferdeschwanz und riss sie zu sich herum.

Sie krampfte die Hände ums Lenkrad. Sie konnte sie nicht bewegen, um sich zu wehren. Furcht ließ ihre Muskeln auf eine allzu vertraute Weise erstarren.

Oh Gott. Werde ich diesmal sterben?

»Raus mit dir, du Miststück.« Er zog fester, er meinte es ernst. Er würde sie offenbar auch an den Haaren aus dem Wagen zerren.

Der andere Mann trat auf sie zu. Etwas glitzerte in seiner Hand.

Bevor sie den Gegenstand identifizieren konnte, wurde die Tür zur Küche aufgerissen und Kellen kam heraus. Sein Gesichtsausdruck wechselte binnen einer Sekunde von Verwirrung zu Zorn.

Der zweite Mann hob den Arm, und Kat sah nun, was er in der Hand hielt. Ein *Messer*. Ihr graute es. Sie versuchte krampfhaft, sich zu bewegen, zu schreien. Und Kellen zu warnen.

Aber eine ausgewachsene Panikattacke nahm ihr die Kontrolle über ihre Muskeln.

Kellen kam auf sie zugestürzt.

Der zweite Mann wirbelte herum und rammte ihm das Messer in den Leib. Kellens Gesicht verzerrte sich. Er öffnete den Mund. Doch kein Ton kam heraus. Er fiel wie eine Gliederpuppe in sich zusammen.

Reflexartig wollte Kat schreien, doch blieb ihr der Schrei in der Kehle stecken.

Der Angreifer packte sie an den Armen, zerrte ihre tauben Hände vom Lenkrad und schleuderte sie zu Boden.

Kat schlug mit Händen und Knien auf dem Asphalt auf. Den Kopf gesenkt, versuchte sie verzweifelt, Luft zu bekommen. Kämpfte gegen den Drang, sich fallen zu lassen und zu einem Ball zusammenzurollen.

Kellen. Sie musste zu ihm.

»Los, los!«, brüllte der Mann neben ihrem Wagen. Die Beine des Messerschwingers stampften an ihr vorbei und auf die Rückseite des Autos zu.

Während sie sich zwang weiterzuatmen, spürte sie die Nadelstiche, mit denen das Gefühl in den Fingern wiederkehrte. Sie hob eine Hand und tastete sich nach vorn. Dann ein Knie. Mit eiserner Entschlossenheit kroch sie über den Asphalt auf Kellen zu, dessen Bauch und Brust in Blut getränkt waren.

»Ich werde dem Miststück die Schlüssel wegnehmen.«

Kat riskierte einen Blick in Richtung der Stimme. Der Schläger beugte sich über den Fahrersitz.

Verdammt, sie hatte die Schlüssel fallen lassen. Entsetzen schnürte ihr die Kehle zu. Sie würden sie töten und Kellen ebenfalls, wenn sie nicht irgendetwas unternahm.

Die Tür zur Küche flog auf. In dem verzweifelten Wunsch nach Hilfe drehte Kat den Kopf.

Da war *er*. Der Mann mit dem verspäteten Auftritt bei der Feier. Sein scharfer Blick erfasste die Situation und verwandelte sich binnen eines Wimpernschlags von intensiv in maßlos wütend. Seine Wangenknochen traten hervor, seine Augen blitzten. Sofort trat er in Aktion, riss sich den Mantel herunter und warf ihn ihr zu. »Drücken Sie ihm das auf die Wunde. Wählen Sie den Notruf.«

Der Mantel traf sie wie ein Spritzer Eiswasser und erlöste sie aus ihrer Starre. Kat packte ihn und eilte damit an Kellens Seite.

Sein Hemd war blutdurchtränkt.

Ihre Lippen wurden wieder taub. Nein! Sie riss Kellen das T-Shirt hoch, um zu sehen, wie schlimm es war.

Angesichts der klaffenden Wunde krampfte sich ihr Magen zusammen. Sie schluckte heftig und presste den Mantel auf den Schnitt. »Alles wird gut.« Es kostete sie all ihre Kraft, diese Worte hervorzubringen.

Sein Gesichtsausdruck war angespannt vor Schmerz. Er war bleich, und Panik weitete seine Pupillen. »Ich kann nicht.«

»Was kannst du nicht?« Sie beugte sich vor.

»Atmen«, stieß er hervor.

Oh Gott. Sie musste etwas tun. Dann fiel ihr der Befehl ihres Retters wieder ein. Ohne den Druck auf die Wunde zu vermindern, suchte sie Kels Taschen ab, fand sein Handy und wählte mit einer Hand den Notruf.

Sie schaute zu dem Mann hinüber, der aus dem Haus gekommen war und die Angelegenheit in die Hand genommen hatte, und das Telefon fiel ihr beinahe aus den Fingern. Er ging in Deckung, hockte zusammengekauert am Boden, den Blick auf den Mann mit dem Messer gerichtet.

Der andere, der Mann, der sie angegriffen hatte, lag auf dem Boden. Und bewegte sich nicht.

»112, um welche Art von Notfall handelt es sich?«, kam eine Stimme durchs Telefon.

Kat zwang sich, ruhig zu antworten. »Wir sind überfallen worden. Einer der Angreifer hat einem Mann ein Messer in den Oberbauch gerammt, direkt unter dem Brustkorb. Er bekommt keine Luft. Ein anderer Mann versucht, dem zweiten Angreifer das Messer abzunehmen. Beeilen Sie sich!« Sie ließ das Handy fallen. »Hilfe ist unterwegs«, beruhigte sie Kellen. »Atme mit mir. Zieh Luft in die Lungen, langsam und leicht. Eins, zwei …« Sie arbeitete mit ihm, verzweifelt darauf bedacht, dafür zu sorgen, dass er weiteratmete.

Als sie ein Ächzen hinter sich hörte, drehte Kat den Kopf, um zu sehen, was los war.

Der Messerschwinger griff ihren Retter an.

Der griff mit einer blitzschnellen Bewegung nach dem Arm des Mannes und zerrte ihn nach hinten.

Kat hörte das Geräusch von knackenden Knochen. *Hörte. Es.* Dann schrie der Mann.

Ihr kam die Galle hoch. Sie zwang sich, ihre Aufmerksamkeit wieder auf Kellen zu richten. Seine panischen Augen flehten sie um Hilfe an. »Lass die Luft heraus, eins, zwei …« Sie ergriff seine Hand und sandte ihm den stummen Befehl durchzuhalten. Betete lautlos und atmete weiter mit ihm zusammen, ungeachtet der Sirenengeräusche, des Stimmenwirrwarrs und des ganzen Chaos um sie herum. Nichts von all dem spielte eine Rolle, nur, dass Kellen atmete.

Dass er lebte.

»Ma'am, wir übernehmen das jetzt.«

Sie begriff, dass die Frau, die mit ihr redete, eine Sanitäterin war. Ihr Kollege kümmerte sich bereits um Kellen. »Er bekommt keine Luft.« Sie konnte ihn nicht allein lassen.

Jemand hockte sich neben sie auf den Boden. »Die Sanitäter werden ihm helfen zu atmen.«

Kat hob den Kopf, und ihr wurde ganz schwindelig von seiner Größe. Ihr Retter kauerte neben ihr, zu nah. Zu groß. In aller Gelassenheit Herr der Situation.

Während ihr Inneres umhergewirbelt wurde wie im Schnellschleudergang einer Waschmaschine.

»Wer sind Sie?«

»Sloane Michaels. Und wer sind Sie?«

»Kat Thayne.«

Etwas blitzte in seinem Gesichtsausdruck auf und verschwand dann wieder. Er streckte ihr seine beiden Hände hin. »Lassen Sie sich von mir aufhelfen, Kat.«

Kat ignorierte seine ausgestreckten Hände und drehte sich zu Kellen um. Die Sanitäter rissen Plastikpäckchen auf, legten eine Infusion und verrichteten ihre Arbeit schnell und effizient. Aber Kellen bewegte sich nicht. Warum bewegte er sich nicht?

»Nein, sehen Sie mich an.« Sloane packte sie an den Armen und zog sie auf die Füße.

Weg von Kellen. Ärger stieg in ihr auf. Sie stemmte sich gegen seinen Griff. »Lassen Sie mich los.«

Sofort ließ er sie los, behielt aber die Hände oben, seitlich neben ihren Schultern, ohne sie jedoch zu berühren. »Verstehen Sie doch, sie arbeiten daran, ihn zu stabilisieren. Sie dürfen ihnen nicht in die Quere kommen.«

Er hatte recht, aber die Furcht übermannte sie. Es war, als ob sich ihre Lungen mit schwerem, schlammigem grünem Schleim füllten. Sie konnte den ranzigen Matsch schmecken. Er durfte nicht sterben. Ihr Herz hämmerte hektisch in dem dicken Schlamm.

»Reden Sie mit mir«, sagte Sloane sanft. »Sagen Sie mir, wie er heißt.«

Mit einem Mal wurde ihr bewusst, dass sein Gesicht so nah war, dass sie die Narbe an seinem Mund sehen konnte. Seine hellbraunen Augen glitzerten autoritär. »Kellen«, brachte sie mühsam heraus.

»Gut.« Er nickte schwach, während er die Hände immer noch dicht neben ihren Armen hielt.

Er berührte sie nach wie vor nicht, aber wenn sie versuchen sollte, den Sanitätern ins Gehege zu kommen, würde er sie daran hindern. Sie war sich nicht sicher, was sie davon hielt.

»Ist Kellen Ihr Mann? Ihr Freund?«, fragte er.

Das Wort »Freund« spukte für eine Sekunde in ihrem Kopf herum. Etwas Wichtiges. Eine Sekunde später hatte sie es. »Ich muss Diego anrufen. Seinen Freund. Sie kaufen zusammen ein Haus. Er darf nicht sterben.« Warum erzählte sie ihm das? Es spielte keine Rolle. Im Moment war Kat die Einzige hier, die Kellen kannte. Sie musste sich zusammenreißen und helfen. Sie benutzte den Trick mit dem Schmerz und biss sich in die Innenseite ihrer Wange, damit sie einen klaren Kopf bekam.

Sloane wandte kurz den Blick von ihr ab, dann sah er sie wieder an. »Sie haben ihn stabilisiert.« Er ließ die Hände sinken.

Kat schnappte nach Luft und ging dorthin, wo die Sanitäter Kellen gerade auf eine Trage legten und für den Transport fertig machten.

Die blitzenden rot-blauen Lichter warfen einen unheimlichen Schein über seine kränklich bleiche Haut, aber er atmete. Gott sei Dank, er atmete noch.

Sie trat näher. »Ich werde mit ihm fahren«, erklärte sie den Sanitätern.

Die Frau schüttelte den Kopf. »Das dürfen wir nicht erlauben. Sie können ihn im Krankenhaus besuchen.« Dann zurrten sie die Trage fest und begannen, Kel in den Krankenwagen zu schieben.

Kat erinnerte sich nicht an ihre eigene Fahrt zum Krankenhaus, aber sie wusste noch, dass sie in grellem Licht erwacht war und Menschen, die sie nicht kannte, auf sie eingeredet hatten, sie nach ihrem Namen fragten, welcher Tag es sei …

Und der Schmerz.

Oh Gott, der Schmerz. Und die Furcht, weil sie von fremden Gesichtern umringt gewesen war und nicht gewusst hatte, was mit ihr passiert war.

Sie würde nicht zulassen, dass Kellen das allein durchmachte.

Sie griff nach Kellens Hand und drückte sie, um ihn wissen zu lassen, dass sie da war. Dann funkelte sie die Frau an. »Ich fahre mit ihm.«

3

Kat saß auf einem unbequemen Stuhl. Sie hatte das linke Bein angezogen und die Arme um ihr Knie geschlungen. In dem Fernseher, der hoch oben in der Ecke angebracht war, lief eine Sitcom mit eingespielten Lachern, die die reinste Hölle waren. Sie versuchte, die vier anderen Personen im Wartezimmer der Notaufnahme auszublenden; einem von ihnen tropfte Blut aus einer Kopfverletzung.

Die beigefarbenen Wände und die künstlichen Pflanzen schienen sie zu belauern und geradezu darauf zu warten, dass ihr alles egal wurde. Kat hielt den Blick auf ihren Fuß gerichtet und arbeitete im Geiste an dem Entwurf des Kuchens.

Es würde einen Kuchen für Kellens und Diegos Hauseinweihungsparty geben. Sie würde diesen verdammten Kuchen backen. Und alle würden verdammt noch mal glücklich bis ans Ende ihrer Tage.

Es sei denn, sie gab auf. Genau hier im Wartezimmer.

Sie ließ ihr Bein los, setzte den Fuß auf den Boden und stand auf. Sie konnte nicht sitzen bleiben. Konnte nicht warten. Musste etwas tun. Sie wollten sie nicht in den Behandlungsraum lassen. Diego würde hineinkönnen, wenn er sich als Arzt auswies, aber er war noch nicht da. Er war auf Verwandtenbesuch gewesen, und bis er eintraf, würden gut und gern noch einmal vierzig Minuten verstreichen. Kat musste jetzt wissen, was los war.

Sich vergewissern, dass Kellen noch lebte.

Sie ging zur Anmeldung. »Ich will mich noch einmal nach Kellen Reynolds erkundigen. Er ist der mit der Stichverletzung in der Brust und im oberen Bauchraum.«

Die Frau griff nach dem Becher, der auf ihrem Schreibtisch stand. »Ma'am, wie ich vor zehn Minuten bereits sagte, ich habe keine Informationen. Es wird jemand zu Ihnen kommen, sobald es etwas zu berichten gibt.«

Das war doch das Letzte. Kat stand Kellen näher als ihrem eigenen Bruder.

»Kat.«

Eine Stimme, tief und vibrierend, erklang hinter ihrem Rücken.

Sie wirbelte herum, und ihre Augen weiteten sich. »Sloane.« Das musste sie erst einmal verdauen. Deshalb fragte sie: »Was machen Sie hier?«

»Ich bringe Ihnen Ihre Handtasche. Ihr Wagen ist als Teil des Tatorts vorläufig sichergestellt worden, aber ich habe das hier …«, er hob ihre Handtasche hoch, »… für Sie herausgeholt.«

Sie hatte sie vergessen. Es war ihr nicht einmal aufgefallen, dass sie sie nicht hatte.

»Ihr Handy, Ihre Brieftasche und alles andere sind in der Tasche, bis auf den Autoschlüssel.«

»Oh. Vielen Dank. Ich habe bisher Kellens Handy benutzt.« Sie schlang sich den Riemen ihrer Handtasche über Kopf und Schulter.

»Waren Sie schon beim Arzt?«

»Ich?« Sie war im Laufe der Jahre bei zu vielen Ärzten gewesen. »Ich brauche keinen. Aber sie wollten mir keine Information über Kellen geben.« Sie ging von der Anmeldung weg. Von ihm weg. Versuchte, sich ihre Angst aus dem Leib zu laufen.

Aber sie wollte nicht zurück in diese Schuhschachtel von einem Wartezimmer, daher lehnte sie sich im Flur gegenüber an die Wand.

»Zeigen Sie mir Ihre Hände.«

Überrascht blickte sie auf.

Hoch hinauf.

Verdammt, wie groß war er? Sie war einen Meter siebzig groß, und er überragte sie um schätzungsweise fünfundzwanzig Zentimeter. Seinen Mantel hatte er nicht bei sich. Sie hatte keine Ahnung, was damit passiert war, nachdem die Sanitäter auf dem Schauplatz erschienen waren und das Kommando übernommen hatten. Er hatte seine Krawatte abgelegt und die oberen Knöpfe seines schwarzen Hemdes geöffnet, sodass sein muskulöser Halsansatz sichtbar wurde. Sie senkte den Blick und ließ ihn über seinen Adamsapfel wandern.

Zu intim.

Sie riss den Blick wieder hoch, vorbei an seinem markanten Kinn, und traf auf seine Augen. »Was?«

»Ihre Hände. Ihre Handflächen waren zerschnitten und haben geblutet. Lassen Sie mich mal sehen.«

Überrascht hob sie die Hände und drehte sie um. Hm, er hatte recht, sie waren verkratzt und schmutzig. Zweifellos weil sie auf den Boden geschleudert worden und über die Erde gekrochen war. »Das ist nicht weiter schlimm.« Sie würde sie waschen. Die Brandwunden, die sie sich Tag für Tag zuzog, waren schlimmer als diese paar Kratzer.

»Sie humpeln.«

Sie ließ die Hände sinken. Es war Zeit, dies hier zu beenden, was immer es auch war. »Sloane, vielen Dank für heute Nacht. Für die Rettung, dafür, dass Sie mir meine Handtasche gebracht haben. Aber ich kann jetzt selbst auf mich aufpassen. Es ist schon spät, Sie sollten nach Hause fahren.«

»Sollte ich«, murmelte er und fuhr sich mit einer Hand durch sein dunkles, gewelltes Haar, das seinen Hemdkragen umspielte.

Sie riss ihre Gedanken von der Feststellung los, dass sein nur eine winzige Spur zu langes Haar einen schönen Gegensatz zu seinem exklusiven, maßgeschneiderten Anzug darstellte. Argwohn stieg in ihr auf. Sloane hatte sie heute Abend berührt, als er sie vom Boden hochzog. Selbst nachdem er sie losgelassen hatte, schien er ein Kraftfeld um sie herum zu erzeugen, das sie irgendwie geerdet hatte, als sie in Panik aufgelöst gewesen war.

Er hatte bereits mehr mitbekommen, als ihr lieb war.

Sie stieß sich von der Wand ab, sie brauchte ein wenig Abstand zu ihm.

Er bewegte sich, eine subtile Drehung, mit der er seinen Körper vor ihren schob. Dann hob er eine Hand und legte sie über ihrem Kopf an die Wand. »Sie scheinen die Gewohnheit zu haben wegzulaufen, Kat Thayne. Im Ballsaal genau wie jetzt.«

Ihre Haut kribbelte. Sie war angespannt. Was machte er da? Er nahm den ganzen Raum in Anspruch, seinen und ihren. Sie hielt ihre Handtasche wie einen Schild vor sich und antwortete: »Sie scheinen die Gewohnheit zu haben, Ihren Willen durchzusetzen.« Er machte sie auf eine Weise nervös, die sie nicht einordnen konnte.

»Ich verliere selten einen Kampf, wenn es um Willensstärke geht.« Er senkte leicht den Kopf. »Aber in diesem Fall schlage ich einen Kompromiss vor.«

Er war so nah, dass ihr erneut dieser Duft nach Seife und Männlichkeit in die Nase stieg. Er sah sie nicht einfach nur an, sondern drang mit seinen Blicken in sie ein, tief genug, um all ihre Geheimnisse zu erfahren. Diese Intensität war ihr zu viel. Kat verlagerte ihren Blick auf einen Punkt oberhalb seiner Schulter und umklammerte ihre Handtasche noch fester. »Sie sind gnadenlos, nicht wahr?« Er war nicht wie andere Männer und behandelte sie, als könne sie zerbrechen.

Oder als sei sie bereits zerbrochen.

Er bewegte sich nicht, wich keinen Millimeter zurück. »Wenn Sie sich bereit erklären, sich von einem Arzt untersuchen zu lassen, werde ich Ihnen sofort Informationen über Kellens aktuellen Zustand verschaffen.«

Jetzt hatte er sie. Sie vergaß vollkommen, die Distanz zu wahren. »Das können Sie?«

Er zog sein Handy heraus, scrollte und drückte die Ruftaste, ohne die andere Hand über ihr von der Wand zu nehmen. Seine Augen wechselten in dem Krankenhauslicht die Farbe und nahmen einen kupfrigen Braunton an.

Er hielt sich das Handy ans Ohr und sagte: »Da ist ein Kellen …«

Er zog fragend eine Augenbraue in die Höhe.

Kat stürzte sich auf die Chance, an Informationen heranzukommen. »Reynolds. Sechsundzwanzig Jahre alt.«

Er wiederholte die Angaben. »Stichwunde im Bauchraum. Wahrscheinlich kollabierte Lunge. Ich brauche den aktuellen Stand und werde so lange dranbleiben.«

Kat zuckte angesichts der *kollabierten Lunge* zusammen,

obwohl sie das schon im Krankenwagen gehört hatte. *Bitte, Gott,* betete sie. Kellen hatte genug gelitten, er sollte einfach gesund werden.

Die Zeit zog sich scheinbar endlos in die Länge, während sie unter Sloanes Arm seinem bestimmenden Blick standhielt. Sekunden. Eine Minute. Zwei. Drei.

»Ich verstehe.«

Was hatte man ihm gesagt? Kat zwang sich, still zu stehen und abzuwarten, aber in ihrer Ungeduld verkrampften sich ihre Hals- und Schultermuskeln.

»Verstanden.« Er nickte Kat kurz zu und setzte sein Gespräch fort. »Ich brauche einen Arzt, der sich eine Freundin von mir ansieht. Scheint sich um geringfügige Verletzungen zu handeln, aber ich will, dass sie sofort untersucht wird.« Damit beendete er den Anruf.

Ihr Herz hämmerte. »Was ist mit Kellen?«

Er steckte sein Handy in die Tasche. »Zuerst versprechen Sie mir, sich untersuchen zu lassen.«

Sie würde allem zustimmen. »Ja, in Ordnung. Sagen Sie es mir, verdammt.«

Der harte Gesichtsausdruck wurde weicher, und seine hellbraune Iris bekam bernsteinfarbene Sprenkel. »Kleiner Lungendurchstich. Er scheint sich zu verschließen. Starke Vitalfunktionen, er ist jung und in guter Form. Sie hoffen, dass er keine Operation braucht, und glauben, dass er durchkommen wird. Die nächsten paar Stunden sind die kritischsten.«

Ihre Kehle schnürte sich vor Erleichterung zu. Sie sackte gegen die Wand. Er würde überleben. Sich erholen. Sie konnte ihm sagen, wie verdammt leid es ihr tat, dass sie wie erstarrt gewesen war.

Dass sie zugelassen hatte, dass man auf ihn eingestochen hatte.

Später. Jetzt sagte sie »Danke«.

»Der Arzt wird in einer Minute hier sein.«

Es war Zeit, ihre Grenzen abzustecken. »Sloane?«

Er schaute zu ihr herab. »Ja?«

»Vielen Dank. Ich werde mit dem Arzt sprechen.« Sie war dankbar. Wirklich.

Er nickte.

Dann fügte sie hinzu: »Jetzt nehmen Sie den Arm weg und geben mir den Platz, den ich brauche.«

Stunden später fühlte sich Kat steif und niedergeschlagen, als sie an Kellens Bett saß. Kurz nach Mitternacht hatte der Arzt erklärt, dass Kellen außer Gefahr sei, und ihn in ein Krankenzimmer verlegt. Sie blickte zu Diego, Dr. Diego Sanchez, einem Kinderarzt, der einem Teddybären ähnelte: zotteliges braunes Haar, sanfte Augen, kräftige Statur und ein zartes Gemüt. Normalerweise zeigte er ein unbefangenes Grinsen, aber heute Nacht war sein Gesicht starr vor Anspannung.

Ein leises Schnarchen, das aus dem Bett kam, lenkte ihre Aufmerksamkeit wieder auf Kellen. Sie war dankbar, dass er schlief. Er hatte wieder Farbe bekommen, und seine Atmung wurde stetig leichter. Ruhe war genau das, was er brauchte.

Aber jedes Ticken der Uhr an der Wand verstärkte ihr Verlangen, sich zu bewegen, mehr zu tun, um zu helfen. Schließlich konnte sie nicht mehr still dasitzen: »Willst du Kaffee? Eine Limo? Etwas zu essen?«

Diego schüttelte nur den Kopf.

Ihre Schuldgefühle mussten heraus. »Ich war wie erstarrt. Ich konnte nicht einmal schreien.«

Ein Film spulte sich in ihrem Kopf ab. »Ich habe das Messer gesehen. Ich hätte ihn nur warnen müssen, dann hätte er zurückspringen können.«

Diego musterte sie mit ernstem Blick. »Du hast heute Nacht schon genug durchgemacht, auch ohne dir nutzlose Schuldgefühle einzureden.«

Richtig.

Und es war egoistisch, von ihm zu erwarten, dass er ihr die Absolution erteilte, während er sich wegen Kellens Verletzung sorgte. Oh Gott, seit wann war sie so jämmerlich? So schwach? Sie riss sich zusammen und überlegte sich etwas anderes, um sich nützlich zu machen. »Ich werde nach Hause fahren und ein paar Sachen für Kellen zusammensuchen. Ich kann auch bei dir vorbeifahren und holen, was immer du brauchst.«

Diego ergriff ihre Hand. »Wir haben für heute Nacht alles. Aber du solltest nach Hause gehen und schlafen. Nimm eine Schmerztablette.«

Sie schüttelte den Kopf. »Mir geht es gut. Der Arzt, den Sloane schikaniert hat, damit er sich mich ansieht, hat es selbst gesagt.« Sie wollte wirklich nicht nach Hause fahren. Allein. Voller Angst. Ihren Gedanken ausgesetzt.

Der Ausdruck seiner Augen wandelte sich von teddybärlieb zu grizzlybesorgt. »Ich weiß, dass du auf dein schlimmes Bein gefallen bist, als dieses Arschloch dich aus dem Wagen gezerrt hat. Du hast Schmerzen. Fahr nach Hause, nimm die verdammte Tablette, und leg dich schlafen. Kellens Sachen kannst du auch morgen bringen.«

Sie verzog das Gesicht, und um noch ein wenig Zeit zu schinden, sagte sie: »Kinderärzte sollten nicht fluchen.«

»Red keinen Scheiß, Kit Kat. Fahr nach Hause.«

Sie quittierte seine derben Worte mit einem schwachen Lächeln. Diego fluchte wie ein Seemann, aber ihr war klar, dass er es nicht bei der Arbeit mit den Kindern tat. Schließlich stand sie auf, beugte sich herab und umarmte ihn. Dann ging sie zum Bett und küsste Kellen auf die Wange. Er bewegte sich kaum. Sie widerstand dem Impuls, sich an seiner Decke zu schaffen zu machen oder ihm das Haar zurückzustreichen. Ruhe war das, was Kellen brauchte, damit sein Körper den Heilprozess bewerkstelligen konnte. Sie blinzelte gegen die Tränen an, die ihr in den Augen brannten, kehrte zu ihrem Stuhl zurück und griff nach ihrer Handtasche, die von der Rückenlehne herabhing. Mit einem Blick auf Diego sagte sie: »Ich kann morgen früh bei dir vorbeifahren, falls du irgendetwas brauchst. Schick mir einfach eine SMS.« Dann kramte sie in ihrer Tasche nach dem Autoschlüssel, als ihr eine winzige, wenngleich nicht unbedeutende Kleinigkeit einfiel.

»Mist, ich habe meinen Wagen nicht.« Die Polizei hatte ihn. Sloane hatte ihr das gesagt. Ihre Gedanken wanderten zu ihm zurück, zu dem Mann, der aus dem Nichts aufgetaucht war, sie gerettet und ihr darüber hinaus noch weiter zur Seite gestanden hatte. Erst nachdem Kat sich von einem Arzt hatte begutachten lassen und Kellens Zustand sich stabilisiert hatte, war Sloane schließlich gegangen.

»Nimm meinen.«

»Was?« Sie versuchte, ihre Gedanken wieder auf das Gespräch mit Diego zu lenken.

»Ich sagte, du kannst mit meinem Wagen nach Hause fahren.« Diego musterte sie. »Bist du so müde, oder bist du nur geistesabwesend?«

Ihre Gedanken waren abgeschweift. Zu diesem Mann. Sie musste müde sein. »Nicht geistesabwesend genug, um zu vergessen, dass ich nicht mit Gangschaltung fahren kann. Die dein Wagen hat«, bemerkte sie.

»Das ist ein Problem.« Er ließ ihre Hand los und rieb sich die Stelle zwischen seinen Augen. »Ich will nicht, dass Kel allein aufwacht, sonst würde ich dich nach Hause fahren. Lass mich nachdenken.«

Sie wollte auch nicht, dass Kellen allein aufwachte. Sie konnte ihren Vater anrufen, damit er sie abholte, aber ihre Eltern würden ausflippen, wenn sie erfuhren, was heute Nacht passiert war. Sie würden sich einreden, dass ein Überfall beim Einsteigen ins Auto ein Beweis mehr dafür war, dass sie nicht klug oder kompetent genug war, um auf sich selbst aufzupassen. Sie konnte sich im Moment nicht mit den Zweifeln ihrer Eltern herumschlagen.

Aber die Situation konnte sie sehr wohl meistern.

»Ich werde mir ein Taxi rufen.« Taxis waren sicher. Andere Leute benutzten sie ständig. Das konnte sie auch. Es war Zeit, dass sie begann, solche Dinge zu tun.

Diego ließ die Hand sinken. »Ich weiß nicht, Kat.«

Sie sah Kellen an, dachte daran, wie sie erstarrt war, als sie etwas hätte tun müssen, irgendetwas, um zu verhindern, dass ihm dieses Messer in den Leib gerammt wurde. Sie wollte nicht mehr diese Frau sein. Wollte nicht mehr so zerbrechlich sein. Schließlich richtete sie ihre Aufmerksamkeit wieder auf Diego und sagte: »Ich werde schon zurechtkommen. Ich werde dir eine SMS schicken, sobald ich zu Hause bin.«

Sie würde es schaffen.

Sloane starrte aus dem Fenster in die Dunkelheit. In dem Krankenhausbett hinter ihm kam Drake Vaughs Atmung angestrengt und ungleichmäßig – nicht wie die eines Mannes um die fünfzig. Sloane hatte Spezialisten von überall aus dem Land einfliegen lassen, und sie sagten alle das Gleiche.

Drei bis sechs Monate.

Sein Mentor verlor den größten Kampf seines Lebens.

All der Wohlstand und die Macht, die Sloane besaß, waren wertlos. Er hob die Hände und rieb sich seine mehrfach gebrochene Nase, die schmerzte.

»Es ist fast zwei Uhr morgens. Du stehst da schon seit einer Stunde.«

Sloane ließ die Hand sinken und drehte sich zu dem abgemagerten Mann im Bett um. Drake hatte die Laken weggetreten. Er war mit einem OP-Hemd bekleidet, das seine Oberschenkel nicht bedeckte. Früher waren sie wie Baumstämme gewesen, jetzt waren sie kaum mehr als dürre Äste. »Wieso bist du eigentlich auf?« Er hatte ein halbes Dutzend Mal in dem Raum gewacht, und Drake hatte immer geschlafen.

»Ich versuche die Energie aufzubringen, um aus diesem Bett herauszukommen und dich so lange in den Hintern zu treten, bis du damit herausrückst, was dich quält.«

Sloane ließ sich auf einen Stuhl fallen. Er streckte die Beine aus und faltete die Hände hinter dem Kopf. »Ich bin bereit, wenn du es bist, alter Mann.« Erinnerungen an die Vergangenheit ließen seine Brust schmerzen.

Es war kein Schmerz von der Sorte, mit der Sloane umgehen konnte, nicht der, mit dem er seinen Körper traktierte, bis er jeden Muskel spürte. Ja, mit solchen Schmerzen konnte er fertigwerden.

Aber dieser Schmerz hier? Undenkbar. Er würde nicht aufgeben. Er würde einfach weitere Ärzte suchen, es musste doch irgendwo einen geben, der eine Lösung fand. Ständig besiegten irgendwelche Menschen den Krebs.

»Ich würde ja gern«, antwortete Drake. »Aber ich hänge an lauter Kabeln und Schläuchen.«

Sloane schnaubte. »Faule Ausreden.«

Drake tastete mit der Hand umher, bis er die Fernbedienung fand, dann drückte er auf einen Knopf, und das Licht hinter seinem Bett flammte auf. Er fuhr sein Bett hoch. »Spuck's aus, Michaels.«

Sloane wusste, dass Drake ein kranker Mann war. Doch manchmal, bei einer bestimmten Bewegung seines Kopfes, erhaschte Sloane einen Blick auf den Mann, der vor vierzehn Jahren den eins fünfundneunzig großen Sloane vom Boden hochgerissen und an eine Wand hatte krachen lassen. Dann hatte er ihn auf eine Trainingsmatte gezerrt und gezwungen, die gewaltige Wut abzureagieren, die in ihm kochte.

Als Drake Sloane in einer Lache seines eigenen Schweißes und Blutes auf den Boden gedrückt hatte, hatte der Mann sein Gesicht direkt vor seines geschoben und gesagt: »Entweder du kontrollierst die Gewalt, oder sie kontrolliert dich. Entscheide dich.«

Seither hatte Sloane nach diesen Worten gelebt.

Aber im Moment musste er den Mann beschwichtigen, der darauf wartete, dass er ihm sein Herz ausschüttete. Da er noch nicht von Kat erzählen wollte, wählte Sloane ein Thema, das Drake am Herzen lag. »Es ist wegen Isaac aus unserem *Fighters to Mentors*-Programm. Einer der anderen Jungs aus dem Programm ist im Fitnessstudio gewesen und hat mir erzählt, dass Isaac die Schule schwänzt und nach Möglichkeiten sucht, Geld zu verdienen.« Drake hatte Isaac unter seine Fittiche genommen, aber seit er dafür zu krank geworden war, war Sloane eingesprungen und hatte den Jungen zusätzlich zu den beiden anderen, die er gerade betreute, übernommen. Isaac kam nicht gut mit der Veränderung klar.

Drakes Miene verdüsterte sich. »Was ist passiert? Ist er verletzt?«

»Nein«, beruhigte Sloane ihn, während er sich in Gedanken in seine Jugend zurückversetzte. Er war jünger als der dreizehnjährige Isaac gewesen, als er begonnen hatte, Wege zu finden, um Geld zu verdienen. Um sich über Wasser zu halten, bis seine Mutter ihren nächsten beknackten Liebhaber fand. Er verdrängte den Zorn, der in ihm aufstieg. Ärger war nicht produktiv, Handeln war produktiv. Er riss sich zusammen und sagte: »Dem Jungen geht es soweit gut. Aber es hat sich herausgestellt, dass Isaac und seine Großmutter kurz davorstehen, aus ihrem Haus geworfen zu werden.«

»Bring das in Ordnung.«

»Ich bin dabei. Habe bereits einen meiner Assistenten die Unterlagen raussuchen lassen. Wir werden bis zum Ende des Jahres ihre Miete bezahlen. Aber verdammt«, knurrte er. »Ich erreiche den Jungen nicht. Er oder seine Großmutter hätten sich mit mir in Verbindung setzen sollen.«

»Sieh zu, dass du den Arsch hochkriegst. Alles, was diese Jungen kennen, ist Zurückweisung, ständige Angst und Verzweiflung. Sie glauben nicht an Worte. Nur an Taten.« Drake knirschte mit den Zähnen, dann fügte er hinzu: »Weil ich krank geworden bin, habe ich auch ihn im Stich gelassen. Genau wie alle anderen.«

Die hässliche Realität in den Worten seines Mentors vermengte sich mit seiner eigenen Hilflosigkeit, die ihm schwer im Magen lag. »Hör mal, ich werde den Jungen morgen vorbeibringen. Rede du mit ihm. Sorg dafür, dass er seinen Arsch in die Schule bewegt und von der Straße kommt.« Sloane kannte die Straße nur allzu gut, kannte die Entwürdigung und den Hunger, die einem Jungen die Seele raubten. Das war einer der Gründe, die ihn dazu trieben, gnadenlos hart zu arbeiten. Er würde nie wieder so hilflos und ausgeliefert sein.

Drake nickte. »Ich muss in Kontakt mit dem Jungen bleiben.« Sein Blick wurde schärfer. »Jetzt sag mir den wahren Grund, warum du in meinem Zimmer herumspukst, während ich von heißen Krankenschwestern und Streicheleinheiten mit Badeschwämmen träumen sollte.«

Sloane senkte das Kinn und runzelte die Stirn. »Mann, ich will gar nicht wissen, von welchem kranken Scheiß du träumst.«

Der andere Mann stieß ein unbarmherziges Lachen aus. »Wenn du nicht endlich anfängst zu reden, werde ich die Träume beschreiben. Bis ins letzte Detail.«

Sloane verzog das Gesicht, dann seufzte er. »Eine Frau und ein Freund von ihr sind heute am frühen Abend von zwei Autodieben angegriffen worden. Einer davon hatte ein Messer.«

Drake langte zu seinem Nachttisch hinüber, schnappte sich einen Krug in der Farbe von Erbrochenem und goss sich etwas Wasser in einen Plastikbecher. »Noch sehe ich das Problem nicht. Zwei Schläger, ein Messer. Das ist für dich nicht einmal ein Workout.« Er nahm einen Schluck Wasser.

»Die Frau. Ich war ihr bereits früher am Abend begegnet, bin aber nicht dahintergekommen, woher ich sie kenne, bis sie mir ihren Namen nannte. Ich habe sie vor vielen Jahren einmal gesehen, als ich Tellerwäscher im Country Club war. Auf der Party zu ihrem sechzehnten Geburtstag.«

Langsam ließ Drake den Becher sinken, bis er auf einem Oberschenkel ruhte. Sagte nichts.

Sloane holte Luft. »Sie hatte alles, was man sich nur wünschen konnte. Reiche Eltern, die sie anhimmelten. Eine riesige Party. Ich habe sie gehasst.« Er wusste, dass es absurd war. Aber er konnte sich immer noch daran erinnern, wie er sie von der Küche aus beobachtet hatte. Er erinnerte sich nicht an ihr Kleid oder irgendwelchen anderen Schnickschnack, aber er erinnerte sich an ihre Augen – von solch klarem Blaugrün, riesig und absolut arglos. »Ich habe sie dafür gehasst, dass sie lebte und ein perfektes Leben hatte.«

»Während Sara tot war«, ergänzte Drake.

»Ja«, gab Sloane unumwunden zu. Er war ein kalter Mann. Ein harter Mann. So war er, und er sah auch keinen Grund, daran etwas zu ändern. Heute Abend jedoch hatte Kat etwas in ihm ausgelöst, aber was? Und warum jetzt? »Sie hat sich verändert.«

»Ein Dutzend Jahre können schon Spuren hinterlassen. Genau wie das Leben.«

Die Frau, die er heute Abend gesehen hatte, war Lichtjahre von dem Mädchen aus seiner Erinnerung entfernt. Das Mädchen damals hatte er gehasst, aber die Frau?

Sie faszinierte ihn. Brachte irgendetwas in ihm zum Klingen. Brachte ihn dazu, mehr über sie wissen zu müssen.

Er versuchte, es zu erklären. »Damals war ich der Spüljunge, den niemand auch nur beachtete. Und sie war die Prinzessin, der Star. Und heute Abend …« Er ließ die Worte in der Luft hängen und versuchte immer noch, sich über sie klar zu werden.

»Hast du die Aufmerksamkeit auf dich gezogen, wie du es immer tust. Und sie?«

»Hat den Kuchen gebracht, sich in einer Ecke hinter einer Säule versteckt und alles beobachtet. Dann ist sie in der Küche verschwunden.« Was war geschehen, das sie so verändert hatte?

»Sie hat sich versteckt?«

Er zog eine Augenbraue hoch. »Es ergibt keinen Sinn, ich weiß. Aber sie hat sich versteckt«, bestätigte Sloane. »Und auf der anderen Seite hat sie violette Strähnchen in ihrem braunen Haar.« Das hatte ihm gefallen. Zum Teufel, es hatte ihm verdammt gut gefallen. Er hatte das Band abziehen wollen, das ihr Haar in einem Pferdeschwanz zusammenhielt, um mit den Fingern durch all diese Strähnen zu fahren. Jede einzelne wollte er finden. Er hatte einen starken Drang danach verspürt. Einfach aus dem Bauch heraus.

Sie sandte widersprüchliche Signale aus. Furchtsame Frauen machen sich keine Strähnen ins Haar. Sie sagen ihm auch nicht, dass er ihnen mehr Raum lassen solle. Doch sie hatte ihre Handtasche vor sich gehalten, als könne sie sie vor ihm beschützen. Im Ballsaal hatte sie mit dem Behälter für ihre Utensilien das Gleiche gemacht.

Er fügte hinzu, was nur allzu offensichtlich war. »Das Problem ist, dass ich mir Sorgen um sie mache. Gerade jetzt, wo ich keine Ablenkung gebrauchen kann.«

»Eine Ablenkung ist genau das, was du brauchst.«

Sloane löste die Hände hinter seinem Kopf und beugte sich vor. »Foster wird bald rauskommen. Ich habe vierzehn Jahre darauf gewartet. Ich werde mich nicht ablenken lassen.« Nicht einmal von verführerischen blaugrünen Augen und violetten Strähnchen im Haar. Und diese Kurven … oh ja, er musste sich von ihr fernhalten. Sie war viel zu verführerisch.

Drake hielt seinen Blick fest. »Es hat seinen Preis, jemandem das Leben zu nehmen, Sloane.«

Seine Gedanken wurden nur noch von purer Rachsucht beherrscht. »Verdammt richtig. Es wird Zeit, dass Lee Foster diesen Preis bezahlt.«

»Sieh dich um, mein Sohn. So wird es für mich enden. Allein.«

Sloane schoss aus seinem Stuhl hoch. »Ich werde dich nicht sterben lassen.« Er hatte diese Worte mit der gleichen kalten Entschlossenheit gesagt, die ihm Siege in Meisterschaftskämpfen und den erfolgreichen Aufbau seiner Firma verschafft hatte.

»Der Tod braucht deine Erlaubnis nicht. Und du übersiehst den entscheidenden Punkt. Siehst du irgendeine Frau Tränen vergießen? Irgendjemanden, der sich auch nur einen Dreck um mich schert?«

Sloane verschränkte die Arme vor der Brust. »Alter, du bist eine männliche Hure. Keine Frau konnte dir trauen.« Er ertrug dieses Selbstmitleid nicht. Es langweilte ihn. Okay, es kotzte ihn an.

Drake schüttelte den Kopf und beugte sich vor, um seinen

Wasserbecher abzustellen. »Ich habe Zeit gehabt, auf mein Leben zurückzublicken, und die Bilanz ist ätzend. Ich habe eine Entscheidung getroffen, ich habe einen Mann getötet. Und diese eine Tat hat von diesem Moment an alles andere vergiftet.« Er schlug sich auf seine dünnen Oberschenkel und fügte hinzu: »Es wird auch für dich Gift sein.«

Sloane zuckte mit keiner Wimper. »Es ist nicht Mord, wenn er freiwillig mit mir in den Ring steigt.« Er hatte dafür gesorgt, dass Lee Foster genau das tun würde.

Drake griff mit beiden Händen in den Stoff des Krankenhausnachthemds. »Du hast einmal einen Kampf abgebrochen und den Sieg verschenkt, weil du dich geweigert hast, deinen Gegner ernsthaft zu verletzen.«

Sloane zuckte die Achseln. »Ich weiß, woran man eine Gehirnerschütterung erkennt. Der Schiedsrichter hat gepennt.«

»Du hast nicht vor, diesen Kampf abzubrechen. Es ist Mord. Es spielt keine Rolle, wie du es darstellst, es bleibt Mord.«

Saras Tod war Mord gewesen. Fosters Tod würde nur gerecht sein. »An jenem Tag hast du mich daran gehindert, Foster zu töten. Wenn ich Rache wolle, müsse ich es richtig machen, hast du zu mir gesagt. Und genau das habe ich vor.«

Der ältere Mann seufzte. »Das geht wohl auf meine Kappe. Ich habe versucht, dir einen Grund zum Leben zu geben. Stattdessen habe ich dir einen Grund zum Töten gegeben.«

4

Sloane hatte Drakes Worte noch im Kopf, als er das Krankenhaus verließ – durch die Notaufnahme, da nachts die Vordertüren verschlossen waren. Es war schon fast früher Morgen. Sloane trat in die kalte Luft, die nach Meer roch, und blieb stehen.

Er erkannte Kat an ihrem langen Pferdeschwanz mit den violetten Strähnchen. Ihre Schultern waren angespannt, und sie hatte eine Hand auf die offene Hintertür eines Taxis gelegt. Von der Neigung ihres Kopfes her zu schließen, schaute sie ins Wageninnere.

Vollkommen erstarrt.

Sloane kam zwei Schritte näher. Die Knöchel ihrer Hand auf der Autotür waren weiß. Ihre Atmung kam gepresst. Und mit dem anderen Arm hielt sie sich ihre Handtasche vor den Bauch.

Geh weg, sagte er sich. *Was immer sie da verhandelt, geh weg.*

»Lady, steigen Sie nun ein?«, blaffte der Taxifahrer.

Sloane lenkte seine Aufmerksamkeit auf ihr Profil. Ihre Augen waren geweitet, ihr Kinn vorgeschoben.

Geh weg, verdammt.

Sie schlug sich mit einer Hand auf die Hüfte und murmelte: »Komm schon.«

Die Worte trafen ihn mitten ins Herz. Sloane erkannte den

verzweifelten Willen, mit dem sie zu bezwingen versuchte, was immer ihr Angst machte.

Er würde nicht nur nicht weggehen – Gott sollte jedem beistehen, der es wagte, ihm in die Quere zu kommen.

Er ging auf sie zu. Sie atmete durch die Nase ein und durch den Mund aus, und ihre blauen Augen glitzerten wie Juwelen vor Entschlossenheit. Dicht hinter ihr blieb er stehen und sagte leise: »Kat.«

Sie riss den Kopf herum und schnappte nach Luft. Feine Linien standen zwischen ihren Augenbrauen, die sich in dem Moment glätteten, als sie ihn wiedererkannte. »Sloane. Ich wollte gerade fahren.«

Unwahrscheinlich, wenn man den Todesgriff betrachtete, mit dem sie den Türrahmen festhielt, und die geweiteten Pupillen. »Okay«, erwiderte er.

Sie wandte sich wieder dem Inneren des Taxis zu. »Ich steige jetzt ein.«

»So macht man das normalerweise«, versicherte Sloane ihr.

»Alle machen das so.«

»Zweifellos.«

»Richtig.« Sie runzelte die Stirn. »Ich dachte, Sie wären schon vor Stunden nach Hause gefahren.«

Ah, da war sie wieder, schaltete langsam wieder auf online. »Ich tue selten das, was man erwartet.«

Sie saugte an ihren Lippen und stieß einen Atemzug aus. »Ich wette, Sie können hinten in ein verdammtes Taxi steigen.«

Er lehnte sich an das Taxi, das im Leerlauf lief. »Ich weiß nicht, warum ich das tun sollte. Ich habe zwei Autos und eine

Limousine. In ein Taxi zu steigen erscheint mir da ziemlich überflüssig.«

Sie verzog den Mund. »Haben Sie einen dieser Wagen hier?«

»Einen *Mercedes CLS63*. Schwarz. Vollkommen sicher. Ich weiß sogar, wie man einen Reifen wechselt, sollte sich die Notwendigkeit dazu ergeben.«

Er würde sie nach Hause bringen, doch er wollte, dass sie selbst zu dieser Erkenntnis kam. Wenn er verdammt noch mal nur nicht diesen starken Drang verspürte, ihr dieses Band aus dem Haar zu ziehen. Oder sie überhaupt zu berühren.

»Das Taxameter läuft, Lady.«

Sloane lehnte sich ein klein wenig zurück, um den verärgerten Taxifahrer anzufunkeln.

Prompt schloss der den Mund und drehte sich um.

Schließlich seufzte Kat, trat zurück und schloss die Tür. »Ich nehme nicht an, dass Sie mich fahren lassen würden, oder?«

Sloane reichte dem Taxifahrer zwei Geldscheine, bevor Kat ihre Brieftasche hervorholen konnte. »Ich sag Ihnen was. Ich werde fahren, und Sie wählen die Musik aus.«

Sie reckte das Kinn vor. »Ich kann den Taxifahrer selbst bezahlen.«

»Seien Sie beim nächsten Mal schneller.« Er ergriff sanft ihren Ellbogen.

Sie versteifte sich.

Zeit, ernst zu werden. »Sie bestimmen, was Sache ist, Kat. Sie brauchen mir nur zu sagen, dass ich die Hände von Ihnen lassen soll, dann werde ich es tun.«

Sie sah zu ihm auf. »Sie sind ziemlich direkt, nicht wahr?«

Erfreut, dass sie ihn nicht angefahren hatte, dass er sie loslassen solle, führte er sie zu seinem Wagen. »In den meisten Fällen funktioniert Direktheit.«

»Und in den anderen Fällen?«

Er öffnete die Tür und wartete, bis sie hineinglitt, dann sagte er: »Ich tue alles, um zu gewinnen.«

Kat sank schwer vor Müdigkeit und Schmerzen in das butterweiche Leder. Ihr brannten die Augen, ihr Schädel pochte, doch sie war sich mit all ihren Sinnen des Mannes bewusst, der neben ihr auf dem Fahrersitz saß.

Sloane lenkte den Wagen durch die stillen Straßen von San Diego. Er hatte seine Hemdsärmel hochgeschoben, und zum Vorschein gekommen waren starke, leicht behaarte und geäderte Unterarme.

»Wollen Sie Musik hören?«

Normalerweise liebte sie Musik. Sie drehte sie laut auf, wenn sie Rezepte kreierte, was ihre Version von Tanzen war. Aber im Moment war sie einfach zu überwältigt. »Nein danke.« Sie schaute sich das Wageninnere an und sagte: »Nettes Auto.« Hunderttausenddollarnett.

»Groß genug für mich. Der andere Wagen, den ich habe, ist ein *Fisker Karma*.«

Der Name sagte ihr nichts. »Was ist das?«

»Ein Elektroauto mit Solarglasdach.«

»Sie haben ein Elektroauto und eine Limousine?« War das kein Widerspruch? Eine Limousine war ein Benzinfresser, während es bei dem Elektrowagen um erneuerbare Energie und Umweltschutz ging.

»Der *Fisker Karma* ist zum Vergnügen, der *Mercedes* nützlich, und in der Limousine kann ich bequem arbeiten.«

»Haben Sie denn ständig einen Chauffeur zu Ihrer Verfügung?« Wer war Sloane Michaels? Die Neugier war eindeutig stärker als ihre Erschöpfung.

Sloane schaute zu ihr hinüber. »Er wohnt in meinem Gästehaus.«

Sie versuchte, schlau aus ihm zu werden. Wer war so reich und erledigte trotzdem einen Schläger mit einem Messer? Zum Teufel, wer war so reich und rannte auf ein Messer zu? »Wie haben Sie diesen Kerl so leicht entwaffnet?«

Er fuhr um eine Ecke. »Ich habe früher gekämpft.«

Ihr Magen schnürte sich zusammen. »Gekämpft? Wie … Sind Sie in Kämpfe verwickelt worden, oder haben Sie professionell gekämpft?« War er wie diese Schläger heute Abend gewesen? Warum hatte sie gedacht, dass sie bei ihm sicherer sein würde als in einem Taxi?

Seine Mundwinkel zuckten. »Beides. Ich habe einige Jahre in der UFC gekämpft. Bevor ich meine Firma gegründet habe.«

Oh Gott! Sie konnte nicht in diesem Wagen mit ihm bleiben. Ihr wurde es ganz eng in der Brust, aber sie zwang sich zu atmen. In den letzten Jahren war es ihr gelungen, ihre Panikattacken besser in den Griff zu bekommen. Heute Nacht jedoch setzten sie ihr unnachgiebig und hinterrücks zu. »Warum? Warum sollten Sie Menschen schlagen wollen? Sie verletzen wollen?«

Seine Kinnpartie verhärtete sich. Schließlich sagte er: »Ich gewinne gern.«

Ein aufschlussreiches Statement. Der Wunsch zu gewinnen mochte arglos sein, aber meist verbarg sich dahinter eine heikle Schlangengrube von Gefühlen und Erfahrungen. Sie richtete ihre Aufmerksamkeit nach vorn, auf die dunklen, stillen Straßen, während der große Wagen durch die Nacht glitt. Um das bedrückende Schweigen zu durchbrechen, fragte sie schließlich: »Und haben Sie gewonnen?«

»Ich war zweimal Meister im Schwergewicht, bevor ich aufgehört habe.«

Ich tue alles, um zu siegen. Das war es, was er gesagt hatte, als er ihr in den Wagen geholfen hatte. »Ich bin beeindruckt.« Etwas Besseres fiel ihr nicht ein. Ihre Anspannung stieg und schnürte ihr den Hals immer weiter zu. Er mochte Gewalt. Er tat Menschen weh.

»Sie hören sich aber nicht so an.«

Er ließ seinen Blick über sie schweifen und gab ihr das Gefühl, entblößt und verletzbar zu sein. »Ich mag keine Gewalt. Ich … mag sie einfach nicht.«

»Die Welt ist gewalttätig. Das mag ihnen vielleicht nicht gefallen, aber so ist es nun mal.« Er hielt inne, dann fügte er versöhnlicher hinzu: »Wie heute Abend, als Sie angegriffen wurden. Es erforderte kontrollierte Gewalt, um mit dieser Situation fertigzuwerden.«

Sie schloss die Augen. Eine heiße Welle von Übelkeit überkam sie bei der Erinnerung daran. »Sie haben diesem Mann den Arm gebrochen. Ich habe die Knochen knacken hören.«

»Schnell und effektiv. Und sobald er am Boden lag, habe ich aufgehört. Das ist Beherrschung.«

Sie sah ihn an. Erforschte mit ihrem Blick seinen beunruhigend sinnlichen Mund, die Nase, die eine unnatürliche Wölbung hatte, und Augen, die sie zu durchdringen schienen. Intensiv. Gefährlich. Erotisch. Als er seine Aufmerksamkeit wieder auf die Straße richtete, fragte sie: »Wollten Sie weitermachen? Wollten Sie diesem Mann noch mehr wehtun?«

Seine Kiefer mahlten. »Als ich aus der Tür trat und Sie mit diesem Ausdruck blanken Entsetzens über den gottverdammten Asphalt kriechen sah …« Er presste die Lippen zusammen.

Kat unterdrückte das Bedürfnis, die Schultern hochzuziehen. »Nur zu.« Sie musste es wissen.

»… wollte ich die beiden töten.«

Ein unverhohlen aggressiver Unterton lag in seiner Stimme. Ein Schauder durchlief Kat, und sie schlang die Arme um sich und sagte: »Sie haben es nicht getan.«

»Nein. Alles Beherrschung, Kat. Nach diesem Grundsatz lebe ich.« Er rieb sich den Nacken. »Wie dem auch sei, ich habe mich vor Jahren von den Wettkämpfen zurückgezogen. Ich betreibe jetzt eine Firma.«

Sie ergriff die Gelegenheit, auf sichereres Terrain zu kommen. »Was ist das für eine Firma?«

»*SLAM Inc.* Ich habe überall im Land Fitnesscenter. Wir bilden Kämpfer aus, promoten sie, betreiben eine eigene Entertainmentfirma. Verschiedene Dinge.«

»Die alle mit Kämpfen zu tun haben.«

Er wirkte ungehalten. »Nicht alle. Aber das war der Einstieg, und darauf habe ich meinen Wohlstand aufgebaut. Ich entschuldige mich nicht dafür.«

»Sie brauchen sich bei mir nicht zu entschuldigen.« Sie bemerkte, dass sie da waren, und fügte hinzu: »Das Haus, in dem ich wohne, ist dort drüben auf der rechten Seite.« Kat versuchte, den Tadel aus ihrer Stimme herauszunehmen. Sie hatte kein Recht, ein Urteil über den Mann zu fällen, der sie und Kellen gerettet hatte. Sie war müde, ihr tat alles weh, und ihr graute es davor, allein zu sein. »Sie haben zwei sehr erfolgreiche Karrieren aufgebaut, und Sie können nicht älter sein als – vielleicht dreißig? Das ist etwas, worauf Sie stolz sein können.«

»Reden wir über Sie. Sie stellen Kuchen her?« Ein Grinsen umspielte seinen Mund, das ziemlich sexy wirkte. »Und Notfallbrownies, wenn ich mich recht erinnere.«

Unwillkürlich kitzelte sie ein Lachen im Hals. »*Sugar Dancer* ist meine Konditorei, und Notfallbrownies sind Teil unseres Erfolgs.« Stolz verdrängte ihre Müdigkeit ein wenig. In dieser Hinsicht verstand sie, was er damit meinte, dass er sich nicht entschuldigen wolle. »Meine Wohnung ist dort, setzen Sie mich einfach irgendwo hier ab.« Sie löste den Sicherheitsgurt und griff nach ihrer Handtasche.

Er fuhr den Wagen auf einen Gästeparkplatz und schaltete den Motor aus.

Sie zog ihre Schlüssel hervor und sagte: »Vielen Dank, dass …«

»Meine Güte. Glauben Sie wirklich, ich würde Sie hier einfach absetzen? Und wegfahren?« Er stieß seine Tür auf und stieg aus.

Kat klappte den Mund zu und öffnete ihre Tür. Sie hatte am ganzen Körper Schmerzen, und besonders der Kopf tat ihr weh, weil dieser Schläger versucht hatte, sie an den Haaren aus dem Auto zu zerren. Doch das Schlimmste war ihr Bein, es tat höllisch weh. Sie stützte sich auf dem Sitz ab und schaffte es, ihr rechtes Bein auf die Erde zu setzen, sodass sie das linke nachziehen konnte.

Sloane hockte sich in die geöffnete Tür. »Sie haben den ganzen Abend auf diesem Bein gehumpelt. Wie schlimm waren Ihre Verletzungen?«

»Nur Schnittwunden und Prellungen. Das wird schon wieder. Sloane, ich weiß alles, was Sie heute Nacht getan haben, wirklich zu schätzen.« Sie ließ ihre Stimme fest klingen, obwohl sie so verdammt müde war. »Aber geben Sie jetzt die Tür frei, und lassen Sie mich gehen.«

Eine Sekunde verrann. Dann noch eine. Sloane sah sie nur an, und sein Blick ließ ihren Schutzwall bröckeln. Aber sie weigerte sich, eine Erklärung abzugeben oder sich zu rechtfertigen.

»Ich mache Ihnen Angst. Ich schüchtere Sie nicht ein, sondern mache Ihnen regelrecht Angst.«

Ja, aber sie war nicht zurückgewichen. Bedeutete das nicht, dass sie stärker wurde?

Bis auf heute Nacht, als Kellen sie gebraucht hätte.

Sloane erhob sich und machte ihr Platz.

Kat stand auf, wenn auch nicht annähernd so anmutig, wie er es getan hatte. Warum fiel ihr das überhaupt auf?

Er griff um sie herum und schloss die Tür. »Geben Sie mir Ihr Handy. Ich werde meine Telefonnummer einspeichern.«

Verwirrt runzelte sie die Stirn und sah ihn an. »Weshalb?«

»Weil ich so lange warten werde, bis Sie in Ihrer Wohnung sind. Sie werden sich umsehen und sich davon überzeugen, dass alles unversehrt ist, dann schließen Sie die Tür ab und schicken mir eine SMS, dass alles okay ist.«

»Es ist alles unversehrt. Ich habe eine Alarmanlage.«

»Wenn Sie mir keine SMS schicken und ich denke, dass Sie in Schwierigkeiten stecken, komme ich rein. Geben Sie mir Ihr Handy, Kat.«

»Aber Sie kennen mich doch gar nicht.« Warum nahm er

solchen Anteil? Warum war er so beharrlich? Und warum nahm ihr das die Angst und weckte … ihr Interesse?

Er lehnte sich an den Wagen. »Ich habe Sie gerade kennengelernt. Ich gehe nicht von hier weg, ehe ich nicht weiß, dass Sie in Sicherheit sind. Wenn Sie wollen, dass ich verschwinde, geben Sie mir Ihr Handy.«

Kat reichte es ihm.

Kat nahm den Brotteig aus der Schüssel und klatschte ihn auf die bemehlte Oberfläche. Musik dröhnte aus den Lautsprechern, an die sie ihren iPod angeschlossen hatte. Und es war eine ihrer Lieblingszeiten des Tages – der frühe Morgen, wenn die Konditorei noch geschlossen war und sie sich in ihrer Backstube befand und alles für den Tag vorbereitete.

In ihrer sicheren Zone. Es war ein reiner Glücksfall gewesen, dass sie Kellen als Physiotherapeuten gehabt hatte. Seinen Eltern hatte die Konditorei gehört. Irgendwann hatte er Kat dazu gedrängt, sich seinen Eltern vorzustellen, und sie hatten ihr einen Teilzeitjob in ihrer Backstube angeboten. Hier hatte der Heilungsprozess eingesetzt, hatte sie zu sich selbst gefunden und herausgefunden, was sie wirklich wollte.

Als Kellens Eltern den Entschluss fassten, das Geschäft zu verkaufen und in den Ruhestand zu gehen, hatte Kat gewusst, dass sie die Konditorei betreiben wollte, und sie gekauft. Und seit einem Jahr war sie die Inhaberin von *Sugar Dancer* und hatte ihre Entscheidung noch nicht bereut.

Sie atmete den wohligen Hefeduft ein, während sie mit Händen, die in dünnen Handschuhen steckten, den Brotteig bearbeitete. Die Schürfwunden machten die Handschuhe doppelt notwendig.

Unwillkürlich dachte sie an Sloanes viel größere Hände mit den kräftigen Knöcheln.

Die Hände eines Kämpfers.

Ein Schauer überlief sie. In der Abgeschiedenheit ihrer Backstube konnte sie es ruhig zuzugeben – Sloane erregte sie. Berauschte sie. Und machte ihr Angst ohne Ende. Er verströmte Selbstbewusstsein und rührte an ihre verborgensten Triebe.

Ein Klopfen an der Tür riss sie aus ihren Gedanken. Panik stieg in ihr auf.

Wer war da? Warum das hektische Hämmern, wenn ein einzelnes Klopfen seinen Zweck ebenso erfüllte? Sie erwartete keine Lieferungen. Zumindest nicht in der nächsten Stunde. Sie riss sich einen Handschuh herunter und schnappte sich ihr Handy, während sie mit sich rang, was sie tun sollte.

»Katie. Ich bin's. David. Mach die Tür auf.«

David. Ihr Exverlobter. Eine Lawine von Erinnerungen und Ängsten überrollte sie und ließ sie wie angewurzelt auf der Stelle verharren. Warum zur Hölle kam er hierher? War ihren Eltern etwas zugestoßen? Ihrem Bruder? Sie schaute auf ihren Handybildschirm, aber da war kein versäumter Anruf.

»Katie, ich weiß, dass du da bist. Es ist wichtig.«

Das musste es sein. Nachdem sie sich von ihm getrennt hatte, hatte sie sich monatelang geweigert, ihn zu sehen, hatte die Versuche ihrer Eltern abgewehrt, sie wieder zusammenzubringen. Nur etwas überaus Wichtiges würde ihn in ihre Konditorei führen. Neugier bezähmte ihre Angst weit genug, um sich ihm zu stellen. Als sie öffnete, stand im Türrahmen ein Mann, der gut einen Kopf größer war als sie. Es waren fünfeinhalb Jahre vergangen, und er hatte sich vermutlich verändert, aber andererseits hatte sie das auch. »Was ist los? Warum bist du hier?«

»Ich habe von dem Raubüberfall gehört.«

Sie war dermaßen überrascht, dass er sich diesen Umstand zunutze machen und an ihr vorbeidrängeln konnte. Kat wirbelte herum und ließ die Tür zufallen. »Gehört?« Es hatte eine Zeit gegeben, da hatte sie Dr. David Burke geliebt und ihm vertraut. Sicher, er war anmaßend und herrisch gewesen, aber er hatte ihr immerhin das Gefühl gegeben, umsorgt zu werden. Doch der brutale Raubüberfall hatte all das verändert. Hatte sie verändert. Sie war nicht mehr dieses vertrauensselige Mädchen. »Wie kommt es, dass du davon gehört hast, David? Ich habe es weder meinen Eltern noch meinem Bruder erzählt, von ihnen weißt du es also nicht.«

»Ich habe Freunde auf dem Polizeirevier.«

Freunde oder Spione? »Na klar, du hängst mit Bullen rum. Bist du vielleicht auch einem Kegelklub beigetreten?«

»Sarkasmus ist eine niedere Form von Humor. Aber um es klarzustellen, es macht mich nicht zum Snob, Ziele im Auge zu haben.« David musterte die Backstube. »Interessante Verwendung für deinen Abschluss in Chemie. War es das wirklich wert, sämtliche Ansprüche bei *SiriX* aufzugeben und einen Donutladen zu führen?«

Angesichts seiner höhnischen Miene und des abfälligen »Donutladens« ballte sie die Fäuste. »Ja. Meine *Konditorei* ist es wert.« Und ein Donutladen wäre es ebenfalls wert gewesen, wenn es denn ihr Wunsch gewesen wäre. Aber das war nicht gut genug für David oder ihre Familie. Als sie vor einigen Jahren das Familienunternehmen verließ, hatte dies einen schwerwiegenden Bruch zwischen ihr und ihren Eltern zur Folge gehabt.

David fuhr sich durchs Haar. Die dünner werdenden Locken erinnerten sie an die acht Jahre Altersunterschied zwischen ihnen. »Das war eine dumme Bemerkung. Ich bin nicht hierhergekommen, um zu streiten.«

»Warum dann?« Er tat niemals irgendetwas ohne einen Grund. Sie hatte das bei der Arbeit für ihn bei *SiriX* gelernt und in der Zeit, als sie mit ihm zusammen war. Aber David hatte ihr gegenüber einen ausgeprägten Beschützerinstinkt an den Tag gelegt, daher war es nicht unvorstellbar, dass er einen befreundeten Polizeibeamten gebeten hatte, ihn zu benachrichtigen, falls Kat jemals verletzt oder angegriffen werden sollte. Andererseits hatte sie schon vor Jahren aufgehört, Davids Motiven zu trauen.

»Ich will wissen, ob du in Ordnung bist.« Er hielt inne und schluckte. »Ich mache mir Sorgen um dich.«

Tat er das wirklich? Egal, es spielte keine Rolle mehr, ob sie ihm glaubte oder nicht. »Es geht mir gut.«

Er sah sie mit seinen grünen Augen eindringlich an. »Die Polizei sagt, ein Passant hat bei dem Überfall eingegriffen.«

»Jepp.« Ihr Nacken und ihr Kinn begannen vor Anspannung zu pochen. Sah er dies als eine Gelegenheit, den Helden zu spielen und sie zurückzugewinnen? Sie erinnerte sich daran, was er ihr gesagt hatte, als sie mit ihm Schluss gemacht und sie sich geweigert hatte, seine Anrufe entgegenzunehmen. »David, ich weiß, du denkst, ich werde zu dir zurückgehumpelt kommen.« Diese Worte taten nicht mehr so weh, wie sie es früher getan hatten. »Aber das wird nicht passieren. Und jetzt muss ich arbeiten.«

Er steckte die Hände in die Taschen und wippte auf den Fersen zurück. »Ich war aufgebracht, ich habe es nicht so gemeint, als ich das gesagt habe. Ich schlage um mich, wenn ich wütend bin, aber das hat nichts zu bedeuten.« Seufzend fügte er hinzu: »Wenn es um dich geht …« Seine Stimme verlor sich, und er wandte den Blick von ihr ab. »Dann kann ich mich nicht beherrschen. Meine Gefühle sind einfach zu stark.« Der Blick seiner grünen Augen richtete sich offen und ehrlich auf sie. »Ich habe nicht gewusst, wie sehr ich dich liebe, bis ich dich verloren habe.«

Eine alte Erinnerung kam in ihr hoch – Kat hatte David das Abendessen in die Firma gebracht, als er spät noch arbeitete. Sie wollte ihn damit überraschen. Sie war in eine Besprechung mit einem Mann geplatzt, den sie nicht kannte, und David hatte alles verdorben. Er hatte sie am Arm gepackt, aus seinem Büro gezerrt und sie geheißen, das nie wieder zu tun. Er war fuchsteufelswild gewesen, sein linkes Auge hatte gezuckt, und seine Hand auf ihrem Arm war verschwitzt gewesen. Kat hatte diese Seite von David nicht oft zu sehen bekommen, aber nichtsdestoweniger hatte es ihr ein Gefühl der Unbehaglichkeit verursacht. Später hatte David sich entschuldigt und erklärt, der Mann sei ein ehemaliger Freund gewesen und habe ihn um Geld gebeten. David sagte, er habe ihn nicht in Kats Nähe haben wollen, da er ihm nicht vertraute. Er war ihr gegenüber immer übermäßig besorgt gewesen, und er neigte zugegebenermaßen zu Zornesausbrüchen, wenn er dachte, sie könne in Gefahr sein.

»Hey, Katie, woran denkst du gerade. Alles okay?« Er streckte eine Hand nach ihr aus.

Ihr Puls beschleunigte sich. Der Anblick seiner Hand, die

auf sie zukam, rief instinktiv eine tief sitzende Furcht wach. Vielleicht war es irrational, aber für sie fühlte es sich real an. Sie zog sich zu ihrem Arbeitstisch zurück und rang um Fassung. »Man nennt mich jetzt Kat.« Sie schnappte sich einen frischen Handschuh und streifte ihn über. »Die Tür schließt automatisch, du kannst also gehen und dich selbst hinauslassen.«

»Für mich wirst du immer Katie sein.«

Der sanfte Tonfall rief unwillkürlich wehmütige Gefühle in ihr wach. Sehnsucht nach der Art, wie sie sich einst gefühlt hatte. Als etwas Besonderes. Eine Weile hatte Kat sich wie die Frau gefühlt, die ihre Eltern sich für sie vorgestellt hatten. Klug genug, um ein Genie wie Dr. Burke dazu zu bringen, sich für sie zu interessieren.

Sie schüttelte den Kopf und brach den Bann. Sie hatte sich selbst, David und ihrer Familie etwas vorgemacht – sie hatte versucht, das zu sein, was David wollte.

Aber das war sie nicht. War es niemals gewesen. Der einzige Unterschied war der, dass sie es früher zumindest versucht hatte.

»Ich bin nicht mehr dieses Mädchen, David. Lass es gut sein.« Sie wusste nicht, wie sie sich noch klarer ausdrücken sollte.

»Ich habe es versucht. Aber ich kann nicht aufhören, mich um dich zu sorgen. Ich denke an dich, frage mich, ob du zurechtkommst.« Er lehnte sich ihr gegenüber an den Arbeitstisch. »Hast du immer noch Albträume? Immer noch Flashbacks? Oder Panikattacken?«

Sein Ton war sanft und fürsorglich, aber die Augen hinter seinen Brillengläsern waren schmal, sein Blick war scharf, als untersuche er Teströhrchen. *Hab keine Angst. Dir passiert nichts.* »Was soll das hier? Nach Jahren tauchst du plötzlich auf und erkundigst dich nach meinen Flashbacks?« Es ergab keinen Sinn. Sie krallte sich an der Tischkante fest. »Machst du dir wirklich Sorgen um mich? Oder etwa um das, woran ich mich erinnern könnte?« Warum konnte sie ihm nicht einfach glauben? Es wäre so viel einfacher gewesen, wenn sie es getan hätte.

»Verdammt, Katie.« Trotz ließ seinen Adamsapfel vorspringen. »Ich habe dir, der Polizei und deiner Familie genau gesagt, was in dieser Nacht passiert ist. Du bist die Einzige, die mir nicht glaubt.«

Bilder blitzten vor ihrem inneren Auge auf. Sie waren da und wieder verschwunden, ließen sie keuchend und voller Angst zurück. Beliebige Worte schossen durch ihr Gehirn …

Konsequenzen.

Dr. Burke.

Oh Gott, stopp!

Ihre Erinnerung wurde von weißem Rauschen überlagert. Ihre Finger kribbelten. Kat wehrte sich dagegen, ausgerechnet hier in ihrer Konditorei einer Panikattacke anheimzufallen. Ein- und ausatmend gewann sie die Kontrolle über sich zurück. »Es spielt keine Rolle mehr, was ich glaube.«

Sein schwaches Auge, das, das ihm zu schaffen machte, wenn er zu lange arbeitete, zuckte. »Weißt du, wie ich mich fühle, weil du an mir zweifelst? Ist es nicht schlimm genug, dass ich dich nicht beschützen konnte und wir beide verletzt wurden? Musst du auch noch dafür sorgen, dass ich mich noch miserabler fühle?«

Beide verletzt wurden? *Geh nicht darauf ein.* Sie wiederholte das Mantra, bis sie ihren Zorn gebändigt hatte und sich davon freimachen konnte. Nichts von all dem spielte jetzt noch eine Rolle. Niemand glaubte ihr, dass in dieser Nacht etwas noch Schrecklicheres als ein gewaltsamer Überfall stattgefunden hatte. Etwas, das David vertuschte.

Aber wie konnten sie ihr auch glauben? Kat erinnerte sich nicht mehr, es gab nur Erinnerungsfetzen, hier ein Wort, da ein verwirrendes Bild, es ergab keinen Sinn, nicht wirklich. Nur dass sie David nicht wieder vertrauen konnte. Nie wieder.

Sie wollte einfach, dass er verschwand. Ihre Backstube war ihre sichere Zone. Und sie wollte, dass David von hier verschwand. »Du musst jetzt gehen.«

Resignation machte sich in ihm breit. »Der Überfall auf dein Auto wird dich noch beschäftigen. Du sollst wissen, dass ich da bin. Du bedeutest mir etwas, Katie.« Traurigkeit stand in seinen Augen, die hinter den Brillengläsern vergrößert erschienen. »Ich habe dich geliebt. Ich wollte nie, dass dir etwas angetan wird.«

Sie schloss die Augen; seine Worte klangen aufrichtig. Und genau das hatte ihren Bruch mit ihm so schwer gemacht. Er war nicht irgendein Soziopath, der keinen Anteil nahm. Das tat er sehr wohl. Und sie wusste, was immer geschehen war, es war nicht seine Absicht gewesen, er hatte nicht gewollt, dass sie verletzt wurde. David war nicht zimperlich, aber als er sie im Krankenhaus gesehen hatte, ihr Gesicht blutunterlaufen und völlig verschwollen, ihr Arm in einem Gipsverband und ihr Bein im Streckverband vor der Operation, war David grün im Gesicht geworden. Seine Reaktion war sehr glaubhaft gewesen. Später hatte er ihr vernarbtes Bein nicht ansehen können.

Sie verdrängte die Erinnerung und verkniff es sich, wieder einmal zu fragen, was in der Nacht des angeblichen Raubüberfalls wirklich passiert war. Sie würde die gleiche Antwort bekommen – dass sie überfallen worden seien und dass sie, Kat, eine Gehirnerschütterung erlitten habe, die dazu geführt habe, dass ihre Erinnerungen verworren waren.

»Ich möchte dir helfen, Katie. Ich bin da, falls du mich brauchst. Wenn dir der Überfall auf dich zu schaffen macht, ruf mich an, dann reden wir.« Er ging zur Tür und fügte hinzu: »Ansonsten sehen wir uns bei Marshalls und Lilas Verlobungsparty.« Und damit ging er.

Wieder allein in ihrer Backstube konnte Kat keine Erklärung für Davids plötzliches Wiederauftauchen in ihrem Leben finden. Bloße Sorge? Oder auch etwas anderes?

5

Kat gab ihrer Kundin das Wechselgeld und die Schachtel mit dem Kuchen. Von ihrem Platz hinter den Glasvitrinen und der Theke ließ sie ihren Blick rasch durch ihren Laden schweifen. Die cremefarbenen Wände waren mit bedruckten Leinwänden dekoriert, auf denen Tänzer aus Zuckerwatte in verschiedenen Farben abgebildet waren. Im Cafébereich standen runde Chromtische aus den Fünfzigerjahren mit weiß laminierten Oberflächen und darum herum Stühle mit Sitzflächen in einem Liebesapfelrot. An der rückwärtigen Wand war eine hohe Bar mit Hockern. Die meisten der Tische waren besetzt mit ihren treuen, zuckersüchtigen und kaffeetrinkenden Kunden. Doch auch für Teeliebhaber gab es ein reichhaltiges Angebot.

Alles war in Ordnung. Sie drehte sich um, nahm ihren Becher mit kaltem Kaffee und kippte ihn aus. Dies war der erste Morgen, an dem sie sich fühlte, als könne sie wieder frei atmen. Sie hatte ihre Zeit aufgeteilt, hatte gearbeitet und gleichzeitig Kellen geholfen, der seit seiner Entlassung aus dem Krankenhaus bei Diego wohnte.

Während sie sich frischen Kaffee einschenkte und hoffte, diesmal tatsächlich etwas davon trinken zu können, hörte sie das Klingeln der Ladentürglocke. Ja, die war altmodisch, aber sie tat ihre Schuldigkeit. »Anna«, rief sie nach ihrer Angestellten.

Anna kam von hinten herbeigeeilt, wie immer voller Tatendrang. Sie hatte ihr dunkelblondes Haar hochgesteckt, trug eine schicke schwarze Brille und war einfach nur süß. Aber Kat mochte sie sowieso.

»Kannst du das übern…?« Sie schaute über ihre Schulter, um zu sehen, wer in den Laden gekommen war. Das Wort blieb ihr im Hals stecken.

Anna legte Kat eine Hand auf die Schulter. »Alles in Ordnung?«

Nein. Nichts war in Ordnung. Sloanes sündhaft lange Beine durchmaßen die Entfernung von der Tür zur Vitrine im Handumdrehen.

Ihre Kunden legten Handys, Notizbücher und Zeitungen beiseite, um sich das nicht entgehen zu lassen.

»Oh mein Gott!«, hauchte Anna.

»Bekleidet mit einem anthrazitgrauen Anzug«, fügte Kat hinzu und verspürte ein Kribbeln.

Überall.

Was war es, was dieser Mann an sich hatte? Sicher, er war groß und gut gebaut, aber sein Gesicht war eine Spur zu hart, um gut aussehend zu sein. Und da war der Höcker auf seiner Nase. Die Narben. Doch das alles fügte sich auf unglaublich eindrucksvolle Weise zusammen.

Sloane warf einen Blick durch den Laden, unterzog Anna einer kurzen Musterung, um sich dann voll auf Kat zu konzentrieren, wobei er vor der Kasse stehen blieb. »Guten Morgen, Kat.«

»Sloane.« Sie reichte Anna ihren unberührten Kaffee und ging die paar Schritte zur Theke.

Er zog die Augenbrauen zu einem Stirnrunzeln herunter.

»Sie humpeln immer noch. Sie müssen sich Ihr Bein noch mal untersuchen lassen.«

Das war wie eine kalte Dusche. Eine eisige Erinnerung. »Das Humpeln hat nichts mit diesem Überfall zu tun«, erklärte sie entschieden, dann wechselte sie in ihre Servicestimmlage. »Womit kann ich Ihnen dienen?«

Er legte einen Arm auf die Vitrine. »Haben Sie Zeit zu reden?«

Reden? Worüber? Nachdem er sie am Samstag abgesetzt hatte, hatte sie ihm die SMS geschickt, um die er gebeten hatte, und als Antwort ein *Schlafen Sie gut!* bekommen, und dann war er aus ihrer Welt verschwunden.

Aber nicht aus ihren Gedanken oder Fantasien, verdammt noch mal.

Bevor sie etwas erwidern konnte, mischte sich Anna ein. »Du wolltest ohnehin gleich Pause machen, Kat. Geh und unterhalte dich.«

Kat sah das Mädchen über ihre Schulter hinweg an. »Danke. Ich war mir nicht sicher, ob du es mir erlaubst.«

Anna grinste, zog die Nase kraus und ließ die Augen hinter ihren Brillengläsern aufblitzen. »Siehst du jetzt, warum du mich eingestellt hast?« Dann konzentrierte sie sich auf Sloane. »Was kann ich für Sie tun, Sir? Ich bringe es Ihnen an den Tisch.«

»Einen Kaffee, bitte.«

»Geht klar. Aber Kat hat heute Morgen Kuchen nach ihrem Spezialrezept gebacken. Mit getrockneten Preiselbeeren und Mandeln. Mittwochs kommen die Leute von meilenweit her, um ihren sündhaften Kuchen zu kosten.«

»Anna.« Kats Tadel verwandelte sich in ein Lachen. Sie

konnte nicht anders. »Sündhaft? Also wirklich! Es ist einfach ein Kuchen.«

»Ich nehme ein Stück«, sagte Sloane.

Anna zwinkerte. »Es ist das ›sündhaft‹, das Sie in Versuchung geführt hat, nicht wahr? Machen Sie Kat das mal klar. Ich versuche, die Speisekarte aufzupeppen, damit sie in eine dieser Kochshows kommt. Die brauchen originelle Titel, stimmt's?«

Ein Grinsen zupfte an Sloanes Mundwinkeln.

Ein Anflug von hässlichem Neid überkam Kat, und sie verabscheute sich selbst dafür. Anna war jung, hübsch, ohne sich Mühe geben zu müssen, außerdem klug und bezaubernd. Kat schämte sich für die Eifersucht, die sie einen Moment lang verspürt hatte. Um es zu überspielen, ging sie um die Kuchenvitrine herum, sah Sloane an und sagte so leichthin, wie sie eben konnte: »Anna ist ein Marketing-Freak.«

Er zog eine Augenbraue hoch. »Sie hat nicht unrecht. Kats sündhafter Kuchen hat meine Aufmerksamkeit erregt.«

Sie hätte wetten können, dass es Anna war, die seine Aufmerksamkeit erregte, nicht ihre Ideen. Wütend auf sich selbst ging sie zu einem leeren Tisch in der Ecke. Wenn er immer noch reden wollte, würde er ihr folgen. Wenn nicht, würde er an der Theke stehen bleiben und mit Anna flirten.

Sie tat ihr Bestes, das mulmige Gefühl in ihrem Bauch zu ignorieren, und griff nach der Rückenlehne des Stuhls.

Sloane kam herübergeschlendert und blieb so nah bei ihr stehen, dass seine Wärme ihre rechte Seite ergriff. Heiß. Potent. Er legte seine Hand auf ihre auf der Stuhlrückenlehne. Mit dem Tisch vor ihr war sie eingekesselt. Seine große Hand schloss sich um ihre und zog den Stuhl heraus.

Für sie.

Sie legte den Kopf schräg und fühlte sich wie erschlagen von seinem forschenden Blick. Sie hatte sich die bernsteinfarbenen Sprenkel, die in seinen braunen Augen glitzerten, nicht eingebildet. Oder seinen Duft – nach Seife und Mann –, von dem sie sich gewünscht hatte, ihn einzuatmen.

»Setzen Sie sich«, raunte er ihr zu. Seine Finger auf dem Stuhl schoben sich zwischen ihre und riefen eine sinnliche Berührung hervor. »Bevor ich vergesse, dass wir in der Öffentlichkeit sind.«

In ihrem Bauch flatterten Schmetterlinge. Oh je, es hatte sie schwer erwischt, und sie kannte ihn nicht einmal. In dem Bemühen, ihre Beherrschung wiederzuerlangen, sagte sie: »Ich werde meine Hand noch brauchen.«

»Diese Hand?«, fragte er und ließ die Finger über ihren Handrücken gleiten. Bis zu ihrem Handgelenk hinauf. Er strich weiter.

Ein Kribbeln tanzte über ihre Haut. Verlangen durchströmte sie, erhitzte sie, drohte, den Deckel, den sie über ihr Sexleben gestülpt hatte, zu sprengen.

Ein Räuspern durchbrach den Bann.

Anna stand am Tisch, ein allzu wissendes Grinsen auf dem Gesicht. Sie trug ein Tablett, das mit zwei Kaffeetassen und einem Teller mit Kuchen und zwei Gabeln beladen war.

Sloane nahm die Hand von ihrer und schob ihr den Stuhl zurecht.

Obwohl sie völlig durcheinander war, schaffte sie es, sich hinzusetzen, ohne das Gleichgewicht zu verlieren. Während Sloane zu seinem Platz ging, reichte Anna ihnen die Kaffeetassen und stellte den Teller mit Kuchen vor Sloane. »Zwei

Gabeln, für den Fall, dass Sie gern teilen möchten. Kann ich Ihnen sonst noch etwas bringen?«

Verlegen griff Kat nach einer der Gabeln. »Die brauchen wir nicht.« Sie hielt das Utensil Anna hin und fragte sich, wann diese beschlossen hatte, sie zu verkuppeln. Einen Mann dazu zu nötigen, sein Essen mit ihr zu teilen, war mehr als aufdringlich.

Sloane hielt ihre Hand fest und zog sie auf den Tisch herunter. »Danke, Anna.«

»Was tun Sie da?« Sie verstand nicht. Zu viel merkwürdige Sachen passierten. Überfälle, Sloane, der sie rettete, David, der nach Jahren, in denen sie einander nur selten gesehen hatten, voller Sorge auftauchte. Jetzt benahm Sloane sich, als würde eine unwiderstehliche sexuelle Anziehung zwischen ihnen bestehen. Was mochte Sloane wohl von ihr wollen?

Sicher nur Mitleidssex.

Lass das. Sie würde Davids Stimme nicht in ihren Kopf lassen.

Er gab ihre Hand frei und griff nach seiner Kaffeetasse. »Diesmal hatten Sie keine Angst vor mir.«

Sie legte die Gabel neben ihre Tasse. Entweder sie tat so, als wisse sie nicht, wovon er sprach, oder sie war ehrlich. »Ich habe selten Angst in meinem eigenen Laden.« Jedenfalls nicht mehr. »Worüber wollten Sie mit mir sprechen?«

»Über uns.« Er griff nach seiner Gabel und versenkte sie in dem Stück Kuchen.

Kat lehnte sich zurück, brauchte Abstand. Okay, ja, sie spürte die Anziehung. Vielleicht spürte er sie ebenfalls. Aber Kat würde sich nicht darauf einlassen. Als sie das letzte Mal mit einem Mann zusammen gewesen war, vor fünf

Jahren, hatte sie eine Panikattacke gehabt. »Ich gehe nicht aus.«

Er lächelte. »Wie bequem! Ich auch nicht. Keine Zeit, kein Interesse.«

Was meinte er dann? Sie wollte gerade nachfragen, aber Sloane hob die mit Kuchen beladene Gabel an, öffnete seine vollen Lippen und schob den Bissen in den Mund. Dann zog er die Gabel so langsam heraus, als wolle er verhindern, dass auch nur ein Krümelchen herunterfiele. Seine Augen verdunkelten sich, wechselten von Hellbraun zu tiefdunklem Siena.

»Mmmmh.«

Dieser Laut, leise und vibrierend, durchfuhr sie. Es kribbelte in ihrem Magen, und sie vergaß zu atmen. Sloane schob die Gabel zurück in den Mund, als könne er gar nicht genug von dem Leckerbissen bekommen, und sein Blick verzehrte sie mit der gleichen Inbrunst, mit der er ihren Kuchen aß.

Sie riss sich zusammen, legte die Hände um ihre Kaffeetasse, um ihnen etwas zu tun zu geben – irgendetwas. Gott, jahrelang hatte ihr Verlangen meistenteils geschlummert, und sie hatte ihre Leidenschaft aufs Backen verlegt.

Aber dieser Mann, Sloane, machte mit einer einzigen Berührung seiner Hand und einem Bissen von ihrem Kuchen alles zunichte. Himmel! Sie biss die Zähne zusammen und weigerte sich, ihn zu fragen, ob ihm der Kuchen schmecke.

Er ließ die Gabel sinken und beugte sich vor.

Sie musste sich mit aller Gewalt davon zurückhalten, ihm entgegenzukommen.

Dann sagte er leise und langsam: »Als würde man von der Sünde kosten.«

Feuchte Hitze breitete sich in ihrem Unterleib aus. Sie

musste diese Situation unter Kontrolle bekommen. Musste sich zwingen, sich zurückzulehnen und aufzuhören, sich zu benehmen, als fordere sie gerade einen Orgasmus heraus. Sie sagte: »Warum sind Sie hier, Sloane? Hören Sie mit den Spielchen auf, ich habe keine Zeit für so etwas.«

»Ich will Sie sehen, Kat.«

Sie schnappte nach Luft. »Sie haben gerade gesagt, dass Sie sich nicht verabreden.«

»Mache ich auch nicht.« Er nippte an seinem Kaffee. »Ich möchte, dass Sie mich begleiten.«

Sie war vertraut damit, in Begleitung aufzutreten, aber nicht, wie er das meinte. »Und das unterscheidet sich inwiefern von Verabredungen?«

»Ich bin viel beschäftigt. Ich habe keine Zeit für komplizierte Beziehungen und Erwartungen.« Sein Tonfall war rein geschäftsmäßig, dann setzte er leise und heiser hinzu: »Aber ich mag Sex.«

»Huh, wer hätte das gedacht?« Er verströmte Sex und Gefahr wie andere Männer Schweiß.

»Und ich habe eine Menge gesellschaftlicher Verpflichtungen. Es ist einfacher, eine Frau zu finden, mit der die Chemie stimmt, und ihr ein Angebot zu machen. Sie wird mit mir Veranstaltungen besuchen, wie es sich gerade ergibt. Als Gegenleistung werde ich ihr etwas geben, das sie sich wünscht. Und wir haben Sex.«

Er wollte Sex mit ihr. Für eine Sekunde stellte sie sich ihn über sich vor, ganz nackt und mit angespannten Muskeln, während er in sie hineinstieß. Das Bild war erotisch und verführerisch, bis ihr wieder einfiel, warum Sex eine schlechte Idee war. Ärgerlich darüber, so triebgesteuert zu sein, dass sie das so leicht vergessen konnte, sprach sie leise, nur für seine Ohren. »Wie kann ein Mann, der das Verzehren von Kuchen aussehen lässt, als würde er es einer Frau mit dem Mund besorgen, über Sex sprechen, als handele es sich um ein geschäftliches Angebot?« Sie nippte an ihrem Kaffee.

Er warf ihr einen lodernden Blick zu. »Sobald wir das mit den Erwartungen und Verpflichtungen geklärt haben, können wir darüber reden, wie ich es Ihnen mit dem Mund besorgen soll.«

Kat verschluckte sich beinahe. Sie stellte die Tasse beiseite und verdrängte dieses Bild aus ihrem Kopf. Sein dunkler Kopf, über sie gebeugt … Nein! »Kein Interesse.«

Er lehnte sich zurück und musterte sie. »Ich habe Sie gegoogelt, Kat.«

All ihr Interesse und ihre nervöse Erregung fielen in sich zusammen, und es blieb nichts als Entsetzen und Wut. »Ihnen passieren lauter schlimme Sachen.« Was war sie für ihn? Eine Kuriosität? Geilte er sich an Freakshows auf?

»Es gab da einen ziemlich vagen Zeitungsbericht über den Überfall auf Sie vor einigen Jahren. Die Polizei hat Sie bewusstlos aufgefunden. Ihre Angreifer sind nie gestellt worden. Da Ihr Hinken nicht von dem Überfall neulich kommt, nehme ich an, dass Sie es von diesem Überfall haben.« Er änderte seine Sitzposition und fuhr fort: »Genau wie die Panikattacken. Der Grund, warum Sie Angst vor mir hatten.«

Sie klinkte sich aus und zog sich zurück. Es war eine ihrer Techniken, Probleme zu bewältigen und sich selbst zu schützen. Sie konzentrierte sich auf einen Punkt über seiner Schulter, auf die Abbildung einer Tänzerin, die in hellem Gelb gedruckt war. »So beeindruckend all Ihre Recherchen auch sein mögen, Sloane, aber so geht das nicht.« Sie legte die Hände flach auf den Tisch.

Er bedeckte eine mit seiner warmen Hand. »Ich habe noch etwas außer Sex, was ich Ihnen geben kann.«

Seine Berührung löste ein Brennen in ihr aus, keine sexuelle Vibration wie zuvor, sondern ein Verlangen, das sie nicht benennen konnte. Sie zog die Hand weg und ballte sie auf dem Schoß zur Faust. Weiterhin auf das Bild über seiner Schulter konzentriert sagte sie: »Und was soll das sein?«

»Ich kann Ihnen beibringen, wie man kämpft und sich selbst verteidigt.«

Diese Worte trafen sie tief und drangen direkt in ihre Seele. Sie brachten etwas zum Klingen, eine tiefe Sehnsucht, von der sie nicht einmal gewusst hatte, dass sie sie besaß. Sie wandte sich ihm von ganzem Herzen zu. Für eine Sekunde, einen Zeitsprung, stellte Kat sich vor, sie sei wieder unversehrt. Stark.

Die Art Frau, die ein Mann wie Sloane Michaels wollen würde.

Aber der Schmerz in ihrem Bein und ihre Erinnerungen sagten ihr etwas anderes.

In dem Bemühen, ihre Fassung wiederzuerlangen, fasste sie die gelbe Tänzerin an der Wand fest ins Auge und sagte ihm die ungeschminkte Wahrheit. »Sie kapieren es nicht. Ich fühle mich wohl in meinem Laden und bei meiner Arbeit. Aber darüber hinaus können stressige Situationen Panikattacken auslösen.« Sie sah ihn an. »Sex löst Panikattacken aus, oder jedenfalls war das beim letzten Mal so, als ich es versucht habe. Und dann so eine Verabredung? Daraus wird nichts.«

Sie stand auf, drehte sich um und ging.

Anna blickte von dem Tablett mit frisch gebackenen Keksen auf, die sie gerade arrangierte. Ihre Augen weiteten sich hinter ihren Brillengläsern.

Kat schüttelte nur den Kopf und trat durch die Schwingtür in ihre Backstube.

Ihre sichere Zone.

Kalter Industriestahl und die warmen Düfte von Backwaren umgaben sie. Vertraut und tröstlich. Sie legte die Hände auf das Ende ihres langen Arbeitstischs aus rostfreiem Stahl, der in der Mitte des Raums stand. Dann senkte sie den Kopf und holte tief Luft.

Sicher. Sie hatte ein Jahr hier arbeiten und sich ganz dem Backen und Dekorieren hingeben müssen, hatte den Unterschied lernen müssen zwischen all den fantastischen Kursen, die sie besucht hatte, und dem Betreiben einer Konditorei. Ein Jahr, bevor sie endlich in der Lage gewesen war, durch die Schwingtür in den vorderen Teil des Ladens zu gehen, ohne in Panik zu geraten.

Die Luft im Raum veränderte sich. Verlagerte sich.

War geladen mit knisternder Spannung.

Sie hätte es wissen sollen. Anna war der Willenskraft und der Autorität Sloanes nicht gewachsen.

Sie hielt den Blick auf den makellos sauberen Tisch unter ihren Händen gerichtet. »Sie sind es nicht gewohnt, eine Abfuhr zu bekommen, wie?«

»Ich bin gewöhnt zu bekommen, was ich will.«

Sie hörte ihn näher kommen. Spürte, wie sich die feinen Härchen in ihrem Nacken aufstellten. Sie wusste, dass er dicht hinter ihr stand, doch er berührte sie nicht. Stattdessen legte er eine cremefarbene Visitenkarte auf den Tisch zwischen ihre Hände. *SLAM Inc. Sloane Michaels, Geschäftsführer* stand in leuchtender Schrift darauf. Sowie alle anderen üblichen Informationen. Seine Hand verschwand.

»Meine private Handynummer haben Sie bereits auf Ihrem Handy. Hier finden Sie die restlichen Kontaktdaten.«

Seine Stimme war ihrem Rücken so nah, dass sie erschauerte. »Warum verfolgen Sie mich?«

»Weil ich Sie will.«

Das ergab keinen Sinn. »Haben Sie nicht gehört, was ich vorhin gesagt habe? Das funktioniert nicht.« Er machte ihr eine Heidenangst. Als könne er ihr die Haut abziehen und sie sehen, und zwar alles von ihr, nicht nur die Teile, die sie freiwillig preisgab.

»Ich habe es gehört. Ich habe Sie am Samstagabend über den Boden kriechen sehen, um zu Ihrem Freund zu gelangen. Sie haben mir im Krankenhaus gesagt, dass ich aus ihrer Intimsphäre verschwinden soll. Sie haben violette Strähnen im Haar.«

»Lila Strähnen.« Mein Gott, sie wusste, dass er lächelte, ohne sein Gesicht zu sehen. Konnte sich vorstellen, wie seine Mundwinkel sich nach oben zogen und einen verlockenden Blick auf den Mann hinter der harten Fassade preisgaben.

»Was auch immer, die Strähnchen sind scharf. Ich würde Ihnen am liebsten dieses Band aus dem Haar ziehen und mit den Fingern durch die Strähnen fahren. Ich kann an nichts anderes mehr denken. Ich arbeite kaum, schlafe nicht und konzentriere mich nicht genug auf mein Training.«

Er fand ihre Strähnchen scharf? Moment mal … »Welches Training? Ich dachte, Sie hätten damit aufgehört?«

Schweigen breitete sich in ihrem Nacken aus. »Ich mache Schaukämpfe.«

Zum ersten Mal hatte sie das Gefühl, dass er die Wahrheit verbarg. Aber was wusste sie schon? Sie hatte kaum Zeit mit ihm verbracht. Sie drehte den Kopf und sah ihn an.

Er fing ihren Blick auf, und ihr wurde ganz heiß.

»Sie kämpfen immer noch.«

»Für wohltätige Zwecke.«

»Und wenn Sie auf Schläger treffen, die den Wagen einer Frau überfallen, die solche Angst hat, dass sie vor Panik erstarrt und zulässt, dass ihrem Freund ein Messer in den Leib gerammt wird.«

»Das war nicht Ihre Schuld, Kat.«

Sie wandte sich ab. Sie musste diese Spannung, die zwischen ihnen knisterte, durchbrechen. »Ach, was! Ich bin erstarrt. Ich habe das Messer gesehen, aber der Mann stand mit dem Rücken zu Kellen. Ich hätte ihn warnen können, irgendetwas tun können.«

Sie versteifte sich, als Sloane näher trat und sein Oberkörper ihre Schulterblätter streifte. Er streckte die Arme vor und legte die Hände neben ihre auf den Tisch. »Ich könnte Ihnen beibringen, wie Sie sich wehren können.«

»Aber meine Panik …«

»Kämpfen ist ebenso sehr eine mentale Sache wie eine physische. Sie können Ihre Panik überwinden, Kat.«

Sie war wie erstarrt. Es lag nicht nur daran, dass dieser Mann sie zwischen seinen Armen eingekeilt hatte. Schon vor dem Überfall waren ihre Eltern, was sie betraf, immer übermäßig besorgt gewesen. Kat war anders, künstlerisch veranlagt und nicht so akademisch orientiert, wie sie es sich gewünscht hatten, nicht so wie Marshall, ihr älterer Bruder. Er war ein Genie wie ihre Eltern, während Kat sie mit ihrer ach so durchschnittlichen Intelligenz und ihrem Wunsch, Dinge zu gestalten, enttäuscht hatte. Und seit ihrer Verletzung glaubten sie, sie sei praktisch lebensuntüchtig. Selbst Kellen war ihr gegenüber vorsichtig und neigte dazu, sie zu beschützen. Und dann die Vorstellung, dass sie in der Lage sein könnte, sich tatsächlich selbst zu verteidigen? Das war doch sehr verwunderlich.

»Selbstverteidigung.« Sie ließ das Wort auf der Zunge zergehen, genoss das Gefühl von Macht, dass es in ihr weckte.

»Ich kann Ihnen das beibringen.«

Ihr beibringen, stärker zu sein.

»Aber ich werde Sie berühren müssen.« Er schloss die Finger um ihre Handgelenke und ließ die Hände in einem langsamen Streicheln an ihren Armen hinaufgleiten.

Sie bekam eine Gänsehaut, ihre Brustwarzen wurden hart, ihre Reaktion war so stark, dass sie die Schenkel zusammenpresste. Nicht aus Angst. Vor Lust. Heißer, kribbelnder Lust.

»Und Baby, ich kann dich nicht berühren …«, er presste die Hüften gegen ihr Kreuz, und die harte Wölbung seiner Erektion brannte auf ihrer Haut, »… ohne uns beide nackt auszuziehen und dich zu vögeln, bis du vor Ekstase schreist.« Sein warmer Mund streifte ihren Nacken. »Nicht vor Furcht, nur vor Vergnügen«, flüsterte er und neckte ihre empfindliche Haut. »Ich bin bereit.«

Ihr Slip war feucht und schmiegte sich zwischen ihre pochenden Schenkel. Was machte er da mit ihr?

Er ließ sie los, trat einen Schritt zurück. Kalte Luft durchzog den Raum und ersetzte die Wärme von Sloanes Berührung.

»Rufen Sie mich an, wenn Sie bereit sind.«

Dann war er fort und ließ sie mit zusammengepressten Oberschenkeln zurück, die Hände mit aller Kraft um die Tischplatte geklammert.

6

Am Donnerstagabend brachte Kat eine Platte mit gekauften Brathähnchen und Feinkostsalaten zu Kellen. Diego hatte an diesem Abend Sprechstunde, Kels Eltern waren erschöpft, daher war sie an der Reihe. Sie reichte ihm eine Wasserflasche, die er zwischen seinen Schenkel und die Armlehne seines Liegesessels klemmte. »Brauchst du sonst noch irgendetwas?«

»Nach diesem Gourmetmahl wohl kaum.«

Er war heute fürchterlich gereizt. Kellen war ein ungeduldiger Patient. »Ich habe Brownies mitgebracht. Noch ein Seitenhieb auf meine mangelhaften Kochkünste, und ich gebe sie alle Diego.«

Er verzog den Mund. »Ich kann keine Brownies essen, wenn ich nicht trainiere. Du folterst mich nur.«

»Darin bin ich Expertin.« Sie ging zurück in die Küche, holte ihren Teller, eine Flasche Wasser und zusätzliche Servietten. Dann setzte sie sich auf das große Sofa und zog ihre nackten Füße unter sich.

»Tut mir leid, ich will einen Brownie. Ich liebe deine Brownies.« Er warf ihr einen jämmerlichen Blick zu.

»Das liegt an dem genialen Rezept deiner Mutter. Alle lieben diese Brownies.« Seine Eltern hatten über exzellente Rezepte verfügt und sie mit Freuden an Kat weitergegeben. Sie benutzte einige der Rezepte seiner Eltern, einige von ihren eigenen, und einige waren eine Kombination aus beidem.

Er schenkte ihr etwas, das fast wie ein Lächeln aussah. »Es tut mir leid.«

Sie wedelte mit ihrer Gabel in seine Richtung. »Eins sag ich dir, du kannst dich zum Teufel scheren und tot umfallen, wenn du mir dafür mit einem Workout kommst. So ein Brownie ist doch gar nichts.«

»Ich hasse es. Ich habe noch eine wochenlange Reha vor mir, hab bereits gewaltige Schulden am Arsch, und mit den Arztrechnungen …« Seine Stimme verlor sich. Er schaute zu dem Film hinüber, der über *Netflix* lief.

Kat unterdrückte ihre eigenen Schuldgefühle, die sie beschlichen. Hier ging es nicht um sie, sondern um Kel und seine Probleme. »Diego ist nicht Brian.« Kellen hatte eine miserable Beziehung mit einem Mann hinter sich, der gewalttätig geworden war. Brian hatte die Schuld immer Kels geringerem Einkommen und seinen wachsenden Schulden für sein Studium gegeben, und irgendwie hatte sich das in Kels Gehirn festgesetzt. Wenn er sich nicht angemessen finanziell beteiligte, würde er nur Prügel und Verachtung kassieren.

»Ich weiß.« Er schaute von seinem Teller auf. »Ja, wirklich. Ich habe im Moment einfach zu viel Zeit zum Nachdenken.« Er rang sich ein Lächeln ab. »Erzähl mir, was bei dir so los ist. Du gehst also auf Marshalls Verlobungsparty übernächsten Samstag?«

Bei der Erinnerung an die Party für ihren Bruder und seine Verlobte krampfte sich ihr Magen zusammen. »Ja.« Sie rieb sich die Stirn. »David hat mich eigens daran erinnert, dass er da sein wird.« Natürlich würde er da sein. Marshall und David waren seit der Highschool beste Freunde.

Kellens Gesicht wurde rot vor Zorn. »Ich werde dich begleiten. Ich werde vielleicht viel sitzen müssen, aber es ist besser, wenn du dich deinem hinterhältigen Ex nicht allein stellst.«

Und er würde es tun. Das wusste sie, ganz gleich, wie groß seine Schmerzen waren. Aber sie würde seine Genesung nicht aufs Spiel setzen. »Nein, das tust du nicht. Ich bin in meiner Konditorei mit David fertiggeworden, dann werde ich das auch auf der Party schaffen.« Hoffte sie. Sie zwang sich, etwas von dem Hühnchen zu essen, so als mache sie sich keine Sorgen. Es schmeckte wie Sägespäne.

»Du wirst mutiger. Behältst du die Strähnchen im Haar?«

Das hob ihre Stimmung, und sie konnte sich ein Grinsen nicht verkneifen. »Man hat mir gesagt, sie seien scharf.«

»David war das ganz bestimmt nicht, so viel ist klar.« Kellen legte seine Gabel beiseite. »Spuck's aus.«

Kat rang mit sich, ob sie es ihm erzählen sollte, aber dann konnte sie sich nicht zurückhalten und platzte mit der Geschichte heraus, wie Sloane am Tag zuvor in der Konditorei aufgetaucht war. Schließlich hörte sie auf zu reden und nahm einen Schluck Wasser.

»Ein Antrag auf Zweisamkeit.« Kellen ließ seine umwerfenden Grübchen aufblitzen. »Und das ist nicht mal das Interessanteste daran.« Er genoss es sichtlich.

»Nein?«

Er schüttelte den Kopf. »Nein. Das Faszinierende ist, dass er herausgefunden hat, wie er dich ködern muss. Nicht mit den üblichen Versprechen: Kleider, Schmuck, Urlaub ... nein, nicht für unsere Kat. Du hast diese Welt hinter dir gelassen. Du interessierst dich mehr für den neuesten Industriemixer und hochwertige Backschokolade. Aber damit ist er dir auch nicht gekommen.«

»Was macht dich so sicher, dass er mich tatsächlich geködert hat?«

»Oh, das hat er, Kit Kat. Deine Stimme verändert sich, wenn du von ihm sprichst.« Kel feixte. »Er hat dich durchschaut. Und er bietet dir das an, was du ebenso sehr fürchtest, wie es dich in Versuchung führt. Zu lernen, dich zu wehren, stärker zu werden.«

Ihr Magen zog sich zusammen. »Aber was ist, wenn ich nicht stärker werde?«

Er sah sie an und fragte leise: »Was ist, wenn du es wirst?«

Sie schloss die Augen und versuchte, den Ansturm von Sorge, Furcht und Sehnsucht in den Griff zu bekommen.

»Ich hatte bei Diego ebenfalls Angst. Das weißt du.«

Allerdings, das wusste sie. »Es ist nicht dasselbe. Sloane sucht keine Beziehung.«

»Du denn?«

Der Mut verließ sie. »Nein.« Niemals. Sie hatte das Vertrauen nicht mehr. Würde es niemals wieder haben. »Zumindest ist er ehrlich mit dem, was er will.«

»Was willst du denn?«

Sie legte ihre Gabel beiseite. »Ich will stärker werden, Kellen. Ich will keine verdammte Panikattacke haben, wenn ich mich aus meiner sicheren Zone herauswage. Ich bin es so leid, Angst zu haben.« Es war eine Erleichterung, es auszusprechen. »Aber ich weiß nicht, ob ich es schaffen werde.«

»Genauso wie du dich von deinen Operationen erholt hast und wie ich gelernt habe, Diego zu vertrauen, machst du einen Schritt nach dem anderen, Kleines. Fang mit dem ersten an.«

Das ergab Sinn. Sie brauchte sich nicht Hals über Kopf in diese Sache mit Sloane hineinzustürzen. »Eine Lektion in Selbstverteidigung.«

Und, Baby, ich kann dich nicht anfassen, ohne uns beide nackt auszuziehen und dich zu vögeln, bis du vor Ekstase schreist. Wenn sie diesen Schritt tat, würde das unausweichlich zum nächsten führen. Erregung kribbelte in ihrem Bauch und auch in tieferen Regionen. Sie konnte sich nicht daran erinnern, dass jemals ein Mann eine so tief greifende und körperliche Wirkung auf sie gehabt hatte.

Sie nahm all ihren Mut zusammen, griff sich ihr Handy vom Couchtisch und scrollte, bevor sie es sich anders überlegen konnte, zu Sloanes Nummer herunter. Es war kurz vor neun Uhr abends, daher würde sie heute wahrscheinlich nichts mehr von ihm hören, aber das war okay. Sie tippte eine SMS ein. *Nicht direkt bereit, aber gewillt, eine Probestunde in Selbstverteidigung zu absolvieren, um festzustellen, wie es klappt.* Sie drückte auf Senden.

Vielleicht würde sie sich David auf der Party nicht allein stellen müssen. Vielleicht hatte sie doch einen Begleiter.

Am späten Sonntagnachmittag war im Fitnessstudio für gewöhnlich nicht viel los. Sloane war gerade von einer Kurzreise nach Las Vegas zurückgekehrt, um mit den Organisatoren einen Kampf im nächsten Jahr zu besprechen. Bei der Gelegenheit hatte er sich auch gleich zwei Gebäude angesehen, um vielleicht ein weiteres Fitnessstudio zu eröffnen.

Nach seiner Rückkehr hatte er für Kats erste Selbstverteidigungslektion das *SLAM*-Fitnessstudio gewählt, das ihrer Wohnung am nächsten lag. Er kam mit seiner Sporttasche und ging sofort in die Umkleidekabine. Nachdem er sich Shorts und T-Shirt angezogen und seine Kleider aufgehängt hatte, schaute Sloane auf sein Handy.

Keine Nachricht von Kat. Er fragte sich, ob sie auftauchen würde. Er wusste, was sie vorhatte. Sie wollte ihn mit einer Lektion in Selbstverteidigung testen. Sie versuchte herauszufinden, ob sie ihm trauen konnte.

Es war eine Ewigkeit her, seit er sich für eine Frau so sehr ins Zeug gelegt hatte. Aber Kat war anders. Normalerweise waren seine Begleiterinnen Frauen aus der Gesellschaft, die es genossen, sich mit ihm sehen zu lassen, die den Luxus genossen, den er sich leisten konnte. Dafür musste er sich nicht besonders anstrengen.

Kat hingegen entfachte abgesehen von Lust etwas in ihm, das er seit langer Zeit nicht verspürt hatte – sie war eine Herausforderung.

Er ging aus dem Umkleideraum in den Schwergewichtsbereich im hinteren Teil des Studios.

»Sloane.«

»Vengeance.«

»Michaels.«

Die Jungs begrüßten ihn mit seinen verschiedenen Namen. Vengeance war sein Kämpferspitzname gewesen. Binnen Sekunden wechselte Sloane automatisch in den Trainingsmodus. Alles andere trat in den Hintergrund.

Der überwiegende Teil der Geräte für das Ausdauertraining befand sich auf der oberen Etage, aber er benutzte eins der Laufbänder, die für schnelles Aufwärmen oder Zirkeltraining eingesetzt wurden. Er ging eine Minute, dann begann er gleichmäßig zu joggen. Er wollte sich nur aufwärmen, also würden fünf oder zehn Minuten genügen. In der Zwischenzeit unterwarf er die Bereiche des Fitnessstudios, die er von seinem Standort aus einsehen konnte, einem prüfenden Blick. Alles war sauber, und die Ausrüstung schien in Ordnung zu sein. Trainer liefen herum, behielten alles im Auge und gaben Anweisungen.

Er drehte sich zu Ethan um, der gerade seine Dehnübungen beendete. Sloane hatte Ethan Hunt als Fahrer engagiert und ihn in seinem Gästehaus untergebracht. Es war Teil der Vereinbarung, Ethans Training mit einer gewissen persönlichen Aufmerksamkeit zu verfolgen. Aber das bedeutete, dass der Junge zur Verfügung stehen musste, wenn Sloane Zeit hatte. Und er brauchte einen Job. Als Sloanes Fahrer zu arbeiten war also eine gute Lösung.

John Moreno kam herangeschlendert.

Ohne auf dem Laufband innezuhalten, grüßte Sloane ihn mit einem Nicken.

»Ich war heute bei Drake. Das Krankenhaus sagt, sie könnten nichts mehr für ihn tun. Er braucht ein Hospiz.« John lehnte sich neben Sloanes Laufgerät an die Wand.

Verflucht. Der Schmerz über Drakes Krebserkrankung holte ihn überall ein. Während er seinen Schritt locker und gleichmäßig hielt und seine Atmung regelmäßig, sah er John an. »Der Spezialist, den ich diese Woche hinzugezogen habe, sagt das Gleiche. Arschlöcher.« Als würden sie einen der Ihren in eine solche Einrichtung geben und verrotten lassen. Es war ihm scheißegal, wie gut ein Hospiz angeblich war – seiner Meinung nach war es immer noch ein verdammter Ort zum Sterben, wo man nicht von den Menschen umgeben war, die zu einem gehörten.

»Also? Deine Wohnung oder meine?«, fragte John. »Er kann gern bei mir wohnen und bei Sherry und den Kindern.«

Sloane wusste, dass es John ernst war, aber er lehnte das Angebot ab. »Meine Wohnung. Drake mag das Meer. Ich werde Ethan beauftragen, dass er ein paar Krankenschwestern engagiert und was immer sonst noch nötig ist.«

»Ich sag dir was, lass das Sherry machen. Sie liebt Drake. Sie wird alles arrangieren.« John schaute zu Ethan hinüber, der gerade sein Zirkeltraining begann. »Er ist ein guter Junge, hat Potenzial.«

Nachdem er sich aufgewärmt hatte, verlangsamte Sloane seinen Gang, streckte einen Arm über den Kopf und begann sich zu dehnen. »Er hat das Herz eines Kämpfers. Deshalb habe ich dich ausgewählt, um mit ihm zu trainieren.« Sloane würde ebenfalls mit ihm arbeiten, aber seine Zeit war begrenzt. Johns Fulltime-Job hingegen war das Trainieren von Kämpfern.

»Ja. Ganz gleich, was ich von ihm verlange, er macht es. Selbst wenn er hier rauskriechen muss.«

Bei der Erinnerung an seine eigenen Runden von unbeschreiblicher körperlicher Pein unter den Fittichen eines Trainers lächelte Sloane. »Er liebt die heiße Badewanne bei mir.« Sie stand auf seiner Terrasse mit Blick auf den Ozean. Er stoppte das Laufband und wischte sich mit dem Handtuch übers Gesicht.

John stieß sich von der Wand ab. »Siehst du, wie er Klimmzüge macht?«

Sloane prüfte Ethans exzellente Körperbeherrschung, sein stetiges Auf und Ab, ohne die Schultern hochzuziehen. »Ja.«

»Zeigst du ihm, wie man Gewicht hinzufügt?«

Sofort flutete Adrenalin durch seine Adern. Er trat vom Laufband herunter und zog sich sein Shirt aus. Dann ging er zu den Gewichten, griff sich einen Fünfzigpfünder und zeigte dem Jungen, wie es ging.

Es würde nicht nur Ethan helfen, es würde für Sloane ein Ventil für seine Sorgen um Drake sein. Und das Beste von allem: Vielleicht konnte er sich genügend abreagieren, um Kat zu berühren und nicht die Kontrolle zu verlieren.

Er hatte keinen Witz gemacht, als er ihr erzählt hatte, dass er nicht in der Lage sein würde, sie zu berühren und nicht zu vögeln. In ihrer Backstube hatte er aus nächster Nähe beobachten können, wie sie mit aller Macht gegen ihre persönlichen Dämonen angekämpft hatte. Er hatte sich zwingen müssen, sich umzudrehen und wegzugehen.

Sie führte ihn stärker in Versuchung als irgendjemand sonst seit langer Zeit. Und er hatte sie noch nicht einmal geküsst.

Kat lenkte ihren Wagen auf den Parkplatz und betrachtete das große, zweigeschossige Fitnessstudio. *SLAM Fitness- und Trainingscenter* prangte auf dem Schild.

Sie schaffte das. Sloane hatte sie angerufen, nachdem sie ihm am Donnerstagabend die SMS geschickt hatte. Sie hatten diesen Termin in einem seiner Fitnessstudios vereinbart, um zu trainieren. Und zu verhandeln. Sloane wollte die Bedingungen ihrer Vereinbarung klarstellen, damit es keine Missverständnisse gab.

Warum also krallten sich ihre Hände um das Lenkrad? Warum waren ihre Knöchel weiß? Verdammt. Sie hasste das an sich, hasste es, schwach und ängstlich zu sein. Dies war ihre Chance, nicht mehr nur die gebrochene Frau zu sein, die sie war. Sie zwang sich, ihre Finger zu lösen, und rief sich ins Gedächtnis, dass ihr nichts passieren würde. Hatte Sloane nicht bereits bewiesen, was für ein guter Beschützer er war? Er hatte die Autodiebe aufgehalten, und später hatte er darauf bestanden, dass sie ihm eine SMS schickte, sobald sie sicher in ihrer Wohnung war.

Er war nicht David.

Aber es winkte auch noch etwas weitaus Besseres, als sich auf ihn zu verlassen; er würde ihr beibringen, wie sie sich selbst beschützen konnte. Sie griff nach ihren Schlüsseln, nahm ihre Tasche mit Wasserflasche und Handtuch vom Beifahrersitz und die kleine quadratische Kuchenbox. Dann stieg sie aus und überquerte den Parkplatz.

Bevor die Zweifel überhandnehmen konnten, betrat sie den klimatisierten Bau, in dem es leicht nach Reinigungsmitteln und dem moschusartigen Aroma von Schweiß roch. Musik hämmerte aus versteckten Lautsprechern. Hinter der halbrunden Rezeption stand ein hübsches Mädchen, das ein schwarzes Shirt mit dem Namen des Fitnessstudios trug. Sie schaute auf die Schachtel in Kats Hand, lächelte und sagte: »Willkommen. Sind Sie Ms Thayne?«

Offensichtlich wurde sie erwartet. »Ja. Ich bin mit Sloane Michaels verabredet.«

»Sie sind heute sein Gast.« Das Mädchen kam hinter der Theke hervor. »Mein Name ist Charity. Ich werde Sie zu ihm bringen. Möchten Sie zuerst Ihre Tasche in ein Schließfach stellen?«

»Nein danke.« Sie folgte dem Mädchen und sah einen riesigen Raum vor sich, der mit glänzenden Geräten gefüllt war.

»Wie Sie auf der rechten Seite sehen können, haben wir einen Pool und Wannen für ein heißes Bad. Das ist der Bereich für die üblichen Fitnessgeräte, und dort drüben …«, Charity zeigte nach links, »sind unsere Racketballfelder und Schulungsräume. Einen Basketballplatz haben wir auch.«

Kat sah sich alles an.

»Oben sind unsere Geräte fürs Cardio-Training, einschließlich der Indoor-Cycling-Kurse. Wenn Sie den Gang entlanggehen, finden Sie die Pausenräume, Schließfächer, Saunen und Massageräume. Unser Massagetherapeut geht um …«

Kat hörte nicht mehr hin. In dem riesigen Krafttrainingsbereich zog etwas ihren Blick auf sich, das ihr durch Mark und Bein ging.

Sloane.

In nichts als Shorts und Schuhen.

Er machte Klimmzüge an einem Reck.

Kats Mund wurde trocken, und sie verspürte den Drang, sich die Lippen zu befeuchten. Seine Rückenansicht war beeindruckend, mit kräftigen Muskeln in Armen, Schultern und Rücken, die sich unter gebräunter Haut anspannten und wieder entspannten. Fließende dunkle Linien einer Tätowierung schlangen sich um seinen rechten Bizeps. Zur Taille und zum Bund seiner schwarzen Shorts hin wurde sein Körper schmaler. Er hatte seine langen Beine angewinkelt und hielt ein schwer aussehendes Gewicht zwischen seinen gekreuzten Knöcheln.

Er machte zwischen fünf und zehn makellose Klimmzüge hintereinander.

Sie konnte den Blick nicht von ihm losreißen, wollte ihn nicht losreißen. Seine Muskeln wölbten sich mit straff kontrollierter Kraft. Kat umklammerte die Schachtel und wünschte, er wäre es – warme Haut über stählernen Muskeln –, den sie statt des flachen Pappkartons in der Hand hielt.

Zum Teufel, sie wollte ihn über sich, seinen Körper, der den ihren brandmarkte, während er in sie hineinstieß. Sie bekam kaum Luft, ihr wurde heiß, und ein furchtsames Kribbeln jagte ihr Rückgrat rauf und runter.

Das Gefühl, beobachtet zu werden, bemächtigte sich ihrer. Es kam von dem Spiegel vor Sloane. Sein laserscharfer Blick verfolgte sie darin. Langsam ließ er sich herab, bis er ausgestreckt hing, öffnete seine Knöchel und ließ das Gewicht zwischen ihnen los.

Er sprang auf den Boden und kam auf sie zu.

Ihr war bewusst, dass noch andere Leute in dem Raum waren, aber Sloane ließ sie in den Hintergrund treten mit seinem markanten Gesicht, dem kräftigen Hals auf breiten Schultern.

Oh Gott, seine Schultern und Arme, pure Muskeln, die danach schrien, erkundet zu werden. Berührt, gestreichelt und gedrückt. Der Schimmer von Schweiß, der seine Brust bedeckte, ließ sie daran denken, wie sie ihn ablecken würde … *Reiß dich zusammen!* Sie war doch keine läufige Hündin. Sie hatte noch nie auch nur daran gedacht, einen verschwitzten Mann abzulecken.

Sloane schnappte sich ein Shirt von einem Laufband und zog es sich über den Kopf, bevor er sie erreichte. Mit einem Blick zu Charity bemerkte er: »Ich übernehme sie jetzt, danke.«

Kat hatte das Mädchen ganz vergessen. Sloane bewirkte das bei ihr, er ließ sie alles bis auf ihn selbst vergessen.

»Was ist in der Schachtel?« Sloane schaute auf ihre Hände hinab.

Schachtel? Oh! »Cupcakes. Für Sie.« Röte überzog ihre Haut, aber sie zwang sich, es zu ignorieren. »Sozusagen ein Dankeschön dafür, dass Sie das heute für mich machen.«

»Sie haben mir Cupcakes mitgebracht?«

Es war eine blöde Idee gewesen, Cupcakes in ein Fitnessstudio mitzubringen. Für einen Mann, der aussah wie Sloane – viel Süßes aß er offensichtlich nicht. »Sie können Sie wegwerfen.«

»Hey, Michaels, dann nehme ich die Cupcakes«, rief einer der Männer.

Sloanes Augen verdunkelten sich zu einem Sienabraun. Er drehte sich zu dem Mann um. »Wenn du sie anrührst, bist du tot, Carson. Sie hat sie *mir* mitgebracht.« Er nahm ihr die Schachtel aus der Hand und klemmte sie sich unter den rechten Arm. Ein Grinsen machte sich auf seinem Gesicht breit. »Stimmt's, Kat? Nur für mich.«

Sie hatte den Eindruck, dass er tief berührt war. Aber warum? Frauen begehrten ihn, umschwärmten ihn. Davon hatte sie sich auf der Hochzeitsfeier überzeugen können. Sie stellte sich vor, dass Frauen alle möglichen Dinge für ihn taten. Da waren Cupcakes nichts Besonderes.

»Nur für Sie«, sagte sie leise. Verlegen wegen seines bedeutungsvollen Blicks wandte sie sich ab und schaute direkt zu einer Gruppe von Männern hinüber, die sie mit unverhohlenem Interesse musterten.

»Machen Sie sich ihretwegen keine Sorgen.« Sloane legte ihr eine Hand auf den Rücken.

Seine Hand war warm und stark und gab ihr das Gefühl, klein und zierlich zu sein.

»Wir werden in einen separaten Raum gehen. Niemand

wird uns stören.« Er führte sie durch einen Flur, blieb vor einer Tür stehen und drückte einige Knöpfe auf einem Zahlenfeld, um sie zu öffnen.

Kat trat in den großen Raum, auf dessen Boden Matten lagen. An der gegenüberliegenden Wand standen vom Boden bis zur Decke Schränke, von denen sie annahm, dass sie Ausrüstung enthielten. Die übrigen Wände waren mit Spiegeln bedeckt, und in einem von ihnen beobachtete sie, wie Sloane hinter ihr hereinkam. Sofort fühlte sich der große Raum kleiner an, heißer.

Er schloss die Tür und verriegelte sie von innen.

7

Ein Teil von ihr wollte sich sofort aus dem Staub machen. Wegrennen. Fliehen. In ihre Konditorei, wohin sie gehörte. Kat stellte ihre Sporttasche auf den Boden und drückte ihr Rückgrat durch.

Kein Wegrennen. Keine Panik. Sie schaffte das.

Sloane. Er füllte den Raum mit seiner starken Präsenz, während er seine Schachtel mit Cupcakes vorsichtig an einen sicheren Platz legte.

Dies war seine Domäne, seine Welt. Er fühlte sich hier ebenso entspannt wie auf der Hochzeitsfeier und bei der Überwältigung des Autodiebs mit einem Messer.

Brachte ihn denn gar nichts aus der Ruhe?

Nun, anscheinend brachten ihn geschenkte Cupcakes aus der Ruhe. Ihre Gedanken zerstoben, als er mit herausforderndem Blick direkt vor ihr stehen blieb.

Sie schnappte nach Luft und war sich mit allen Sinnen ihres rosa-weißen Sportoberteils mit dem eingearbeiteten BH bewusst, das fünf Zentimeter ihres Bauchs unbedeckt ließ. Die dunkelgraue Jogginghose saß tief auf ihren Hüften.

»Sie sind einfach voller Überraschungen, kleine Bäckerin. Sie sind so verdammt heiß.« Er schloss die Augen, und sein Adamsapfel bewegte sich, als er kräftig schluckte. Dann sammelte er sich wieder und sagte: »Sie werden meine Selbstbeherrschung auf eine harte Probe stellen.«

Kat errötete, und Verlangen keimte in ihr auf. Es war alles zu viel, zu schnell. Sie kannte ihn kaum, ihr Körper jedoch reagierte auf ihn. Aber ihr Verstand sagte ihr, dass sie erst einmal sicher sein musste, dass sie ihm vertrauen konnte. »Sloane, ich habe Ihrem Vorschlag noch nicht zugestimmt. Dies ist nur ein Experiment.«

Er hielt ihre Hand fest und rieb mit dem Daumen über die empfindsame Haut zwischen ihrem Daumen und Zeigefinger. »Wir werden das diskutieren, wenn wir mit dem Training fertig sind.«

Seine Berührung durchfuhr sie heiß. »Kein Sex«, platzte sie heraus. Sie war nicht bereit, wusste nicht, ob sie es jemals sein würde.

»Einverstanden. Für heute Abend.« Sloane ließ ihre Hand los, und seine Miene wurde ernst. »Erzählen Sie mir von Ihrem Bein.«

Sie brauchte eine Sekunde, um den Hebel umzuschalten. »Übel gebrochenes Schienbein, bis hin zum Kniegelenk. Ich habe Platten und Schrauben dort drin. Ich kann das Knie weder voll strecken noch beugen.« Sie hielt den Bericht über ihre Verletzung bewusst knapp und nüchtern.

Sloane senkte seinen Blick.

Kat verspannte sich. Würde er verlangen, es sich anzusehen? Schnell fügte sie hinzu: »Ich habe jahrelang Physiotherapie bei Kellen gemacht, außerdem fahre ich Fahrrad und mache Yoga. Ich weiß, was ich verkraften kann und was nicht.« Im Gegensatz zu dem, was ihre Familie zu denken schien. Aber das war nichts, was sie ihm mitzuteilen brauchte.

Sloane kniff die Augen zusammen. »Sie sagen mir, wenn etwas wehtut. Okay?«

Kat hatte ihm beinah gesagt, was er hören wollte. Aber Sloane gewann keine Kämpfe, ganz ohne Schmerzen zu erdulden, also würde er sie verstehen. »Ich werde es Ihnen sagen, wenn es mehr wehtut, als es sollte.«

Er legte den Kopf schräg und schien abzuschätzen, ob sie wirklich ihre Grenzen kannte. Zufrieden nickte er. »Fangen wir an.« Er trat hinter sie und drehte sie zum Spiegel. »Wenn Sie angegriffen werden, ist es Ihr Ziel, Ihren Angreifer kampfunfähig zu machen und zu fliehen. Um das zu erreichen, müssen Sie ihn so verletzen, dass er zu Boden geht.«

Die Berührung seiner Hände brannte auf ihrer Taille, aber Kat hörte zu. »Wie verletze ich ihn?«

»Ich werde Ihnen die Schwachpunkte zeigen, wo Sie den größten Schaden anrichten können.« Mit der Hand darauf weisend sagte er: »Die Augen, aber das ist hart für Frauen, und wenn Sie zögern, kann das Ihr Todesurteil sein. Dann die Nase und der Hals.« Er berührte ihre Kehle. Ließ die Hand zu ihrem Rippenbereich sinken und fuhr fort: »Der Solarplexus. Der sitzt direkt hier zwischen Ihrem Brustbein und dem Bauchnabel.«

Ein Beben durchlief sie, als er sachte über die Stelle fuhr. Sie ignorierte die Gefühle, die seine Finger auf ihrem Körper weckten, und konzentrierte sich.

»Die Knie.« Er hockte sich hin und tippte gegen die Innenseite und die Außenseite ihrer Knie. »Mit einem gezielten Tritt auf eine dieser Stellen können Sie Ihren Gegner kampfunfähig machen. Wenn Sie fest genug zutreten, ist der Schmerz qualvoll. Der Gegner wird zu Boden gehen, und Sie können wegrennen.«

Kat zuckte zusammen, und die Erinnerung an ihren eigenen Schmerz, als sie im Krankenhaus erwacht war, überflutete sie. Sie kämpfte gegen eine Woge der Übelkeit.

»Kat?« Sloane hockte immer noch auf der Matte.

Sie schluckte. »Knietritt, kapiert.«

Er erhob sich in einer fließenden Bewegung. »Zeigen Sie es mir.«

Schnell wiederholte sie die Stellen, an denen sie den größten Schaden anrichten konnte.

»Gut. Also, Ihr Körper ist mit Waffen ausgestattet. Ihr Kopf, Ihre Faust.« Er machte eine Faust. »Der Handballen.« Er zeigte ihr, wie sie die Finger zurückziehen und den Handballen vorstrecken konnte. Dann beendete er seine Ausführungen mit: »Ellbogen, Knie und Fuß.«

Für ihn war das normal. Über Methoden zu reden, wie man anderen Menschen wehtun konnte, und Körperteile, die das Mittel dazu sein konnten, gehörte für ihn zu den ganz gewöhnlichen Dingen in seinem Alltag. Ihr Magen krampfte sich zusammen.

Sloane wartete und taxierte sie stumm mit hochgezogenen Augenbrauen.

Nicht aufgeben! Sie reckte das Kinn vor und sagte: »Kapiert.« Sie würde sich daran erinnern.

»Ich werde Ihnen beibringen, wie Sie mit einigen Situationen umgehen können. Das bedeutet, dass ich auf Sie zukommen oder Sie festhalten werde.« Er trat näher an sie heran.

Sie hatte das Gefühl, dass er sie mit Absicht bedrängte. Ihre Brust schnürte sich zusammen. »Was ist, wenn ich in Panik gerate?«

Er berührte ihre Schulter, und seine Hand war warm und beruhigend.

»Sagen Sie mir, wann Sie Anzeichen von Panik spüren.«

Ihr Herzschlag beschleunigte sich, aber sie hatte immer noch die Kontrolle über sich. Es war schwer zuzugeben, wie angeschlagen sie war, wie tief ihre Panikattacken gingen, aber sie musste es ihm sagen. »Und wenn ich nicht reden kann?«

Er ließ die Finger an ihrem Arm hinuntergleiten und hielt ihre Hand fest. »Wenn Sie nicht reden können, ist dies hier das Zeichen zu Ihrer Sicherheit. Man nennt es Tapout, womit Sie den anderen zur Aufgabe zwingen.« Er hob ihren Arm, bog die Finger und klopfte dreimal auf ihre Haut. »Spüren Sie das?«

»Ja«, hauchte sie. Wie konnte etwas so Einfaches funktionieren?

»Sie klopfen auf diese Weise irgendwo, wo sie mich berühren können. Ich bin dazu trainiert, darauf zu reagieren, Kat. Ich kann im größten Match meines Lebens sein, aber ich spüre das – ein dreifaches schnelles Klopfen –, das Signal, sofort aufzuhören. Das Leben meines Gegners kann davon abhängen. Sie klopfen, ich höre auf, kapiert?«

Die Vorstellung, diese Macht über ihn zu haben, ging ihr durch und durch. »So einfach?«

Er trat wieder hinter sie.

Im Spiegel war er einen Kopf größer als sie, seine Schultern waren viel breiter und seine Arme äußerst muskulös. Sie hatte Kellen in Shorts gesehen, wusste, dass er schlank war, schnell und erstaunlich stark, aber Sloane spielte in einer ganz anderen Liga.

Und sie sollte ihm vertrauen? Ihn einfach mit einem Klopfen aufhalten?

Er hob die Arme und legte sie in einer Bärenumarmung

um ihren Oberkörper. Seine Arme umgaben sie wie unverrückbare Stahlbänder und hielten ihre Arme an den Seiten fest. Dann zog er sie an seine Brust.

Bevor Kat verarbeiten konnte, was sie spürte, ob sie überhaupt Angst hatte, sagte er: »Klopfen Sie.«

Sie sah ihm im Spiegel in die Augen. »Aber ich kann die Arme nicht bewegen.« Allein es auszusprechen machte es real, und ihre Finger kribbelten. Das Übelkeit erregende Gefühl der Hilflosigkeit vertrieb jeden klaren Gedanken.

»Finden Sie eine Stelle. Klopfen Sie. Geben Sie nicht auf.«

Sie zwang sich zu atmen und drehte die rechte Hand. Ihre Finger trafen seinen Oberschenkel, und sie klopfte dreimal.

Er ließ sie sofort los. »Gut.«

Ein neues Gefühl der Macht durchströmte sie. »Ich habe es geschafft. Obwohl ich die Arme nicht bewegen konnte.« Es fühlte sich gut an. Berauschend.

»Das haben Sie.« Er berührte ihr Gesicht. »Es wird auch funktionieren, wenn ich Sie nackt habe, Kat. Denken Sie immer daran. Sie sind nicht machtlos. Nicht bei mir. Ich will Sie nicht verängstigt und panisch. Ich will Sie heiß und keuchend und voller Sehnsucht danach, dass ich Sie kommen lasse. Verstanden?«

Diesmal war es keine Furcht, die ihren Herzschlag beschleunigte. Oh nein, es war Verlangen. Sie hatte keine Ahnung, wie sie darauf reagieren sollte, also nickte sie nur.

»Gut. Jetzt lassen Sie uns sehen, was wir wegen des nächsten Arschlochs unternehmen können, das versucht, Sie aus Ihrem Wagen zu zerren. In dieser Situation haben Sie mehrere Reaktionsmöglichkeiten. Die erste ist ein Block. Wenn er nach Ihrem Haar oder Ihrem Arm greift, beugen Sie den

Ellbogen und schwingen den Arm wie eine Windmühle nach oben und blockieren ihn.«

Kat passte auf, während Sloane das Manöver demonstrierte, indem er den Arm anwinkelte und den Unterarm nach oben schwang. Sie versuchte, sich vorzustellen, wie sie selbst das tat. »Ich bin nicht so stark wie Sie.« Das war die Untertreibung des Jahres.

»Spielt keine Rolle. Die meisten dieser Bewegungen basieren auf der Hebelwirkung und dem Abzielen auf die richtigen Stellen.« Er trat zu ihr und umfasste ihren linken Bizeps. »Versuchen Sie es.«

Sein starker Griff weckte Zweifel in ihr, aber er war der Profi mit Meisterschaftstiteln als Referenz. Also winkelte sie den Ellbogen an und schwang schnell den Arm hoch wie einen Windmühlenflügel.

Er ließ los.

Unglaublich. Grinsend sagte sie: »Es hat funktioniert.«

Sloane ergriff sein eigenes Handgelenk und hielt es hoch. »Sehen Sie, wo meine Finger auf meinen Daumen treffen?« Als sie nickte, fuhr er fort. »Das ist der Schwachpunkt. Meine Finger treffen sich an der Innenseite Ihres Arms, dort ist der schwächste Teil meines Griffs, und den treffen Sie.«

Es war absolut logisch. »Ja!« Okay, das klang ein wenig aufgeregt, aber verdammt, sie hatte keine Ahnung von solchen Dingen gehabt.

In seinen Augenwinkeln zogen sich die Lachfältchen zusammen. »Es geht alles darum, die Schwäche Ihrer Gegner herauszufinden und Ihre Stärke dagegenzusetzen. Geschicktes Kämpfen verlangt schnelles Denken.«

»Das bedeutet, dass ich nicht in Panik geraten darf.« Das

war ihre Hürde. Sie musste ihre Furcht unter Kontrolle halten, aber das war ihr Problem, nicht seines. »Zeigen Sie mir mehr.« Sie wollte lernen.

»Angenommen, wir haben es immer noch mit dem Mann zu tun, der Sie aus dem Wagen ziehen will, dann haben Sie seinen Versuch, Sie zu packen, zunichtegemacht. Jetzt greifen Sie mit dem Handballen an. Sie ziehen die Finger zurück und lassen ihn in seine Nase krachen, boxen mit so viel Kraft wie möglich nach oben.« Er zeigte ihr seine Hand: die Finger fest nach hinten gebogen, die Handfläche nach oben gekippt und den Ballen vorgestreckt. »Selbst im Sitzen können Sie den Handballen hart nach oben reißen und ihn an den Nasenlöchern treffen.« Er drehte sich zur Seite und boxte in die Luft.

Sie war so voller Ehrfurcht, dass sie ziemlich sicher war, dass ihr der Mund offen gestanden hatte bei der Demonstration seiner Schnelligkeit und Kraft.

»Ich werde es Ihnen noch einmal zeigen.« Er ging die Bewegungen noch zwei weitere Male mit ihr durch, dann ließ er sie es tun und beobachtete und korrigierte sie, bis er zufrieden war.

»Okay.« Sloane trat vor sie hin. »Ich werde nach Ihnen greifen, Sie stoßen meine Hand weg und schlagen mir mit dem Handballen von unten gegen die Nase.«

Entsetzt sagte sie: »Ich werde Sie treffen.«

»Keine Sorge, Baby. Sie können mich nur treffen, wenn ich schlafe oder bewusstlos bin.«

Richtig. Sie hatte gesehen, wie schnell er war. Sie überspielte einen Anfall von Verlegenheit und sagte: »Vielleicht werde ich ja gut genug.«

Er nickte zustimmend und erwiderte: »Sie dürfen keine Angst haben, Ihre Gegner zu treffen oder zu verletzen. Nicht im Training und nicht, wenn Sie in einer Situation sind, in der Sie sich verteidigen müssen.«

Mit anderen Worten: *Hör auf, dich wie ein verängstigtes kleines Mädchen zu benehmen.* Das war genau der Grund, warum sie hier war. »Dann los.« Sie brachte sich in Position und beobachtete ihn eingehend. Mit welchem Arm würde er zuschlagen?

Der rechte schnellte vor.

Sie riss den linken Arm hoch, traf seinen Arm und stieß ihn zur Seite. Dann zielte sie mit dem rechten Handballen auf seine Nase.

Er wich mühelos aus und fing ihre Hand auf.

Kat stolperte von dem Schwung ihres Hiebs nach vorn.

Sloane schlang ihr einen Arm um die Taille und zog sie an sich. »Der Bewegungsablauf stimmt, aber Sie müssen viel schneller werden und genau zielen. Sobald Sie das gemeistert haben, werden wir einen Stoß mit dem Knie hinzufügen.« Er stellte sie auf die Füße. »Noch einmal, Kat.«

Eine Stunde später wusste Sloane, dass es Zeit war, Schluss zu machen, obwohl sie noch nicht zu den Stößen mit dem Knie vorgedrungen waren. Kat schwitzte, krümmte sich und rieb sich Knie und Wade. Er hatte bemerkt, dass ihr leichtes Humpeln in den letzten zehn Minuten stärker geworden war.

Aber sie hatte ihn verdammt noch mal höllisch beeindruckt. »Das war genug für heute Abend, Kat.«

Sie fuhr hoch und ihre blaugrünen Augen verdunkelten

sich wie ein aufgewühltes Meer. »Ich kann weitermachen. Ich halte in Spinningkursen länger durch, als wir jetzt trainiert haben.«

Er trat dicht an sie heran und war froh darüber, dass sie nicht zurückwich, wie sie es bisher getan hatte. »Es gefällt Ihnen. Es gefällt Ihnen zu kämpfen.«

»Ich will nur … Ich will stärker sein. Besser.«

Sie war verdammt gut, so wie sie war. Aber Sloane verstand diesen inneren Antrieb, die Kontrolle zu gewinnen. Er war in Armut geboren worden, mit einer Mutter, die an romantische Märchen glaubte, als würde ein verdammter Prinz auftauchen und sie beide retten.

Dieser Prinz war nie gekommen, und Sara hatte den Preis dafür bezahlt.

Sloane hatte sich geschworen, nie wieder so ohnmächtig zu sein. Er häufte Wohlstand und Macht an, um die Kontrolle zu behalten. Und er plante, sich das zunutze zu machen, um Sara zu rächen.

Aber Kat brauchte das alles nicht zu wissen. Es hatte nichts mit ihr zu tun. »Das können Sie schaffen. Sie haben das nötige Gleichgewicht, die Ausdauer und, was das Wichtigste ist, den Willen zu lernen.«

Röte überzog ihr Gesicht. Sie drehte sich um und griff nach ihrer Wasserflasche. »Wenn ich diesem Deal zustimme, dürfen Sie genau das nicht tun.« Sie nahm einen Schluck.

Er kam auf sie zu. »Genau was?«

»Mich belügen.« Sie schraubte ihre leere Flasche zu und nestelte an ihrer Sporttasche. »Ich weiß, was mit mir los ist.«

Sloane musste einen Anflug von Ärger unterdrücken. »Und was wäre das?«

Sie richtete sich auf. Ihr Arm mit der Tasche hing herab, und stille Qual sprach aus ihren Augen. »Ich bin gebrochen.«

»Wer, verflucht, hat Ihnen das denn eingeredet?« Verdammt noch mal, er verlor nur noch selten die Fassung, aber das hier erfüllte ihn mit Zorn. *Gebrochen?* Sie hatte einen brutalen Überfall überlebt. Seiner Meinung nach war sie sexy und willensstark, nicht gebrochen.

Sie wandte den Blick ab, und ihr Gesicht war angespannt. »Es spielt keine Rolle.«

Oh doch, es spielte eine Rolle. Aber sie wollte es ihm nicht erzählen, das war ihre Angelegenheit. Er verschränkte die Arme vor der Brust und funkelte sie an. »Ich habe ein gewaltiges Unternehmen aufgebaut, weil ich ein Auge für gute Kämpfer habe. Wenn ich sage, Sie haben das nötige Rüstzeug, um sich erfolgreich zu verteidigen, dann haben Sie es. Ob Sie es nutzen wollen, liegt bei Ihnen.«

Sie zog die Schultern hoch und reckte das Kinn vor, und ihre Augen leuchteten auf. »Ich nehme an, Sie irren sich nie.«

Andere Frauen würden sanft und gefühlsduselig reagieren. Nicht so Kat. Sie schien aufzublühen, wenn er sie herausforderte. Je mehr er sie drängte, wenn er Anweisungen erteilte, umso mehr Mühe gab sie sich. Das gefiel ihm. Das gefiel ihm sogar sehr.

Und sie hatte ihm Cupcakes mitgebracht. Darüber kam er immer noch nicht hinweg. Er hatte sich an die Frauen gewöhnt, die ihm teure Manschettenknöpfe, Armbanduhren oder Schnapsflaschen schenkten, die er nicht brauchte, um Aufmerksamkeit von ihm zu erheischen. Aber niemand verehrte ihm Cupcakes. Etwas Selbstgemachtes. Etwas Persönliches. Sie hatte nicht einfach nach dem Telefon gegriffen und etwas bestellt, sie hatte es selbst gemacht.

»Ich irre mich selten, kleine Bäckerin.« Er ging zu der Schachtel mit den Cupcakes, griff sie sich und kehrte zurück, um Kats Arm zu nehmen. »Lassen Sie uns in den Pausenraum gehen und sehen, wie diese Cupcakes schmecken.« Er zog die Tür auf.

Kat sah sich um. »Was ist mit der Musik passiert? Es ist so still.«

»Alle sind weg. Das Fitnessstudio ist geschlossen.«

»Wir sind allein?« Ihre Stimme wurde dünn, aber sie hielt mit ihm Schritt.

»Bis in einer Stunde oder so der Putztrupp kommt.« Er führte sie zur Tür hinter der Safttheke und in den Pausenraum der Angestellten. Dort blieb er stehen. Oh Mann, selbst verschwitzt und müde und kaum in der Lage, ihr Humpeln zu verbergen, war sie umwerfend. Er wollte sie, aber sie mussten zuerst alles abklären. »Sie sind bei mir sicher. Aber wir müssen reden. Wir müssen die Grenzen meines Vorschlags festlegen.«

Sie neigte den Kopf. »Ich habe noch nicht zugestimmt.«

»Das werden Sie schon noch«, sagte er. »Ich irre mich nie, Sie wissen doch.«

8

Kat musterte den überraschend großen Pausenraum. Es gab eine Theke mit Spüle und eine Mikrowelle, einen Kühlschrank und zwei Snackautomaten. Sie ließ sich auf einem der Stühle nieder, die um einen quadratischen Tisch in der Mitte des Raums standen. Sloane ging zum Kühlschrank und holte zwei Wasserflaschen heraus. Dann suchte er Papierteller, Servietten und Gabeln zusammen und deckte den Tisch.

Schließlich ließ er sich auf den Stuhl neben ihr sinken. »Wie geht es Ihrem Bein?«

Mist, sie hatte es sich gerieben. »Gut.« Sie griff nach dem kalten Wasser.

Er lehnte sich auf dem Stuhl zurück. »Wie Sie meinen. Aber ich bin ein ziemlich guter Masseur.«

Das kam nicht infrage. Er würde ihr Hosenbein hochziehen wollen, und das wollte sie lieber vermeiden. Zumindest vorerst. »Dieses Fitnessstudio ist riesig. Wie viele davon haben Sie?«

»Wir eröffnen diese Woche unser sechzigstes.«

Sie ließ ihre Wasserflasche sinken und rief sich ins Gedächtnis, dass Sloane mehr war als ein Kämpfer oder auch nur ein Fitnessstudiobesitzer. Er war Teil der Welt, in die sie niemals hineinpassen würde. Wie kam es, dass er das nicht verstand? »Also, wie sind Sie vom Kämpfer zum Tycoon geworden?«

Seine Augen glitzerten amüsiert. »Tycoon?«

Sie zuckte die Achseln. »So wurden Sie in der *Forbes* genannt.« Sloanes Firmenwert ging in die Millionen, der Zeitschrift zufolge. Ihr Respekt galt nicht seinem Geld, sondern seiner Fähigkeit, ein Geschäft aufzubauen.

»Ich habe reichlich Geld mit Werbeverträgen verdient und begonnen, mir einen Stall von Kämpfern aufzubauen, die ich vertrete. Zwanzigstundentage und der Wille zum Erfolg haben das ermöglicht.«

Sie spürte, dass so etwas wie ein joviales Schulterklopfen in seiner Antwort lag. Also … sie mochte seinen Geschäftssinn respektieren, aber Kat gehörte nur eine kleine Konditorei. Er betrachtete es wahrscheinlich als ein Hobby, so wie ihre Familie es tat. Doch sie versagte es sich, enttäuscht zu sein, und sagte: »Sie haben Ihre Sache ausgesprochen gut gemacht.«

Er richtete sich auf und musterte sie einige Sekunden. »Täuschen Sie sich nicht in mir, Kat. Ich will Sie, und während wir zusammen sind, werde ich mich auf unser sexuelles Vergnügen mit der gleichen Intensität konzentrieren, mit der ich mich auf Erfolg konzentriere. Aber es ist nur ein vorübergehendes Arrangement und auch nur, wenn es gelegen kommt. Ich will keine Missverständnisse.«

Kat strich mit dem Daumen über den geriffelten Rand der Wasserflasche, während sie über seine Worte nachsann. Er hatte sehr klare Grenzen für sich selbst gezogen. Sie fragte sich, was ihn so hatte werden lassen. Aber die eigentliche Frage war, würde es für sie das Richtige sein? Konnte sie diesen Schritt tun und sich endlich vollwertig fühlen, indem sie eine sexuelle Beziehung einging und genug Selbstverteidigung lernte, um sich sicher zu fühlen? Kat würde darauf vertrauen müssen, dass dies die Panikattacken beenden würde, von denen sie immer noch heimgesucht wurde.

Dann würde sie frei sein, mehr aus ihrer Konditorei zu machen. Aus ihrem Leben.

Aber Liebe?

Nein. Sich auf Verletzbarkeit und Vertrauen einlassen, nur um zuzusehen, wie beides zerschmettert werden würde wie damals ihre Knochen?

Allein bei dem Gedanken stockte ihr der Atem.

Schließlich antwortete sie: »Ich bin nicht romantisch veranlagt, Sloane. Ich wüsste nicht, warum ich mich in Sie verlieben sollte. Und Ihr Geld will ich auch nicht.«

Seine Anspannung löste sich, und er ergriff ihre Hand. »Nachdem wir das aus der Welt geschafft haben, möchte ich noch einmal betonen, dass ich Sie in meinem Bett will. Und ich bin bereit alles zu tun, um Sie dorthin zu bekommen.«

Seine Hand war warm, und die Luft im Raum erhitzte sich knisternd vor Anspannung bei seiner bloßen Berührung. Sie hatte noch nie so stark auf irgendeinen Mann reagiert. »Sie sind mal wieder vollkommen unverblümt.«

»Ich bin ehrlich, Kat, und ich erwarte das Gleiche von Ihnen. Ich kann Sie im Kämpfen unterrichten, und ich kann Ihnen einen Trainer besorgen, mit dem Sie üben können, wenn ich auf Reisen bin. Davon abgesehen, was wollen Sie?«

Das war der Knackpunkt. Verhandlungen um eine sexuelle Beziehung mit klaren Erwartungen ohne jegliche emotionale Bindung. Entweder sie akzeptierte das, oder sie kehrte zurück in ihre sichere Zone. Aber sie wollte mehr als das, sonst wäre sie heute Abend nicht gekommen. »Okay. Die Sache mit der gelegentlichen Begleitung. Ich erkläre mich bereit dazu, wenn es in meinen Zeitplan passt. Und ich hätte gern, dass Sie nächsten Samstag mit mir zu einer Verlobungsparty gehen.«

»Liefern Sie einen Kuchen ab, oder sind Sie selbst eingeladen?«

Sie zögerte und fragte sich, ob eine Familienfeierlichkeit eine Grenze war, die er nicht überschreiten wollte. Nun, sie würde es gleich herausfinden. »Es ist ein Familienfest. Die Verlobungsparty meines Bruders im Haus meiner Eltern. Ich hatte mich eigentlich entschieden, ohne Begleitung hinzugehen.« *Oh Gott, halt den Mund.*

»Aha.« Er beugte sich vor und öffnete die Schachtel auf dem Tisch.

Er musterte die vier Cupcakes, als seien sie etwas Besonderes. Was dachte er? Ohne es abwarten zu wollen, sagte sie: »Schokolade-Karamell, Zitrone, Vanille-Latte – und das hier ist einer mit roten Beeren, Quark und Zuckerguss.«

Er warf ihr ein jungenhaftes Grinsen zu und sah sie über den Deckel der Schachtel hinweg an. »Welchen wollen Sie?«

Wow, sie hatte ihm mit den Cupcakes tatsächlich eine Freude gemacht. Sie schüttelte den Kopf. »Die sind für Sie, Sloane.« Ein Lachen kitzelte in ihrem Hals. Als Heranwachsende hatte sie ihre Eltern mit ihren gebackenen Geschenken verärgert. Sie hatten intellektuelle Geschenke bevorzugt, Bücher oder Theaterkarten. Sie hatten klargemacht, dass sie ihr Backen für Zeitverschwendung hielten. Aber der Millionär mit dem gestählten Körper sah aus wie ein Kind, das man in einer Schokoladenfabrik von der Hand gelassen hatte.

»Sagen Sie mir, was Sie gerne mögen, sonst wähle ich für Sie«, erklärte Sloane.

Ganz schön herrisch. »Schokolade.«

Er zog den Schokoladencupcake heraus, stellte ihn auf einen Pappteller, legte eine Plastikgabel daneben und schob ihr das Ganze hin. Dann wählte er das Zitronenküchlein für sich selbst. Nachdem er es aus dem Papier gewickelt hatte, fragte er: »Was war der Grund, dass Sie Ihre Meinung geändert haben und nun doch in Begleitung zur Verlobungsparty Ihres Bruders gehen wollen?«

Er hatte Ehrlichkeit von ihr gewollt, daher antwortete sie: »Okay, es ist so. Mein Exverlobter, David, wird wahrscheinlich dort sein. Nicht dass es eine Rolle spielt; es ist lange her, dass wir uns getrennt haben.«

»Wie viele Jahre?«

Nachdem sie ihren Cupcake aus dem Papier geholt hatte, faltete sie dieses zu einem winzigen Dreieck zusammen. »Fünfeinhalb Jahre.« *Du wirst zurückgehumpelt kommen.* Davids abscheuliche Worte hallten in ihrem Kopf wider, und sie fragte sich abermals, warum er wirklich in ihrer Konditorei aufgetaucht war und seine Sorge um sie bekundet hatte.

»Kat.«

Sie legte das Papierdreieck beiseite und sah ihn an.

»Benutzen Sie mich, um ihn zurückzubekommen?«

Sie lachte verdattert auf. »Oh Gott, nein. Auf keinen Fall.« Sie umklammerte die Gabel und ärgerte sich darüber, dass David es geschafft hatte, etwas in ihr auszulösen. »Ich will mich ihm einfach nicht allein stellen. Ist das offen genug für Sie?«

»Das ist es, ja.« Er beugte sich vor. »Denn ich teile nicht, Kat. Du wirst deine Orgasmen von mir bekommen. Nur von mir.« Er entspannte sich wieder und fügte hinzu: »Und du wirst die einzige Frau sein, die ich während dieser Zeit zum Höhepunkt bringen werde.« Er stach mit seiner Gabel in den Cupcake und schob sich einen Bissen in den Mund.

Kat stockte der Atem bei seiner Ankündigung. Sie spürte, wie ihr Körper nachgab und ein träges Verlangen sich ausbreitete. Sein Selbstbewusstsein, seine Worte – es war so sexy. Die Art, wie er den Kuchen genoss, sprach ihr Lustzentrum an. Er leckte die Gabel ab, lange, gemächliche Bewegungen mit der Zunge, während er jeden Krümel aufaß … Sie musste den Blick senken. Sie versuchte, sich darauf zu konzentrieren, einen Bissen von ihrem Cupcake zu essen.

»Verdammt, das ist gut. Mit einem Schuss Zitronensahne.«

Wärme durchflutete sie, und sie schaute auf. »Es ist Zitronenquark. Meiner ist mit Buttercreme gefüllt.«

Er langte mit seiner Gabel über den Tisch und versenkte sie in ihrem Schokoladencupcake. Langsam schob er sie sich in den Mund und schloss in unübersehbarem Entzücken die Augen. »Nett.« Er stach seine Gabel wieder in seinen eigenen Kuchen. »Aber mir schmeckt Zitrone besser.«

Sie öffnete den Mund, dann vergaß sie, was sie hatte sagen wollen. Er aß den Bissen nicht, den er aufgepikt hatte, stattdessen beugte er sich näher zu ihr vor und hielt ihn ihr hin. »Es ist okay, ich weiß, was es …«

Er schob ihr die Gabel in den Mund. »Koste davon. Für mich.« Seine Stimme war leise, ein verführerisches Grollen, das durch sie hindurchwogte, bis in die Bauchregion und noch tiefer. Die Zitrone war hell und scharf auf dem dunkleren Schokoladengeschmack, aber Kat bemerkte es kaum. Sie war zu sehr darauf konzentriert, wie ihr heiß wurde, wie ihre Brustwarzen sich verhärteten.

Er lehnte sich zurück, seine Augen waren feurig und auf eine andere Weise hungrig. »Ich habe Zitrone und Schokolade gekostet, aber ich habe dich noch nicht gekostet.«

Kat keuchte auf angesichts der Welle von Lust, die sie überschwemmte. »Jetzt?«

Sloane nahm ihren Teller und schob ihn zusammen mit der Schachtel beiseite. Dann stand er auf und beugte sich über sie. Er legte ihr die Hände um die Taille und hob sie hoch, als wäre das gar nichts, bevor er sie auf den Tisch setzte.

Sein Gesicht war dem ihren ganz nah, sein Haar war zerzaust und sexy. Er verschlang sie buchstäblich mit den Augen. Ihre Haut spannte sich unter seiner intensiven Musterung. »Aber wir haben gesagt, keinen Sex heute Abend.«

»Nur einen Kuss, Kätzchen.«

»Kätzchen?« Niemand nannte sie so.

Er schürzte die Lippen. »Du bist scheu, du willst, dass ich dich berühre, hast aber Angst. Du entscheidest darüber, ob du mich kratzen oder für mich schnurren willst. Wie ein Kätzchen.«

Sie zog eine Augenbraue hoch. »Was ist, wenn ich kratze?«

»Nur zu, Baby. Das bedeutet einfach, dass du willst, dass ich dich zähme, bis du schnurrst.« Er umfasste ihren Nacken und streichelte mit dem Daumen über ihr Kinn.

Kat erschauerte, als er die Hand über ihren Zopf gleiten ließ und dann das Band herauszog, das ihn zusammenhielt, bevor er mit den Fingern durch ihr langes Haar fuhr. Sinnliche Hitze durchfuhr sie, und sie stöhnte beinahe.

»Gott, das wollte ich, als ich dich in dem Ballsaal hinter der Säule habe stehen sehen.« Er spielte weiter mit ihrem Haar, bis er die Strähnen um eine Hand gewickelt hatte.

Dann beugte er sich vor. Langsam. »Was ist das Zeichen zu deiner Sicherheit?«

Sie spürte seinen Atem auf ihren Lippen, als er sprach. So nah. Sie musste nachdenken. Das dreimalige Fingerklopfen auf seinem Körper. »Tapout.«

Er bewegte sich, schob die Beine zwischen ihre Schenkel und ließ die andere Hand über ihren Rücken wandern, bis sie auf ihrer Hose zu liegen kam. Dann zog er sie an die Tischkante. Zu sich heran. Die Hitze seines Körpers vermischte sich mit ihrer. »Willst du klopfen?«

Er hielt mit einer Hand ihr Haar fest und presste sie mit der anderen Hand an sich. Er hatte sie gefangen, sie saß in der Falle. Sie war ihm ausgeliefert. Sein Gesicht war so nah, dass sie ihn beinahe schmecken konnte. Ihn schmecken wollte. »Nein.«

Seine vollen Lippen wölbten sich. »Gut.« Er strich mit dem Mund über ihre Lippen. Hin und her mit leichten, neckenden Berührungen. Er verlagerte den Griff in ihrem Haar, drückte ihren Kopf zurück und leckte den Rand ihrer Lippen.

Die warme, feuchte, langsame Berührung seiner Zunge ging ihr durch und durch. Sie öffnete den Mund.

Sloane stieß hinein, nahm Besitz von ihr mit frechen, fordernden Bewegungen seiner Zunge.

Der Kuss wurde heiß und wild. Kats Herz hämmerte, und seine Hitze, seine Stärke und sein Duft umgaben sie. Sein Mund verschmolz mit ihrem, seine Hand in ihrem Haar kontrollierte sie, während er die Finger der anderen unter den Saum ihres Tanktops gleiten ließ und über ihren Rücken strich, dass ihr noch heißer wurde.

Eine Bewegung seiner Hüften zwang ihre Schenkel noch

weiter auseinander und setzte ihre Mitte der harten Wölbung seines erigierten Schwanzes aus, der seine Shorts spannte. Ihre Klitoris schmerzte und pochte, während tief in ihrem Schoß Leere klaffte, die danach schrie, gefüllt zu werden. Sie stöhnte, umklammerte seine Arme und versuchte, ihn dorthin zu ziehen, wo sie ihn ersehnte. Sie brauchte mehr. Sie schob die Zunge an seiner vorbei und suchte nach mehr von ihm. Er schmeckte nach potentem Mann, gemischt mit dem Aroma ihres Kuchens, als hätte sie ihn markiert. Das war so verdammt heiß.

Sloane stieß ein kehliges Knurren aus. Er zog sie näher an sich und küsste ihr Kinn, hinterließ eine warme, feuchte Spur.

Sein Herz hämmerte an ihrer Brust. Durch ihre Hose schmiegte sich die unglaublich dicke Wölbung seines Schwanzes an sie. Jedes Zucken, jeder Puls, der ihre Klitoris streifte, machten sie noch begieriger.

Sloane biss ihr ins Ohrläppchen.

Sie zuckte zusammen und rieb ihre Klitoris an seinem Schwanz.

»Klopf«, flüsterte er. »Tu es. Sonst werde ich nicht aufhören. Sonst kann ich nicht mehr aufhören.«

Sie hörte ihn. Doch wollte es nicht. Konnte es nicht.

Er schob sie zurück, bis sie auf dem Tisch lag. Dann ließ er die Hand unter ihren Po gleiten und hob sie hoch. »Klopf, oder ich werde dich gleich hier kommen lassen, gleich jetzt.« Er rieb seine Hüften an ihrem Spalt. Über ihre Klitoris, durch ihre Hose. Sie erschauerte.

Seine Augen glitzerten bernsteinfarben. Röte überzog sein Gesicht. Sie konnte das kaum kontrollierte Verlangen spüren, das ihn antrieb. Er verkörperte rohen Sex und Macht.

Heiß und ein klein wenig Furcht einflößend.

»Ich werde nicht aufhören, Kat. Ich werde dir diese Hose herunterreißen und dich lecken, bist du schreist. Und dann werde ich es dir gleich hier auf dem Tisch im Fitnessstudio besorgen.« Er schloss die Augen und spannte sich an. Dann öffnete er sie wieder. »Klopf, verdammt noch mal.«

Es war nie so wie jetzt gewesen, so ungezähmt und leidenschaftlich. Sie war außer Kontrolle. Und das durchdrang schließlich ihre Lust mit einem Hauch von Furcht. Sie bog die Finger.

Klopfte dreimal auf seinen harten Bizeps.

Sloane nahm die Hände von ihr und trat zurück. Er drehte sich um und ging zur Wand, legte die Hände an den Putz und ließ den Kopf sinken. Dann ging er zum Tisch zurück, griff nach der Wasserflasche und leerte sie.

Kat richtete sich auf. Beobachtete, wie er den Kopf in den Nacken legte und sein Adamsapfel hüpfte, während er schluckte. Ihr Blick wanderte nach unten …

Zu seinem Schwanz, der seine locker sitzenden Shorts enorm ausbeulte.

Er wollte sie und hatte bei ihrem Signal aufgehört. Obwohl sie schmerzlich versagt hatte, gab ihr das ein Gefühl von Macht. Nur drei kleine Klopfzeichen, und er hatte von ihr abgelassen.

Sloane stellte die Flasche beiseite, drehte sich um und verschränkte die Arme vor der Brust, das Gesicht vollkommen ausdruckslos. »Um wie viel Uhr soll ich dich zu der Verlobungsparty abholen?«

»Du wirst mitkommen?«

Er überwand die verbliebene Distanz zwischen ihnen

und sah ihr fest in die Augen. Er blieb gerade so eben außer Reichweite stehen. Das Wispern seines Atems liebkoste ihre Haut. »Ich hätte wegen eines Kusses fast den Verstand verloren. Ich habe vollkommen vergessen, dass die Putzkolonne in ein paar Minuten hier sein wird. Und wichtiger noch, ich war verdammt nah dran, mein Versprechen zu brechen, dass es heute Nacht keinen Sex geben würde. Alles. Wegen. Eines. Kusses.«

Er berührte sie nicht, doch ihre Haut kribbelte vor Anspannung, als täte er es. Sie wusste nicht, wie sie ihm antworten sollte.

»Ich werde erst wieder bei Verstand sein, wenn ich in dir bin. Tief in dir.«

Sie erschauerte. Er hatte etwas mit ihr angestellt, hatte irgendwie ihre Schutzschilde zerschmettert, verhindert, dass sie sich lösen konnte, und sie verletzbar gemacht.

Sollte sie erregt oder beängstigt sein? In dem Versuch, wieder einen klaren Kopf zu bekommen, rutschte sie vom Tisch, eilte zu dem Stuhl und griff nach ihrer Sporttasche. Zeit zu gehen und sich zu sortieren.

Eine Hand schlug an die Tür und hinderte sie daran, sie zu öffnen. »Wie viel Uhr, Kat?«

Er ragte direkt hinter ihr auf, stand ihrem Rückzug im Weg. Seine Stimme war leise und fordernd. Kat rang um Beherrschung und traf eine Entscheidung. Sah der Wahrheit ins Gesicht. Sie wollte Sloane. Wenn er sie berührte, sie küsste, begann ihre sexuelle Lust – jahrelang verdrängt, unterdrückt, wenn nicht gar für immer – an den Stäben ihres selbst geschaffenen Gefängnisses zu rütteln. Sie sah ihn an. »Um sechs.«

Er hob die Hand, zeichnete eine Locke ihres Haares nach, wahrscheinlich eine der violetten Strähnen. »Es ist jetzt dunkel draußen. Ich werde dich zu deinem Wagen begleiten. Aber ich riskiere keinen weiteren Kuss.«

Sie brauchte Abstand von ihm. Dringend. »Kein Problem. Ich kann allein zu meinem Wagen gehen.«

Er ließ ihr Haar los und versteifte sich. »Wenn du mit mir zusammen bist, werde ich dafür sorgen, dass du sicher bist. Jedes verdammte Mal.«

Etwas Rohes und Verwundbares umschattete seine Augen. *Schmerz. Kränkung.* Eine so heftige Emotion, dass sie jegliches Licht aufsaugte.

Ihr Herz zog sich um seinetwillen schmerzhaft zusammen. Sie hob die Hand, wollte ihn trösten …

Sloane blinzelte. Seine Miene versteinerte sich. Er griff an ihr vorbei und öffnete die Tür.

Kat ließ den Arm sinken.

Aber sie wurde das Gefühl nicht los, dass Sloane Michaels in der Hölle gewesen war.

Und er hatte den Weg heraus noch nicht gefunden.

9

Vorfreude kribbelte tief in Sloanes Bauch. Er war die ganze Woche auf Reisen gewesen und hatte Kat seit Sonntagabend im Fitnessstudio nicht gesehen.

Als sie die Wohnungstür öffnete, schnappte er nach Luft. Ihr Haar wellte sich verlockend über ihre nackten Schultern, und sie trug eine türkisfarbene, ärmellose Tunika mit zwei langen Bändern, die vorn lose verknotet waren. Er wollte diese baumelnden Bänder um seine Hand wickeln und sie zu einem Kuss zu sich heranziehen, aber er zügelte sich. Kat lernte gerade, ihm zu vertrauen, er sollte sie nicht unbedingt in der ersten Sekunde, in der er sie sah, berühren. Eine schmal geschnittene schwarze Hose schmiegte sich um ihre Hüften und Schenkel und machte seinen Entschluss nicht unbedingt leichter. Und dann ihre Schuhe … früher einmal hätte er geschworen, dass er auf Frauen mit Stilettos stand, aber an Kat sahen flache Schuhe absolut sexy aus.

Er hob den Blick und lächelte. »Du siehst wunderschön aus. Ich hatte fast damit gerechnet, dass du mir absagen würdest, weil du eine Woche Zeit hattest, darüber nachzugrübeln.«

»Der Gedanke ist mir gekommen.«

Er legte ihr die Hand auf den Rücken und führte sie zu seiner Limousine. Unter seinen Fingern arbeiteten ihre Muskeln härter als normal, um ihr rechtes Bein nachzuziehen. Er machte kleinere Schritte, um es ihr leichter zu machen.

An der Limousine winkte er seinen Fahrer weg und öffnete die Tür. Kats weiches Haar streifte seinen Arm wie eine fließende, seidige Liebkosung. Dieses Gefühl sandte einen Weckruf direkt in seine Lenden. Als er neben ihr im Wagen Platz nahm, konnte er sich nicht daran erinnern, wann ihn das letzte Mal eine simple Berührung so entflammt hatte.

Als die Limousine leise vom Straßenrand glitt, setzte Sloane ihr Gespräch fort. »Und warum hast du nicht abgesagt?« Er war verdammt froh, dass sie es nicht getan hatte, aber nichtsdestoweniger neugierig.

Sie sah ihm in die Augen. »Ich versuche herauszufinden, warum ich mich zu dir hingezogen fühle.«

Er legte den Arm über die Rückenlehne des Sitzes und streichelte ihr Haar. »Bist du zu irgendeinem Ergebnis gekommen?« Denn er hatte sich ihre Anziehung auf ihn nicht erklären können. Schöne Frauen waren in seiner Welt alltäglich. Was hatte Kat also an sich, das ihm so unter die Haut ging?

Zum Teufel, seit ihrem Kuss war sie zu einer Obsession geworden. Keine Frau hatte ihn je so schnell zu unkontrollierbarem Verlangen getrieben.

»Vielleicht ist es nur meine Abstinenzphase. Du bist ein sehr erotischer Mann.«

Das war er, aber sie hatte seinem Verlangen eine andere Dimension verliehen. »Wie lange ist es bei dir her?«

Sie wandte sich ab.

Oh nein, das würde er nicht zulassen. Er hob die andere Hand und umfasste ihr Gesicht. »Schau nicht weg. Sag mir, dass ich abhauen soll, wenn du willst, aber schau nicht weg.« Er streichelte mit dem Daumen über ihre Lippen. Dezentes

Lipgloss. Er wollte es ablecken. »Es liegt bei dir, ob du es mir erzählen willst, aber es würde mich sehr interessieren.« Seine Stimme wurde heiser vor Verlangen, alles zu wissen, was es über sie zu erfahren gab, damit er ihr so viel Vergnügen bereiten konnte wie nur eben möglich.

Sie öffnete den Mund.

Ihr warmer Atem streifte seinen Daumen. Es kostete ihn eine gewisse Anstrengung, den Finger nicht in ihren feuchten Mund zu schieben.

»Fünf Jahre.«

Sein Zwerchfell spannte sich an, und das Blut rauschte ihm in den Ohren. »Es sind fünf Jahre, seit du das letzte Mal Sex hattest?«, vergewisserte er sich.

»Mit einem Partner.«

Verdammt, er wollte sie sich nicht vorstellen mit ihrer eigenen Hand zwischen den Beinen, wie sie ihre Klitoris streichelte und versuchte, einen Orgasmus zu erreichen. Keuchend, angespannt … nass und pulsierend. In dem Verlangen nach Erlösung.

Oh Gott, er würde keinen Schritt vor den anderen setzen können.

Aber er begriff, dass sie zu angestrengt nachdachte, sich vielleicht an diesen Zwischenfall erinnerte, den sie in ihrer Konditorei erwähnt hatte. Sloane erinnerte sich daran, dass sie gesagt hatte, sie sei während des Sex in Panik geraten. Er nahm seine Hand nicht weg und hielt die sehr reale Verbindung zwischen ihnen aufrecht. »Als du es das letzte Mal versucht hast, hattest du eine Panikattacke. Erzähl mir, was ich darüber wissen muss.«

»Es war einige Monate nach meiner Trennung von meinem

Verlobten. Jemand, den ich von der Physiotherapie kannte.« Sie schloss die Augen. »Ich hatte das Gefühl zu ersticken, als er auf mir war. Ich habe es ihm gesagt, aber er war, ähm, an dem Punkt angelangt, und er hat mich nicht gehört. Ich bin in Panik geraten und habe geschrien.«

Das half ihm, seinen Schwanz unter Kontrolle zu bringen, aber es verringerte seine Lust auf sie kein bisschen. »Hast du dich so gefühlt, als ich dich geküsst habe?«

Ihr Gesichtsausdruck wurde weicher, und die Spannung in ihrem Körper ließ nach. »Nein. Erst am Ende, als du versucht hast, mir Angst zu machen.«

Er hatte das mit Absicht getan, hatte gewollt, dass sie klopfte, damit er ihr beweisen konnte, dass sie ihm vertrauen konnte. Aber er hatte sie so verdammt heftig begehrt, dass sie diejenige sein musste, die dem ein Ende machte. Seine gewohnte Disziplin war ihm unter dem Eindruck ihrer Reaktion auf ihn abhandengekommen. Aber seine Aufmerksamkeit war zu hundert Prozent auf sie gerichtet gewesen, und ihr Flehen wäre ihm auf keinen Fall entgangen. »Was auch geschieht, ich werde dich hören.«

»Woher willst du das wissen?«

Er beugte sich vor. Langsam. Bewegte sich zentimeterweise auf sie zu. Als er nah genug war, sagte er: »Weil ich nicht kommen werde, Baby, ehe du kommst. Ich werde sehr genau auf dich achten.«

Sie zitterte und beugte sich zu ihm, ihr Atem flatterte.

Sie war fünf Jahre ohne die Berührung eines Mannes gewesen. Fünf. Jahre. Doch ihm vertraute sie, ihr diese intensive Wonne zu schenken, und das war genug, um ihm einen tiefen Blick zu schenken. Er sagte: »Du wirst mir in die Augen sehen, genau so, wenn wir deiner Abstinenzphase ein Ende setzen. Ich werde zusehen, wie du kommst, wie du vor Ekstase zitterst, bis du es nicht länger aushalten kannst.«

Und dann würde er ihr mehr geben. So viel sie wollte.

Kat ließ sich fallen, ihr Gesicht lag in seiner Hand, sein Daumen streichelte ihre Lippen. Seine Worte ließen ihr Herz heftig pochen. Sie wollte es.

Wollte ihn.

Dieser Kuss vor einer Woche … Sie war dort im Pausenraum des Fitnessstudiopersonals beinahe gekommen. Gänzlich bekleidet. Von nicht mehr als einem Kuss und ein wenig gut platzierter Reibung.

Und jetzt tat er es wieder, umarmte sie, und sein Duft betörte ihre Sinne. Seine Lippen waren vielleicht fünf Zentimeter von ihren entfernt. »Du wirst mich küssen.«

»Ganz ohne Zweifel.«

»Bald?« Ihre Stimme war heiser, hell – tonlos.

»Sobald ich ein Problem gelöst habe.« Er ließ den Daumen über ihre Unterlippe gleiten, dann tauchte er ihn hinein, gerade so eben.

Gerade genug, um ihre Zunge zu berühren.

Kat hätte beinah gestöhnt. Ihre Brustwarzen wurden hart und schmerzten. Ihr wurde heiß, und es kribbelte überall, bis in ihren Schoß hinein. »Ein Problem?«

Seine sinnlichen Augen glitzerten. »Wie soll ich diesmal aufhören können?« Er schob den Daumen tiefer hinein und ließ ihn über ihre Zunge wandern.

Sie schloss den Mund, kostete ihn. Sein starker und moschusartiger Geschmack verlockte sie, mehr zu wollen.

»Sobald ich einmal von dir gekostet habe, werde ich nicht mehr aufhören wollen. Ich werde dich bis auf dein Schlüsselbein kosten wollen, deine Brüste lecken, an deinen Brustwarzen saugen.« Er zog den Daumen heraus. »Wie soll ich aufhören können, Kat? Ich habe es beim letzten Mal schon kaum geschafft, obwohl du geklopft hast. Aber diesmal wirst du nicht klopfen, nicht wahr?«

»Ich weiß es nicht?« War das eine Frage? Ein Einverständnis? Eine Aufforderung? Irgendwie hatte Sloane all das Verlangen, das ihr abhandengekommen war, aufwallen lassen wie eine Gezeitenwelle, die kurz davor war, sie zu überrollen.

»Du hast es in der Hand, Kat.« Er zog den Daumen über die Wölbung ihres Kinns und streichelte ihr Grübchen.

Ein Flackern tanzte in ihrem Magen. Das war mehr, als sie ertragen konnte. »Was?«

»Du bist bei mir in sicheren Händen. Wenn du aufhören willst, hören wir auf. Aber wenn ich dich küsse, dann macht mich das nur noch hungriger. Ich will wissen, wie der Rest von dir schmeckt. Deine Brustwarzen, dein Bauch, die weiche Haut auf der Innenseite deiner Schenkel.« Er strich mit seinem Mund über ihr Ohr, sein Atem warm und neckend. »Dann werde ich deine Beine spreizen und dich küssen, kosten und mich an dir satt lecken.«

Ihre Klitoris pulsierte. Sie schnappte nach Luft. »Du folterst mich.«

»Das hast du verdient, Kätzchen. Ich bin für den Rest der Woche nach diesem Kuss so gut wie hart geblieben.« Er leckte den Rand ihres Ohres. »Das machst du mit mir.«

Sie erschauerte und verfiel dem Bann, den Sloane aus Worten und Berührungen wob.

Er löste sich von ihrem Ohr. »Ein einziger Kuss. Das ist alles, was wir bis nach der Party bekommen. Ein Kuss. Halten wir das aus, Kat?«

Ihr Puls hämmerte, und ihr Körper jubelte mit einem neuen vibrierenden Verlangen. War es das, was normale Frauen fühlten? Aber sie war auch verängstigt. Zu Tode erschrocken. Diese Macht, die er hatte, sie dermaßen zu erregen …

Zu sehr. Zu stark. Er rief ein Verlangen in ihr hervor, das in seiner Intensität nahezu überwältigend war.

»Ich kann klopfen?« Sie musste sich vergewissern, dass er doch nicht so viel Macht über sie hatte.

»Es ist deine Abstinenzphase, Kat. Deine Entscheidung.«

»Küss mich.«

Er bedeckte ihren Mund, seine Lippen waren warm und verführerisch. Sein weicher Duft nach Seife und Eichenholz, gemischt mit dem nach purer Männlichkeit, stieg ihr in die Nase. Es war nur ein Hauch, wie ein dunkler und erlesener Schokoladentrüffel, den sie unbedingt kosten wollte. Mehr, sie wollte so viel von ihm, wie nur eben ging. Sie legte ihm eine Hand auf die Schulter und fuhr mit dem Finger die kräftige Wölbung seiner Muskeln durch sein Sportjackett hindurch nach.

Er gab einen kehligen Laut von sich. Ein grimmiges Fordern. Dann strich er mit der Hand über ihre Wange und schob die Finger unter ihr Haar, um ihren Nacken zu umfassen. Mit dem Daumen streichelte er ihr Kinn und lud sie ein, sich für ihn zu öffnen.

Sie legte den Kopf in den Nacken, um ihm zu geben, wonach er verlangte, um zu nehmen, was sie wollte.

Er schob die Zunge in ihren Mund. Lernte, erkundete, befahl. Sein Geschmack überwältigte sie, nahm ganz und gar Besitz von ihr, und noch immer war es nicht genug. Sie spürte die heiße nackte Haut seines Halses unter ihren Fingern, als sie darüberstrich, und er bekam eine Gänsehaut. Sein Puls in der Kuhle seiner Kehle pochte stark und schnell. Erregung durchzuckte sie angesichts der Wirkung, die sie auf ihn ausübte, die sie fühlen und ertasten konnte.

Mehr. Sie ging weiter, tauchte in den Ausschnitt seines Hemdes ein, berührte die harten Muskeln unter fiebriger Haut. Sie wollte über seine Brust lecken. Wollte ihn ganz und gar ablecken. Das Verlangen war so heftig, dass sie in purem Begehren an seiner Zunge saugte. Er rief eine Tollkühnheit in ihr hervor, etwas, das sie so viele Jahre unterdrückt hatte. Die Freiheit und Macht spornten sie an. Sie mochte das Gefühl, einen so selbstbewussten und mächtigen Mann wie Sloane Michaels mit ihrer Berührung und ihren Küssen in die Knie zu zwingen.

Oh ja. Diese neue Verwegenheit passte zu ihr.

Sloane stöhnte und legte den Kopf zurück, bis nur noch wenige Zentimeter sie trennten. Seine Hand umfasste ihren Nacken, sein Daumen streichelte die empfindliche Stelle zwischen ihrem Ohr und ihrem Kinn. »Ein einziger Kuss«, murmelte er.

Sie blinzelte und nahm ihre Umgebung wieder wahr – sie saßen in Sloanes Limousine und verloren total die Kontrolle. Okay, das war nicht schlimm. Im Gegenteil, es war ziemlich umwerfend gewesen. Seine Pupillen waren so geweitet, dass kaum noch Braun darum übrig blieb. Wegen ihres Kusses. Kat nahm sich die Freiheit, all das zu genießen.

Er streichelte ihr Kinn und sagte: »Gott sei Dank trägst du

eine Hose. Wenn du einen Rock anhättest, würde ich dir den Slip herunterzerren.«

Erinnerungen an das letzte Mal, das sie einen Rock getragen hatte, schossen wie eine eisige Infusion durch ihre Adern. Ihr Verlangen gefror. Kat war nicht wie andere Frauen. Sie rückte von ihm ab und starrte auf die abgedunkelte Scheibe, die sie von dem Fahrer trennte. »Ich trage keine Röcke.«

Sie registrierte nur zu genau, wie er sich neben ihr in den Sitz zurückfallen ließ, und sie hasste sich selbst dafür, dass ihre Ängste und alten Erinnerungen den Moment zerstörten.

»Dieser Unsinn geht mir langsam aber sicher auf die Nerven, Kätzchen.«

Sie drehte sich zu ihm um und sah die kaum gedämpfte Wut in seinem Blick. Doch er hatte sie Kätzchen genannt, seinen Kosenamen für sie benutzt. Der Widerspruch verwirrte sie. »Weil ich keine Röcke tragen will?«

»Weil du dich zurückziehst, mich außen vor lässt.«

Er war noch scharfsinniger, als sie gedacht hatte. »Ist das eine weitere von deinen Bedingungen, Sloane?«

Er griff nach ihrer Hand und verschränkte seine Finger mit ihren, dann zog er sie enger an sich. »Es gefällt mir nicht, dass du eine Mauer zwischen uns errichtest. Das weckt in mir das Bedürfnis, sie niederzureißen.«

»Bist du immer so fordernd bei deinen Geliebten?« Was weckte er in ihr? Furcht? Lust? Erregung? Sie fühlte sich herausgefordert, denn aus irgendeinem Grund schien er nicht daran zu zweifeln, dass sie sich behaupten konnte.

Er knirschte mit den Zähnen. »Du rufst das in mir hervor, Kätzchen.« Er umfasste ihr Kinn und strich ihr mit dem Daumen über die Wange. »Bloß gut, dass du das Zeichen kennst.

Denn ich bin nicht so beherrscht, wie alle gern glauben wollen, und du hast irgendetwas an dir, was bei mir den Schalter umlegt.«

Diesmal schauderte es Kat.

Stille breitete sich wie eine Welle über der großen Terrasse aus, die mit Lichtern und Blumen geschmückt war. Es gab jede Menge Sitzplätze und an einem Ende eine Bar. Selbst die Kellner, die zwischen den Gästen umhergingen, einzelne Bestellungen entgegennahmen und Appetithäppchen anboten, verstummten.

Sloane ignorierte die Reaktion, ignorierte die Aufmerksamkeit, die ihnen zuteilwurde, während er Kat zu seinem Ziel führte. Er brauchte einen Drink, um seine ärgerliche Anspannung zu dämpfen. Warum zur Hölle mutete er sich das zu? Er konnte eine andere Begleiterin finden. Eine Frau, die ihn nicht bis an den Rand seiner Selbstbeherrschung trieb. Dieser Kuss in der Limousine …

Die Art, wie sie sich emotional zurückzog.

Das war einfach nur beschissen.

Er brauchte die ganze verdammte Flasche.

Als er die Bar erreichte, schaffte er es immerhin, höflich zu sein. »Was willst du trinken?«

»Cyanid. Auf Eis oder in Wasser mit einem Spritzer Limone.« Kat hatte auf einem der Barhocker Platz genommen. Ihre Augen schimmerten in den Farben des Ozeans mit einem klitzekleinen Anflug von Grau.

Oh Mann, er musste sie berühren. Er legte die Hände um ihre Taille und zog eine Augenbraue hoch. »Ist das Cyanid für dich? Oder für mich?«

»Das habe ich noch nicht entschieden.«

Sie gefielen ihm nicht, die Geister, die sie verfolgten. Sie gefielen ihm ganz und gar nicht. Oder die Art, wie sie sich nervös und geistesabwesend das rechte Bein rieb. Sloane ergriff ihre Hand, legte sie auf ihren Oberschenkel und hielt sie dort fest. »Vielleicht fangen wir mit etwas Leichterem an und tasten uns langsam ans Cyanid heran. Ein Glas Wein? Ein Obstsaft?«

Kats Grinsen erstarb. »Meine Eltern haben uns entdeckt und kommen auf uns zu.« Sie seufzte. »Es sieht ganz so aus, als ob ich doch Cyanid brauche.«

Sloane stellte sich mit dem Rücken zur Bar. Er drückte ihre Hand und sagte: »Deine Mom sieht aus wie du.« Eine ältere, sprödere Version von Kat, aber mit der gleichen Gesichtsform und Augenfarbe. Ein maßgeschneidertes dunkelblaues Kleid und Perlen rundeten das Bild ab.

»Das Aussehen täuscht. Meine Mom ist Molekularbiologin und entschlossen, Alzheimer zu verhindern und zu heilen. Sie und David, ein Neurowissenschaftler, stehen kurz davor, eine Zulassung für ihr neuestes Medikament zu bekommen. Es wird das Leben verändern. Eine absolute Sensation.«

Ihre Eltern blieben stehen, um mit einigen Leuten zu plaudern, während Sloane versuchte, sich die Konstellation vor Augen zu halten. »Dein Exverlobter arbeitet mit deiner Mutter zusammen?« Peinlich war gar kein Ausdruck dafür.

»Ja. Das Alzheimer-Projekt ist das Werk von beiden, ihr Baby sozusagen. Sie haben erstaunliche Durchbrüche erzielt.«

Bewunderung mischte sich mit Zorn, was sich in ihrem gequälten Blick widerspiegelte. Offensichtlich hatte sie eine ambivalente Beziehung zu ihrer Mutter. Mit einem anerkennenden Blick betrachtete Sloane ihre Eltern, als sie näher kamen.

»Kathryn.« Ihre Mutter sprach als Erste. »Das ist aber eine Überraschung! Wo ist Kellen?«

Also hatte sie ihren Eltern weder von dem Überfall erzählt noch von Kellens Verletzung oder dass Sloane sie zu der Party begleiten würde. Aber andererseits hatte Sloane sie auch nicht vorgewarnt, was seine Bekanntschaft mit ihrem Vater betraf. Kat lenkte ihn einfach viel zu sehr ab.

»Kellen ist beschäftigt.« Kat deutete auf ihn. »Sloane Michaels, das sind meine Eltern, Dr. Diane Thayne und Dr. William Thayne.«

»Wir sind uns bereits begegnet.« Der Blick von Williams eisblauen Augen fiel auf die Hände der beiden auf Kats Oberschenkel.

Kat sah zu ihm auf. »Du kennst meinen Vater?«

Jepp, er hätte es ihr definitiv erzählen sollen. »Unsere Wege haben sich einmal gekreuzt. Dein Vater saß im Planungsausschuss, als ich das *SLAM*-Fitnessstudio in San Diego gebaut habe.« Er verschwieg, dass Dr. William Thayne sich vehement gegen das Fitnessstudio ausgesprochen und behauptet hatte, es fördere eher Gewalt als gesunde Fitness und ziehe daher die falschen Leute an.

Sie kniff die Lippen zusammen. Ein neues Paar gesellte sich zu ihnen, und Kats Miene wurde weicher. »Sloane, das ist mein Bruder, Marshall, und seine Verlobte, Lila Colson.«

Sloane schüttelte dem Mann die Hand, der zehn Jahre älter sein musste als Kat. Er wirkte leicht geistesabwesend, und sein Gesicht war schärfer geschnitten als das seiner Schwester, habichtähnlich. Lilas rundes Gesicht wurde von mahagonifarbenem Haar umrahmt, das kurz und modisch geschnitten war. »Ich glaube, wir sind uns schon einmal begegnet, obwohl ich mich nicht daran erinnern kann, wo.«

»Wir haben uns auf der einen oder anderen Party getroffen.« Sie sah Kat an und dann wieder ihn, als könne sie nicht ganz verstehen, in welcher Beziehung die beiden zueinander standen. »Meiner Familie gehört *Colson Juwelen*.«

»Natürlich.« Jetzt konnte er sie unterbringen. Eine seiner ehemaligen Begleiterinnen, Tamara, war mit der Colson-Familie gut bekannt gewesen. Er war Lila wahrscheinlich über den Weg gelaufen, als er mit Tamara zusammen gewesen war.

»Mit deinem Haar siehst du aus wie ein rebellischer Teenager, Kathryn.« Ihre Mutter schüttelte den Kopf. »Mach dir nichts draus, meine Friseuse kann das in Ordnung bringen. Ich werde einen Termin machen.«

»Mir gefällt es.« Sloane konnte den Unterton nicht ganz verstehen. Da war definitiv eine Anspannung zwischen ihr und ihren Eltern. Aber ihr Gesicht hatte aufgeleuchtet, als sie ihren Bruder gesehen hatte.

Fehlte nur noch der Exverlobte, David.

Ihr Vater sagte: »Kathryn, ich muss kurz mit dir sprechen. Michaels kann solange hier warten.«

»Das ist Marshalls Party. Ich bin sicher, das hat Zeit.« Kat rutschte von dem Barhocker und umarmte Lila. »Herzlichen Glückwunsch. Wenn du mal Probleme mit meinem Bruder hast, ruf mich an.« Sie grinste ihren Bruder an. »Ich werde ihn daran erinnern, welches Glück er hat, dich zu haben.«

Marshall zog sie an den Haaren. »Katie war eine Nervensäge, als wir Kinder waren, und wusste, wie sie ihren Willen durchsetzen konnten. Ich habe ihr einmal als Bestechung, damit sie mich in Ruhe lässt, einen elektrischen Puppenherd gekauft. Auf diese Weise war sie beschäftigt.«

Das gab Sloane einen Stich. Schmerz raubte ihm den Atem.

Sara.

Gott, wie er sie vermisste! Die Art, wie Marshall eine Locke von Kats Haaren ergriff, wie er sie in echter Zuneigung neckte, riss den Schorf von der alten Wunde.

Es tat verdammt weh, das zu sehen.

Sloane kämpfte gegen den Drang, sich den brennenden Schmerz in seiner Brust wegzureiben.

»Kathryn, ich muss jetzt mit dir sprechen.« William ergriff ihren Ellbogen.

Kat sah Sloane mit einem entschuldigenden Lächeln an. »Ich bin gleich wieder da.«

Sloane sollte sie gehen lassen. Sich da raushalten. Er versuchte, sich stattdessen auf die Geschichte zu konzentrieren, wie Marshall und Lila einander kennengelernt hatten; Kats Bruder hatte auf einem Kongress irgendeine Rede gehalten …

Aber er musste die ganze Zeit daran denken, wie Kat die Schultern eingezogen hatte, als sie mit ihren Eltern ins Haus gegangen war. Als wappne sie sich. Aber wogegen?

Mist!

Er ging ins Haus, ignorierte die verschiedenen Gäste, die nach ihm riefen, und machte sich auf den Weg in das protzige Wohnzimmer mit dunklen Holzböden und hoher Decke. Er hörte Stimmen und ging ihnen nach bis in eine große Bibliothek mit Bücherregalen vom Boden bis zur Decke, einem Kamin, Wänden, die mit Diplomen und Urkunden behängt waren, und vier Menschen im Raum, die ihn noch nicht bemerkt hatten. Kat hielt die Rückenlehne eines Klubsessels umklammert. Ihre Eltern lehnten ihr gegenüber an einem massiven Schreibtisch, und ein weiterer Mann stand neben einer Glastür.

»Mehr als ein Jahrzehnt ist in diese Forschung geflossen, Kathryn. Meine Forschung.« Diana deutete auf den anderen Mann. »Mit Davids Hilfe haben wir ein Medikament entwickelt, das unmittelbar vor der Zulassung durch die Gesundheitsbehörde steht. Wir können keine Risiken eingehen.«

»Inwiefern ist Sloane ein Risiko?« Kat starrte ihre Eltern an und schien David gar nicht zu beachten. »Er ist mein Begleiter, das ist alles.«

William ließ die Hände auf die Schreibtischkante sinken. »Katie, ich kenne Michaels. Und ich kenne seinen Ruf. Das Gleiche gilt für Lila. Sie war entsetzt, ihn mit dir zu sehen. Du bist nicht sein Typ.«

Diana klopfte mit einem Fingernagel auf ihren Oberschenkel. »Er geht mit kultivierten Frauen mit guten Beziehungen aus. Keine von ihnen hat lächerliche Strähnen im Haar.«

»Katie«, sagte der schlaksige Mann, David. »Wir denken, dass Sloane dich benutzt. Wahrscheinlich um Ärger zu machen, kurz bevor das Medikament endlich zugelassen wird, um sich dafür zu rächen, dass dein Vater versucht hat, den Bau seiner Fitnessstudios zu verhindern.«

Heißer Zorn stieg in Sloane auf. Adrenalin schoss wie Lava durch ihn hindurch, und er spannte seine Nerven und Muskeln an. Er stand in den Startlöchern. Aber er hielt sich zurück, als Kate herumfuhr und David ansah.

»Du denkst, ich könnte einen Lügner nicht erkennen, David?«

»Fang nicht wieder damit an.« Diana fuhr hoch. »Du wirst David in unserem Haus nicht als Lügner bezeichnen.«

»Diana.« William legte seiner Frau eine Hand auf den Arm. »Sie kann nicht dagegen an. Posttraumatische Amnesie hat ihr Erinnerungsvermögen durcheinandergebracht, sodass sie sich einbildet, dass David lügt.«

Sloane sah einen Ausdruck der Verwirrung über Kats Züge gleiten. Sie legte die Stirn in Falten; ihr Blick zuckte von ihren Eltern kurz zu David hinüber. Dann verschwand die Unsicherheit, der kurze Moment, in dem sie an sich selbst zu zweifeln schien.

Kat holte tief Luft und biss die Zähne zusammen. »Ich stehe hier. Redet nicht über mich, als sei ich eine Laborratte.« Sie krallte die Hände in den Sessel. »Und ich habe Erinnerungsfetzen. Echte Erinnerungen, keine Einbildung.«

David eilte herbei und ergriff Kats Arm. »Oh, Katie, genau das habe ich befürchtet. Du reagierst auf den Überfall neulich und bist ganz verwirrt.«

Kat riss den Arm weg. »Fass mich nicht an.« Sie wirbelte herum und stürmte zur Tür.

»Kathryn«, sagte Diana in einem weniger schneidenden Ton. »David hat uns von dem Überfall erzählt. Er hat vorausgesagt, dass du einen Rückfall bekommen würdest. Dass du Panikattacken und verwirrende Flashbacks haben würdest. Kannst du nicht begreifen, dass er versucht, dir zu helfen? Das tun wir alle.«

Sloane hatte genug von all dem. Er stürmte in die Bibliothek und ergriff Kats Ellbogen. Ein leichtes Zittern durchlief sie. »Alles okay mit dir?« Es war ihr gut gegangen. Sie war sauer gewesen, hatte sich aber in der Gewalt gehabt. Bis

David über sie hinweggetrampelt war und ihr die Kontrolle über sich offensichtlich entglitten war. Als hätte sie eine Art instinktiver Reaktion auf ihren Ex. Dann hatten ihre Eltern ins gleiche Horn geblasen und sie behandelt, als sei sie nicht ganz richtig im Kopf. Sloane beschloss, ihr Raum zu geben, damit sie atmen und sich entspannen konnte, und ließ sie los.

Kat legte den Kopf in den Nacken. »Mein Vater glaubt, dass du sauer auf ihn bist. Und dass du mich benutzt, um dich zu rächen.«

Zum Teufel mit ihrem Raum. Sloanes Temperament ging mit ihm durch.

10

Kat war verärgert, verlegen und verletzt. Als sie ihren Job bei *SiriX* gekündigt hatte, einen Job, in dem sie offen gesagt nichts taugte, hatte das zu einem riesigen Bruch geführt. Ihre Eltern hatten sie von jedem finanziellen Gewinn ausgeschlossen.

SiriX war der Kern, der ihre Familie im Innersten zusammenhielt. Das Zentrum. Das Herz. Der Motor, der sie antrieb. Die Firma war das Vermächtnis ihrer brillanten Eltern. Ihre beiden Kinder sollten Teil dieses Modells sein.

Marshall hatte sich entwickelt wie geplant. Er war klug wie seine Eltern, liebte die Wissenschaft und war fügsam.

Kat hatte es versucht. Gott, und wie sie es versucht hatte! Aber sie war nur durchschnittlich intelligent und keine besonders passionierte Wissenschaftlerin. Ihre Eltern hatten ihre Liebe zum Backen zum Anlass genommen, sie zu einem Abschluss in Chemie zu motivieren. Sie hatte gehorcht und versucht, so zu sein, wie sie es von ihr erwarteten. Hatte versucht, einfach geliebt zu werden.

Aber sie war nicht gut genug für sie gewesen. Niemals klug oder durchsetzungsfähig genug.

Warum also dachte sie, dass sie gut genug für Sloane sein könnte? Er kannte ihren Vater, hatte offensichtlich über *SiriX* Bescheid gewusst und es niemals erwähnt.

Sie schaute auf, gerade in dem Moment, als sich seine Züge

vor Zorn verzerrten. Seine kräftigen Schultern hoben sich unter seiner Jacke, Röte schoss ihm ins Gesicht, und sein Blick wurde grimmig. Er legte die Hände um ihre Oberarme, bevor sie auch nur registriert hatte, dass er sich bewegte.

»Glaubst du, dass ich dich benutze, Kat?«

Seine Energie war ansteckend. Während ihre Familie ihr das Mark aus den Knochen zu saugen schien, erfüllte Sloane sie mit dem Willen zu kämpfen. Was seine Frage betraf? Vielleicht war sie naiv, aber sie wollte glauben, dass er sich zu ihr hingezogen fühlte. Nur zu ihr. »Nein.«

»Was glaubst du, was ich will?«

Sie wusste, dass ihre Eltern und David hinter ihr standen. Hörte ihren Vater sogar blaffen, dass Sloane die Hände von ihr nehmen solle. Aber sie konzentrierte sich auf den Mann vor ihr. Seine vor Leben strotzende Energie übertrug sich auf sie. Von ihm angefeuert antwortete sie: »Mich und meine Zitronencupcakes.«

Einer seiner Mundwinkel zuckte verdächtig. »Die sind wirklich exzellent.«

Ihr Vater erschien an ihrer Seite. »Sloane, behandeln Sie meine Tochter in meinem Haus nicht so grob.«

Sorge und Hilflosigkeit sprachen aus dem Blick ihres Vaters. Kat versuchte, ihn zu beruhigen. »Er tut mir nicht weh.«

»Er hat dich gepackt.«

Sloane legte den Arm um sie. »Seien Sie vorsichtig mit Ihren Unterstellungen, Dr. Thayne. Ich habe in meinem ganzen Leben noch nie einer Frau wehgetan.«

Sein Tonfall war eisig. Er hatte sie vor den Autodieben beschützt, hatte sogar darauf bestanden, sie vom Fitnessstudio zu ihrem Auto zu begleiten. Was war in Sloanes Leben geschehen, das seinen Beschützerinstinkt Frauen gegenüber geweckt hatte?

»Katie«, sagte ihr Vater. »Wir sind eine Familie. Wir versuchen, dich zu beschützen und auf dich aufzupassen.«

Auf sie aufzupassen. Sie drehte sich um und starrte ihn wütend an. So war es seit dem Tag des Überfalls gewesen. Oder vielleicht war es immer schon so gewesen, nur dass sie es nicht begriffen hatte. »Du glaubst wirklich, ich sei außerstande, auf mich selbst aufzupassen, nicht wahr?« Sie hatten sie von Anfang an in Davids Richtung geschoben, hatten sie in sein Forschungsprogramm gesteckt und gewollt, dass sie mit ihm ausging und ihn heiratete. Damit er auf sie aufpassen konnte. Weil sie es allein zu nichts bringen würde.

Sein Gesicht verzog sich schmerzlich, bevor es sich entschlossen verhärtete. »Du hattest eine Kopfverletzung. Mit Gedächtnisverlust.«

»Ich hatte eine Gehirnerschütterung. Keinen Hirnschaden.«

»Katie, denk über deine Entscheidungen nach. Du hast eine vielversprechende Karriere als Chemikerin aufgegeben, um in einer Konditorei zu arbeiten. Dann hast du sie gekauft und dich geweigert, auf unseren Rat zu hören, und du hast das Geld durchgebracht, das deine Großmutter dir hinterlassen hat. Von deinen Panikattacken oder der Tatsache, dass du nicht in die Öffentlichkeit gehen konntest, ohne eine Szene zu machen, wollen wir gar nicht reden.« Er blickte auf ihr Haar und machte eine wegwerfende Handbewegung. »Du hast violette Strähnchen.« Er schüttelte den Kopf. »Siehst du es denn nicht, Katie? Du hast dich verändert.«

Es tat mehr weh, als sie ertragen konnte. »Ich habe mich

nicht verändert, Dad. Ich habe nur aufgehört, mich für euch zu verstellen.« Sie schob Sloanes Arm weg und ging schnurstracks durch das Haus zur Terrasse.

Sloane holte sie ein. »Willst du gehen?«

Kat blieb an der Bar stehen und drehte sich zu Sloane um. »Nein. Ich will einen Drink.« Sie würde nicht weglaufen, verdammt noch mal.

Zu ihrer Überraschung genoss Kat das Dinner dann doch. Inzwischen räumten einige Kellner den Tisch ab, während andere Champagner herumreichten. Zwei Frauen rechts von Sloane rangen darum, seine Aufmerksamkeit zu erregen, aber das scherte sie nicht. Vor allem, weil er die Hand auf der Rückenlehne ihres Stuhls hatte, mit ihrem Haar spielte und zuhörte, während sie mit verschiedenen Gästen plauderte.

Am meisten freute sie sich aber über das Wiedersehen mit ihrer alten Freundin Amelia Gregory. Sie hatten zusammen bei *SiriX* gearbeitet. Kat lächelte, als Amelia die Geschichte zum Besten gab, wie sie versucht hatte, ihrem damaligen Freund einen Kuchen zum Geburtstag zu backen.

»Kat hat mich natürlich gerettet.« Amelia lachte. »Sie ist vorbeigekommen und bis zwei Uhr morgens geblieben und hat den perfekten Kuchen gebacken. Und mich hat sie die Lorbeeren dafür ernten lassen.«

Amelias Ehemann beugte sich neben seiner Frau vor. »Sie hat gestanden, noch bevor ich die Kerzen auspusten konnte. Jetzt ist sie Stammkundin bei *Sugar Dancer*.«

Kat sagte in vertraulichem Ton: »Amelia hat mir mehr als einmal im Labor aus der Patsche geholfen. Ich habe es gehasst, Resultate zu analysieren und Berichte darüber zu schreiben. Ich stand in ihrer Schuld.« Sie hatte den Job durch und durch gehasst.

Das Orchester hörte auf zu spielen, und alle drehten sich zu Marshall um, der sich mit seiner Verlobten erhob. Sobald die Aufmerksamkeit aller Anwesenden auf sie gerichtet war, stellte Lila ihre Brautjungfern sowie ihre Trauzeugin vor.

Dann stellte Marshall die Männer vor, die er sich als Trauzeugen gewählt hatte, angeführt von Dr. David Burke.

Ein Ziepen sagte ihr, dass Sloane die Haarsträhne fester gepackt hatte, mit der er spielte. Kat ignorierte es entschlossen. David genoss in ihrer eigenen Familie mehr Ansehen als sie selbst. Weil er *SiriX* mehr zu bieten hatte, dem eigentlichen Erstgeborenen und Lieblingskind ihrer Eltern.

Oh, sie liebten Kat. Sie hatte ihre erschütterten Gesichter im Krankenhaus gesehen. Das war nicht gespielt gewesen. Aber auch ihre Enttäuschung über sie war echt.

Vor allem ihre Mutter war enttäuscht. Als Kat noch ganz klein war und ihrer Mutter dabei zugesehen hatte, wie sie sich für die Arbeit zurechtmachte, hatte sie wie sie sein wollen. Dann waren die Schule und die Stunde der Wahrheit gekommen. Die wachsende Enttäuschung ihrer Mutter, als Diana begriff, dass ihre Tochter nicht brillant war.

»Kathryn?«

Amelias Stimme riss sie aus ihren Gedanken. »Was?«

Die haselnussbraunen Augen ihrer Freundin sprühten vor Empörung. »Stört es dich nicht, dass dein Bruder mit deinem Ex befreundet bleibt?«

Ja. Sie versuchte, es mit einer Handbewegung abzutun. »Du kennst doch Marshall. Er vermeidet jeden Konflikt.« Er hatte all seine Energie in seine Liebe zur Wissenschaft gesteckt.

Doch Marshall hatte auch jeden trockenen und fade schmeckenden Kuchen heruntergewürgt, den sie gebacken hatte. Hatte ihre Fortschritte gelobt. Hatte ihr Bücher übers Backen gekauft, Videos. Er hatte sie wie eine kleine Schwester behandelt und nie so, als sei sie dumm oder mit Mängeln behaftet.

»Na ja.« Amelia entspannte sich wieder und murmelte: »Er könnte sich bessere Freunde aussuchen als Dr. Burke.«

Kat hatte ihre Freundin vermisst. »Pst. Du arbeitest für David.«

Sie wandte sich Kat zu. »Ich war froh, als du ihm den Laufpass gegeben hast.« Dann schaute sie zu Sloane hinüber und grinste. »Dein Geschmack hat sich gebessert.«

Sloanes Hand glitt in ihren Nacken, groß und warm. »Hör auf deine Freundin, Kat. Ich mag sie.«

Sie verdrehte die Augen. »Schmeichle seinem Ego nicht noch. Er ist schon selbstbewusst genug.«

Amelia berührte sie an der Schulter. »Kathryn, wir sollten alle zusammen irgendwann mal ausgehen. Ein Doppeldate, wenn ihr zwei nichts dagegen habt, mit einem alten Ehepaar herumzuhängen.«

Kat zögerte, sie war unsicher, was sie sagen sollte. Sloane verabredete sich nicht, das hatte er klargestellt. Sie würden nicht mit einem anderen Paar zum Abendessen gehen. Ganz zu schweigen von der Tatsache, dass Kat aufgehört hatte, all ihre alten Freunde zu treffen, als die Panikattacken ihr Leben bestimmt hatten. »Klingt gut«, meinte sie vage, dann nahm sie sich ihre Handtasche vom Tisch und stand auf. »Ich bin gleich wieder da.«

Sloane schoss von seinem Stuhl hoch. »Ich werde dich begleiten.«

Sie wollte sich nicht anhören, wie er sie daran erinnerte, dass sie eine Abmachung hatten. Sie zwang sich zu einem Lächeln. »Sei nicht albern. Ich komme schon zurecht.« Sie eilte davon.

Sobald sie im Haus war, ging sie die Treppe hinauf in ihr altes Zimmer. Das dazugehörige Bad war mit Haltegriffen an der Badewanne ausgerüstet worden für die Zeit ihrer Rehabilitation.

Ihre Eltern hatten sich nach dem Überfall um sie gekümmert. Hatten alles in ihrer Macht Stehende für sie getan. Vor allem ihr Vater. Zuerst war er voller Tatendrang gewesen, hatte Ärzte konsultiert, Handwerker eingestellt, um ihr Schlafzimmer behindertengerecht zu machen … Aber schließlich wusste er nicht mehr, was er noch hätte tun können. Die Hilflosigkeit hatte ihn mit Zorn erfüllt. Er konnte seine Tochter nicht völlig wiederherstellen, hatte keinen Einfluss nehmen können auf das, was geschehen war.

Also hatte er versucht, alles andere zu beeinflussen, was sie betraf, und somit die Kontrolle über die Dinge zu haben. Im Kopf ihres Vaters war Kat ihrer Liebe zum Backen nachgegangen, als sie verletzt wurde. Es spielte keine Rolle, dass David dabei gewesen war – William hatte geglaubt, es wäre schlimmer gewesen, wäre David nicht da gewesen.

Ängste brauchten keine rationale Begründung, wer wüsste das besser als sie, die sie sich weigerte, einen Rock zu tragen. Manche Leute würden sagen, das sei irrational. Es spielte keine Rolle, sie brachte es nicht über sich.

Genauso war es bei ihrem Vater. Er glaubte, sie würde in Sicherheit sein, wenn sie David heiratete und einer Beschäftigung bei *SiriX* nachginge.

Stattdessen hatte sie sich von David getrennt, die Firma verlassen und eine Konditorei gekauft. Sie konnte einfach nicht das sein, was ihre Eltern sich vorstellten. Und ihre Eltern konnten sie nicht so akzeptieren, wie sie war. Die Kluft wurde immer tiefer.

Sie seufzte, machte sich frisch und ging hinaus.

Und erstarrte.

»David, was machst du in meinem Zimmer?«

Er saß auf ihrer Bettkante und hatte die Hände auf seiner dunklen Baumwollhose gefaltet. »Ich will dir helfen. Sieh mal, Katie, ich weiß, es ist vorbei mit uns. Es ist mehr als fünf Jahre her, ich habe es schon kapiert.« Er senkte den Blick und fügte hinzu: »Vielleicht ist es am besten so.«

Kat wurde weicher und sah den Mann, den sie respektiert hatte. Nichts im Leben war David in den Schoß gefallen. Seine Eltern betrieben einen kleinen Secondhand-Kleiderladen und kamen kaum über die Runden. Sie waren nett, aber verstanden ihren aus der Art geschlagenen klugen Sohn überhaupt nicht. David hatte Stipendien bekommen, Darlehen aufgenommen und sich seinen Weg zur Promotion in Neurowissenschaft erkämpft. Es war seine tiefe Leidenschaft für seine Arbeit, die sie geliebt hatte. Sie lehnte sich an den Türrahmen. »Ich bin froh, dass du das einsiehst.«

Er stand auf. »Erzähl mir, woran du dich erinnerst, dann werde ich versuchen, dir zu helfen. Es in einen Kontext stellen. Vielleicht wirst du dann begreifen, dass ich nicht lüge.«

Zweifel stiegen in ihr auf. Sie waren das schon früher durchgegangen, warum sollte es heute also anders sein? Ein schwaches Ohrensausen machte sich bemerkbar, aber sie atmete langsam durch die Nase, um die Kontrolle zu behalten.

Sie waren immerhin so weit, dass er gesagt hatte, er wisse, dass ihre Beziehung zu Ende sei, also war sie bereit, es zu versuchen. »Irgendjemand kannte deinen Namen. Er hat dich Dr. Burke genannt.«

Er zuckte leicht zusammen, und er fuhr sich mit der Hand an den Hals, um ihn zu reiben Dann schüttelte er den Kopf. »Oh, Katie, du verwechselst das. Das waren die Polizeibeamten, die ich angerufen habe. Sie haben mich mit Dr. Burke angeredet.«

Sie wusste nicht, ob sie enttäuscht sein sollte oder zornig wie früher. Nichts hatte sich verändert, er würde ihr die gleichen alten Antworten geben. »Du reibst dir den Hals oder zupfst an deinem Ohr, wenn du gestresst bist oder lügst.« Sie hatte versucht, ihm eine Chance zu geben, ihr zu erzählen, was wirklich in dieser Nacht passiert war, aber es war sinnlos, also ging sie zur Tür.

Er hielt sie am Arm fest. »Ich lüge nicht, ich versuche, dir zu helfen. Woran erinnerst du dich sonst noch?« Sein linkes Auge zuckte. »Du musst es mir erzählen, verdammt.«

Er stand zu nah bei ihr. Der schwere Geruch seines Rasierwassers erstickte sie, während sein Griff sie gefangen hielt. Das Ohrensausen verstärkte sich, und in ihrem Kopf hallte das Wort: *Konsequenzen.*

Oh Gott, stopp!

»Lass mich los.« Es kam zu dünn heraus. Kat wehrte sich, wollte, dass er sie losließ. Mit jeder Sekunde verstärkte sich ihre Panik, eine Welle, die sich vor ihr erhob, um sie zu verschlingen.

Er griff fester zu. »Du hast keine Ahnung, was du mit deinen Geschichten aufwühlst …«

»Lassen Sie sie los. Sofort.«

Sloane kam auf sie zu, verströmte Bedrohung pur. Seine Augen funkelten.

Davids Daumen bohrte sich in ihren Arm. »Das geht nur Katie und mich etwas an.«

Sloane packte die Hand, die ihren Arm hielt, und tat etwas, was sie nicht sehen konnte.

David heulte auf, ließ los und taumelte zurück, während er sich die Hand hielt.

Kat stand unbeweglich da und versuchte, wieder Luft zu bekommen.

Sloane umfasste ihr Kinn und drückte es hoch. »Sieh mich an. Du bist unversehrt. Atme ganz ruhig. Ich werde ihn nicht in deine Nähe lassen.« Er rieb ihren Arm mit sanften, leichten Berührungen.

Sie starrte in sein Gesicht, auf der Suche nach dem Rettungsanker. Seine Körperwärme strahlte auf sie aus. Die Panik verebbte, und sie bekam wieder einen klaren Kopf.

»Was ist los?«, verlangte William von der Tür aus zu erfahren.

David richtete sich auf und schüttelte das Handgelenk. »Er hat versucht, mir die Hand zu brechen. Katie und ich haben uns unterhalten, als er hereingestürmt kam und mich gepackt hat.«

»Das reicht. Sloane, Sie werden jetzt gehen, sonst werde ich Sie vom Sicherheitsdienst hinausbringen lassen.« Ihr Vater streckte die Hand nach ihr aus. »Kathryn, komm mit mir.«

Kat trat zurück und funkelte ihren Vater an. »Du hast mich nicht einmal gefragt, was passiert ist.« Er glaubte Davids Version, ohne auch nur im Geringsten daran zu zweifeln.

»Das brauche ich auch nicht. Ich habe gesehen, wie Michaels dich in der Bibliothek gepackt hat.«

Sloane schien nicht auf ihren Vater oder David zu reagieren. Seine Aufmerksamkeit galt ihr allein. »Was willst du, Kat? Wenn du mir nicht traust und dich nicht von mir nach Hause bringen lassen willst, dann werde ich Diego oder irgendjemanden anrufen, der dich abholen kommt. Aber ich werde warten, bis du sicher bei dem jeweiligen im Wagen sitzt. Ich lasse dich nicht hier mit David, diesem Arschloch.«

»Kathryn, du kannst nicht mit ihm gehen«, mischte sich ihr Vater ein. »Sloane hat dir nicht einmal erzählt, dass er mich kannte.«

Sie wollte einfach nur noch nach Hause. Es war ein Fehler gewesen, Sloane mitzunehmen. Er würde sie absetzen, und ihre Beziehung würde zu Ende sein. Aber sie wusste, dass er sie sicher nach Hause bringen würde. Daran hatte sie keinen Zweifel. »Bring mich nach Hause.«

11

Sloane verfrachtete Kat in die Limousine, wies Ethan an, sie zu ihr nach Hause zu fahren, und ließ die abgedunkelte Scheibe hochfahren, sodass sie unter sich waren. »Etwas zu trinken?«

»Wasser.«

Er öffnete eine gekühlte Flasche *Pellegrino*, goss etwas davon in ein Glas und reichte es ihr. Sie nahm einen tiefen Schluck und lehnte sich zurück. »David war bei dir, als du überfallen wurdest.«

Sie zuckte die Achseln. »Das erzählen sie mir zumindest.«

Sloane zählte im Geiste bis fünf. Sie zog sich von ihm zurück, errichtete wieder diese Mauer zwischen ihnen. »Erinnerst du dich an irgendetwas?«

»Nur bruchstückhaft und an ein Wort oder zwei. Ich weiß, dass ich David mitgeschleppt hatte, um Zutaten für einen Hochzeitskuchen einzukaufen.« Sie nippte an ihrem Wasser. »Ich erinnere mich daran, dass ich aufgeregt war ... Dann nur noch an diese Bruchstücke, bis ich in der Notaufnahme aufgewacht bin.«

Er musterte sie einen kurzen Moment, während er über das nachdachte, was sie von dem Überfall erzählt hatte. »Was denkst du, was passiert ist, Kat?«

Sie hielt das Gesicht von ihm abgewandt. »David hatte ein verstauchtes Handgelenk. Ich bin von ein paar Ganoven mit einem Baseballschläger malträtiert worden. Was meinst du, was passiert ist, Sloane?«

Ein Baseballschläger? Oh Gott. Sein Magen krampfte sich zusammen. »Er ist weggerannt. Warum zum Teufel dulden ihn deine Eltern dann noch bei sich, und warum ist er Trauzeuge bei der Hochzeit deines Bruders?«

Sie sah ihn an. »Sie glauben nicht, dass er etwas falsch gemacht hat. Wir sind überfallen worden. David behauptet, ich hätte mich geweigert, den Räubern meinen Verlobungsring zu geben. Dann hätten sie mit dem Schläger auf mich eingeprügelt. David sei zum Wagen gelaufen, um das Handy zu holen. Er habe sich dort drin eingeschlossen, um die Polizei zu rufen.«

»Sie sind nicht der Meinung, dass es falsch war, dich, ihre Tochter, verdammt noch mal, allein zu lassen?« Die Frage troff von Sarkasmus. Es war ihm egal. Niemand konnte ernsthaft glauben, dass es richtig gewesen war, Kat im Stich zu lassen.

»Nein, es war klug. So reagieren kultivierte, gebildete Menschen. Sie lösen Probleme mit dem Intellekt, nicht mit Gewalt. Außerdem war ich die Närrin, die den Ring nicht hergeben wollte, obwohl ich mich dummerweise nicht daran erinnere.«

»Er hat gelogen.« Sloane nahm einen Schluck Wasser, um seinen Zorn abzukühlen. Kats matte Stimme machte ihn aggressiv, aber ihre Erklärung verhalf ihm wenigstens zu der Erkenntnis, warum sie so verängstigt war und gleichzeitig eine Kämpferin. Von Natur aus war Kat eine Kämpferin, aber sie war dazu erzogen worden, das zu unterdrücken. »Du weißt, dass es feige war, dich im Stich zu lassen, Kat, und sich in einem Auto zu verbarrikadieren. Und dann zu versuchen, die Schuld auf dich abzuladen, weil du Widerstand geleistet hast. Was ich im Übrigen ernsthaft bezweifle.« Erwiesenermaßen verfiel sie in Starre, wenn sie Panik hatte.

Sie zuckte die Achseln. »Damit hätte ich leben können. Was gibt mir das Recht, den ersten Stein zu werfen? Schließlich bin ich diejenige, die erstarrt ist, als auf Kellen eingestochen wurde. «

Er musterte sie stirnrunzelnd. »Als ich an diesem Abend aus der Tür kam, bist du über den Asphalt gekrochen. Du hast dir die Hände aufgescheuert, um zu deinem Freund zu gelangen. Du bist nicht weggelaufen. Es ist nicht das Gleiche wie damals, als David weggelaufen ist und dich im Stich gelassen hat.«

»Kellen ist trotzdem verletzt worden.« Sie ballte die Faust auf dem Schoß. »Wie dem auch sei, jeder hat Fehler, Sloane. Ich habe nie angenommen, dass David sich angesichts von Gefahr als mutig erweisen würde. Aber ich dachte, er sei in anderer Hinsicht stark. Ich dachte, wir wären wahrhaftig und aufrichtig miteinander.«

»Und?«, drängte er sie, es ihm zu erzählen.

Sie zog die Schultern hoch. »Er lügt. Ich hatte später diese Flashbacks, und sie erzählen nicht dieselbe Geschichte wie er. Bei diesem Überfall war noch jemand anders zugegen. Jemand, der ihn Dr. Burke genannt hat.«

Das traf ihn wie ein Faustschlag in den Magen. »Hast du deiner Familie davon erzählt?«

Sie seufzte, ballte die Faust und lockerte sie wieder. »Sie glauben mir nicht. Sie können nicht. David ist der Schlüssel zu dem Medikament, das sie auf den Markt bringen.« Sie hielt inne, dann fuhr sie fort: »Er hat die Arbeit meiner Mutter auf dem Gebiet von Alzheimer entscheidend vorangebracht. An einem bestimmten Punkt wusste sie nicht weiter, aber David hat den Durchbruch erzielt. Sie glaubt ihm nur zu gern, während ich die durchschnittliche Tochter bin, die ihren Maßstäben nie gerecht geworden ist.« Als sie den Kopf hob, verrieten ihre Augen, wie verletzt sie darüber war. »Ich wollte nicht herausfinden, für wen sie sich entscheiden würden, für mich oder für ihn.«

Durchschnittlich? Es begann auf eine kranke Weise einen Sinn zu ergeben. Ihre Eltern, ihr Bruder und David hatten Doktortitel und beeindruckende Lebensläufe vorzuweisen. »Du hast doch einen Abschluss, nicht wahr?«

»Nur einen Bachelor in Chemie.«

Nur? Als sei ein Abschluss in Chemie nicht verdammt beeindruckend. Aber nicht beeindruckend genug für ihre Familie. Er ging nicht auf ihre Bemerkung ein, für wen sie sich entscheiden würden. Oh nein. Das hatte er selbst durchgemacht.

Seine Mutter hatte sich jedes beschissene Mal für ihren vermeintlichen Märchenprinzen entschieden.

Damals hatte er es auf leidvolle Weise erfahren müssen. Es war alles restlos verkorkst. Aber er hatte eine Menge verkorkste Familien erlebt, deren Mitglieder einander wie Scheiße behandelten. Seine eigene und verschiedene Pflegefamilien, mit denen seine Wege sich gekreuzt hatten. Er würde nicht in der Lage sein, das in Ordnung zu bringen.

Er brauchte es auch nicht in Ordnung zu bringen, hielt er sich vor Augen. Er und Kat – sie waren einander nur Begleiter. Das war das Schöne an dem Arrangement, Sex und Bequemlichkeit, aber keine emotionalen Verwicklungen. Machten sie weiter? Oder ließen sie es sein? Er legte den Kopf an die Sitzlehne, schloss die Augen und zwang sich, sich zu entspannen. »Was jetzt?«

»Dein Fahrer setzt mich ab. Ich danke dir für alles, und wir kehren jeder in unser eigenes Leben zurück. Ich backe, du gehst zu *SLAM* oder so.«

Sie sagte es mit tonloser Stimme, aber er konnte sich ein kleines Lächeln nicht verkneifen. »Starker Name für eine Firma. Sie ist nach mir benannt. Sloane Adam Michaels.«

Sie sah ihn an, und ein Zucken umspielte ihre Mundwinkel. »Du bist ein starker Mann, Sloane Adam Michaels.«

Faszinierend. Sie war hinter ihrer Mauer, warf mit Bemerkungen um sich und versuchte, ihn von sich zu stoßen. Die Straßenlaternen glitten vorüber und tauchten sie abwechselnd in Licht und Schatten. »Gott, du bist wunderschön.« Aber das war es nicht, das war nicht der Grund, warum er jetzt nicht aufgeben konnte. Es war die starke Frau, die darum kämpfte, zu sich zu finden, die ihn höllisch faszinierte.

»Lass es gut sein.«

Zweifelte sie jetzt an ihm? »Du glaubst ihnen? Dass ich dich benutze, um an deine Familie heranzukommen?« Sie hatte es abgestritten, aber ihre Familie hatte ihr den Gedanken in den Kopf gesetzt. Würde er jetzt dort Wurzeln schlagen?

Sie starrte zum Autodach empor. »Der Überfall neulich. Wie kommt es, dass du gerade in dem Moment nach draußen gekommen bist, als wir überfallen wurden?«

Es kostete ihn einige Anstrengung, einen Anflug von Zorn zu unterdrücken. Er gab nur selten Erklärungen für sein

Handeln ab, musste aber einräumen, dass er die Frage in Ordnung fand. Angesichts der Dinge, die Kat ihm über ihre Familie und David erzählt hatte, konnte er ihre Vorsicht verstehen. »Ich habe nach dir gesucht.«

Sie zog die Augenbrauen hoch. »Warum?«

»Als ich dich in dem Ballsaal entdeckt hatte, halb hinter dieser Säule versteckt, habe ich dir gesagt, dass ich dich zu kennen glaubte. Das beschäftigte mich. Ich war mir sicher, dass ich dich schon einmal gesehen hatte. Also habe ich beschlossen, dich zu finden. Dich nach deinem Namen zu fragen.«

»Du hättest die Braut fragen können.«

»Ich wollte aber dich fragen. Als du mir dann deinen Namen genannt hast, wusste ich, wo ich dich schon mal gesehen hatte. Bei der Party zu deinem sechzehnten Geburtstag.«

Ihr Blick war ungläubig. »Du warst da?«

»Ich war der Tellerwäscher. Ich war achtzehn, kam kaum über die Runden und tat alles, um mein Kampftraining zu finanzieren. Ich erinnere mich an dich inmitten dieser lächerlichen Winterwunderlandparty. Du warst damals unerreichbar für mich.« Er hielt inne. Mehr brauchte sie nicht zu wissen.

Brauchte nichts über Sara zu wissen und wie er Kat damals dafür gehasst hatte, dass sie so lebendig war und geliebt wurde, während Sara tot war.

»Du hast also gewusst, wer meine Familie war?«

Zornig blaffte er: »Ich bin Millionär, Kat. Ich bumse keine Frauen, um weiter in der Geschäftswelt aufzusteigen oder eine dunkle Rache zu üben.« Es war absolut lächerlich. Er hatte dieses Scharmützel mit ihrem Vater für sich entschieden. Es war nicht sein Stil, sich für kleinliche Scheiße zu rächen.

Nein, er sparte sich seine Rache für jene, die ein unschuldiges Mädchen ermordet hatten.

Nicht heute Nacht. Denk nicht daran. All das hatte nichts mit Kat zu tun, mit ihnen.

Die Limousine bog in Kats Wohnanlage ein und hielt vor ihrem Haus an.

»Ich bin zu Hause. Gute Nacht, Sloane.« Sie hielt ihm das kaum angerührte Wasserglas hin.

Kat entließ ihn. Als sei er wieder dieser Junge, nicht mehr als ein Tellerwäscher. Er schnappte sich das Glas und knallte es in einen Halter. Er würde nicht zulassen, dass es so endete.

Ethan öffnete die Tür auf Kats Seite.

»Schließ die verdammte Tür«, blaffte er.

»Nein.« Kat streckte die Hand aus und zwang Ethan, die Tür abzufangen, bevor sie sie traf. Sie stieg aus.

»Verdammt!« Er riss seine Tür auf, ging um die Limousine herum und griff nach Kats Händen, brachte sie zum Stehen, bevor sie in ihre Wohnung entkommen konnte.

Zum ersten Mal, seit sie das Haus ihrer Eltern verlassen hatte, leuchtete etwas in ihrem Gesicht auf. Ein Flackern. Was genau war das? Und warum stand er hier und stellte einer Frau nach, die nichts von ihm wissen wollte? Die emotional dichtmachte, wenn es hart auf hart ging?

Er hatte keine Ahnung, nur dass Kat ihn herausforderte, sein Training und seine Selbstbeherrschung ins Wanken brachte und ihn als rohen, ungeschlachten Mann entblößte. Und dieser Mann würde nicht gehen.

Er sah zu Ethan hin. »Warte.« Dann legte er Kat einen Arm

um die Schultern, nahm die Schlüssel aus ihrer widerstandslosen Hand und sperrte die Haustür auf.

Sie ging hinein, und er stand da und wusste, dass er, wenn er diese Schwelle überschritt …

»Du hast dein Ding durchgezogen, Sloane. Ich bin sicher im Haus.«

Sie schaute über seine Schulter hinweg und ignorierte ihn. Sloanes gesunder Menschenverstand quittierte seinen Dienst. Er trat über die Schwelle und zwang sie zurückzutreten.

Er schlug die Tür zu und kam auf sie zu.

Sie wich zurück. Bis zu der Wand hinter der Tür. Sie versuchte, ins Leere zu starren.

Sloane legte die Hände links und rechts neben ihrem Kopf an die Wand.

Sie sah zu ihm auf, mit großen Augen hielt sie seinem Blick stand.

Ihr Gesicht rötete sich. Er schnappte sich das Band an ihrer Tunika und schlang es sich um die Hand. »Ich habe es dir schon mal gesagt, wenn du mir sagen willst, dass ich verduften soll, dann sag es mir ins Gesicht. Aber errichte keine Mauer um dich herum.« Oh Gott, er verlor den Verstand.

Sie schnappte nach Luft. »Richtig, weil du ja Sloane Michaels bist. Du bekommst nie ein Nein zu hören.«

Er senkte den Kopf auf ihren hinab und zog gerade heftig genug an dem Band. »Sag Nein. Oder klopf es. Aber tu es.«

Sie funkelte ihn an. »Du bist ein gottverdammter Tyrann.«

»Verspotte mich ruhig weiter.« Sein Schwanz wurde hart, sein Blut wurde heiß. Aber jetzt war Feuer in ihrem Blick.

»Und? Was wirst du tun?«

Er strich mit dem Daumen über ihre Kehle und spürte das Flattern ihres Pulses. Ihre Lippen öffneten sich, und ihre Brust hob und senkte sich schnell unter seiner Hand. Er betrachtete ihr Gesicht. »Du brauchst das, nicht wahr? Du musst verängstigt sein. Du musst in der Lage sein, dich zur Wehr zu setzen.«

Sie griff nach seiner Hand und versuchte, sie von ihrer Kehle wegzuschieben und das Band wegzuziehen. »Ja, okay? Ich will mich ganz und gar fühlen. Einfach nur fühlen.«

Er ließ ihre Tunika los, hielt ihre Hände fest und drückte sie über ihrem Kopf an die Wand. »Was fühlst du jetzt, Kätzchen? Ich halte dich fest. Du bist hilflos.«

»Quatsch. Ich kann dich aufhalten.«

»Wie?« Gott, wie krank war er, dass er von diesem Scheiß einen Ständer bekam? »Komm schon, Kat. Wie?« Er blieb, wo er war, direkt vor ihr, bedrängte sie.

Sie benutzte den Daumen, um dreimal auf seine Hand zu klopfen.

Sloane ließ sie los. Trat zurück.

Sie reckte das Kinn vor und lächelte triumphierend.

Ihm stockte der Atem, ihm blieb einfach die Luft weg. Verdammt, sie war hinreißend. Kecke violette Strähnen im Haar, und ihre Augen erfüllt von einem siegesgewissen Funkeln. Er spürte ihre Hitzigkeit. Sie war prächtig, und, zum Teufel, er wollte sie berühren. Mehr als sie berühren.

Er drängte in den Raum, den er gerade freigemacht hatte. »Das war Runde eins.« Als er einen Finger an ihrer Kehle hinunterwandern ließ, spürte er ihr Erschauern. Ihre Brustwarzen wurden hart unter ihrer Tunika und dem BH. Er schaute auf. »Bereit für Runde zwei, Kätzchen?« Er liebkoste die empfindliche Haut in ihrem Nacken. »Du willst, dass ich dir die Kleider ausziehe und dich fühlen lasse? Dich kommen lasse? Rückhaltlos? Überleg es dir gut, Kat. Ja bedeutet: Vögel mich jetzt, bis ich deinen Namen schreie.«

12

Sloanes Stimme troff von sündigem Versprechen.

Jubel raste von den Wurzeln ihres Haares bis zu den Sohlen ihrer Füße. Ihr BH scheuerte an ihren Brustwarzen, und ihr Slip ging über von feucht zu peinlich.

Kein Mann hatte ihr je dieses Gefühl vermittelt. Das Gefühl, die Kontrolle zu haben und stark und ungebremst wild zu sein. Als könne er mit seiner ganzen Macht über sie kommen, fast zwei Meter groß und hundert Kilo ungezähmter Männlichkeit, und sie könnte ihn mit einem Finger aufhalten.

Aber warum sollte sie, wenn sie nichts anderes wollte, als dass er ihr Vergnügen bereitete? Sie ließ sich vom Zauber des Augenblicks hinreißen und platzte heraus: »Ich will das.«

Ein Schauer durchlief ihn. Er fischte sein Handy aus seiner Hose und tippte mit dem Daumen auf den Bildschirm. »Ich schicke Ethan eine SMS.«

Natürlich. Sie hatte vergessen, dass sein Fahrer wartete.

Sloane wandte sich ihr wieder zu, kam ganz nahe, und seine braunen Augen wurden dunkler.

»Was ist?«

»Du. Du bist mutig, Kätzchen. Du bist die geborene Kämpferin, eine Frau voller Leidenschaft, und du hast dein Leben damit verbracht, dich zur Passivität zu zwingen. Aber jetzt lässt du diese Frau raus.« Er bettete seine Stirn an ihre.

»Vertrau dieser Frau, Kat. Wenn du aufhören willst, hören wir auf.«

Das Herz flatterte in ihrer Brust, und einen Augenblick brannten Tränen in ihren Augen. Es war mehr als Lust, dies war Vertrauen. Ein Band zwischen ihnen entstand, das ihr an Stellen Angst machte, an die nicht einmal ihre Panikattacken heranreichten. Sloane sah sie, wie sie wirklich war, glaubte an sie.

Ihr Leben lang war Kat nicht gut genug gewesen. Nicht klug genug, nicht wertvoll genug. Und seit ihrer Verletzung – gebrochen. Versehrt. Sie wusste nicht, wie sie wieder zu sich kommen konnte. Aber Sloanes tiefe rehbraune Augen zeigten ihr eine andere Sicht.

Als würde alles heilen, wenn sie zu der Frau würde, die zu sein ihr bestimmt war.

Sie legte den Kopf in den Nacken und küsste ihn.

Er beugte die Knie, legte ihr einen Arm um die Taille und hob sie hoch. Dann bettete er ihren Hinterkopf in seine Hand und nahm Besitz von ihrem Mund, erfüllte sie mit seinem sinnlichen Aroma.

Kat schlang die Beine um seine Taille. Das führte dazu, dass sie offen der großen, harten Wölbung seines Schwanzes ausgesetzt war, die sich durch ihrer beider Kleidung drückte.

Er griff nach ihrer Hüfte, presste sie an sich und stöhnte anerkennend.

Die Vibrationen und der Druck bauten sich tief in ihrem Bauch auf. Sie wollte es, wollte das Gefühl eines Mannes, der sich in ihr bewegte. Wollte seine Haut auf ihrer spüren. Sie zupfte an seinen Hemdknöpfen.

Sloane beendete den Kuss. Hielt sie fest und setzte sich in Bewegung. »Das Schlafzimmer.«

»Links. Am Ende des Flurs.« Sie wand sich, und riss ihm das Hemd aus der Hose.

Sloanes lange Beine durchmaßen die Entfernung zu ihrem Schlafzimmer. Mondlicht strömte durchs Fenster mitten auf ihr Doppelbett mit der blauen Tagesdecke und den Stapeln von Kissen.

Er trat die Tür zu, schritt zum Bett und stellte sie auf die Füße. Mit einer einzigen fließenden Bewegung zog er ihr die Bluse aus.

Die Luft streifte ihre entblößte Haut, und ihr kamen Zweifel. Sloane war mit vielen Frauen zusammen gewesen. Bei ihr war es fünf Jahre her, dass sie etwas mit einem Mann gehabt hatte.

Seine warme Hand legte sich auf ihre Wange. »Willst du langsamer machen?«

Der Schein des Mondes betonte seine wilde Schönheit, doch seine Hand auf ihrem Körper bot sanfte Unterstützung. Solchermaßen beruhigt schüttelte sie den Kopf, streifte ihm das Hemd von den Schultern und entblößte die Tätowierung auf seinem rechten Bizeps. Flammen wanden sich um den Buchstaben S und schufen ein eindrucksvolles Bild. Soweit sie erkennen konnte, war das seine einzige Tätowierung. »Erzählst du mir von deinem Tattoo?«

Er schaute zu der Abbildung, und in seinen Augen stand einen Augenblick tiefe Qual. »Später.«

Dieser Moment der Verletzlichkeit ließ ihn ihr lieber werden als alles andere, erfüllte sie mit dem Verlangen, dieses Aufflackern von Schmerz von ihm zu nehmen. Sie zeichnete seine muskelbepackte Brust nach, fand kleine Narben hier und da. Prägte sich seine Wölbungen und Kurven ein, um die Stellen zu finden, die ihm den Atem stocken ließen und seinen Puls beschleunigten. Sie beugte sich vor und leckte eine Brustwarze.

Sloane bog den Rücken durch und stöhnte unter ihrer Erkundung.

Sie wechselte zu der anderen Brustwarze, spürte ihre Macht über ihn. Diesmal kratzte sie mit den Zähnen darüber, biss ganz leicht zu.

Er bog sich ihrem Biss entgegen. »Du spielst mit dem Feuer.« Sein Atem zerzauste ihr Haar. Er strich ihr über den Rücken, um ihren BH aufzumachen, und zog ihn an ihren Armen hinunter. »Ich beiße zurück.«

Heiß durchzuckte es ihre Brustwarzen und formte sie zu kleinen Gipfeln.

Ein schelmisches Grinsen umspielte seinen Mund. »Dir gefällt die Idee, dass ich da hineinbeiße.« Er strich mit den Knöcheln über ihre empfindlich gewordenen Knospen und sandte Blitze direkt zwischen ihre Schenkel. »Aber ich habe nicht gesagt, wo ich beißen werde, Kätzchen.« Seine Hände hinterließen eine kribbelnde Spur bis zu ihrem Slip.

Ein Anflug von Angst drohte, sich ihrer zu bemächtigen. Sloane hatte sich vorgebeugt, um ihr die Hose auszuziehen. Er würde ihre Narben sehen. Hässliche Narben hatten die Eigenschaft, die Stimmung zu ruinieren. Um das zu verhindern, umfasste Kat seine Handgelenke.

Sloane ließ sie los, und Sorge umwölkte seinen Blick.

Da sie ihn angeturnt wollte und voller Lust, senkte sie die Stimme. »Lass mich das machen.« Sie griff nach dem Knopf, öffnete ihn, zog ihren Reißverschluss herunter und streifte sich ihre Hose bis tief auf die Hüften.

»Oh, ja. Mach weiter.«

Das kehlige Knurren der Zustimmung machte sie kühn. Sie trat ihre flachen Schuhe von den Füßen und wand sich aus ihrer Hose.

Sodass sie in einem Nichts aus schwarzer Spitze dastand. Ein Dreieck, das sie vorn notdürftig bedeckte und zwischen ihren Pobacken verschwand.

Sloanes heißer Blick wanderte hinab und verfing sich an diesem Fetzchen Stoff. Als sie die Daumen unter die dünnen Bänder auf ihren Hüften schob, hielt er ihre Handgelenke fest. »Ist das ein Tanga? Du willst keinen Rock tragen, aber du trägst einen Tanga?«

»Und wenn?« Hatte sie sich je so begehrenswert gefühlt? So mutig?

Unverhohlene Anerkennung schimmerte in seinen Augen. »Für mich, Kat? Hast du ihn für mich angezogen?«

»Schien mir zu der Zeit eine gute Idee zu sein.«

Er ließ den Blick an ihr hinunterwandern. Seine Nasenflügel bebten, und ihm stockte der Atem. »Die beste Idee aller Zeiten.« Dann drückte er seinen Mund auf ihren und küsste sie mit heißen, tiefen Bewegungen seiner Zunge.

Kat ließ sich von dem Kuss mitreißen, in einen Kokon aus Intimität, der alles bis auf sie beide außen vor ließ.

Sloane küsste ihr Kinn und ihren Hals, leckte ihr Schlüsselbein. Neckte die sanfte Wölbung ihrer Brust. Sie spürte mit all ihren Sinnen seine raue, feuchte Zunge. Mehr, sie wollte mehr. Sie zog die Hände aus seinem Griff und schlang die Finger um die dicken, seidigen Strähnen seines Haares.

Ein tiefes Stöhnen entrang sich seiner Kehle, und er schloss die Lippen über ihrer Brustwarze.

Heiße Blitze durchzuckten ihr Innerstes. Kat wölbte den Rücken und zog Sloane enger an sich. Gefühle explodierten, während er saugte. Ihr Verlangen wurde drängender, jedes Saugen an ihrer Brustwarze schickte köstliche Pein zu ihrer Klitoris. Ein Schmerz erblühte in diesem Bündel Nerven.

Sloane ließ sich auf die Knie sinken und hockte sich auf die Fersen. Da seine Brust jetzt nackt war, sah sie sein angespanntes Sixpack. Er schaute auf und errötete. »Zeig mir deinen Tanga, Kätzchen.« Seine Stimme senkte sich zu ungezügelter Heiserkeit. »Dreh dich um.«

Niemand hatte ihr je das Gefühl gegeben, so … sinnlich zu sein. So angebetet und begehrenswert. Rauschhafte Erregung pulsierte in ihren Adern und machte es ihr leicht, seine Anweisungen zu befolgen und sich zum Bett umzudrehen. Er gab ein leises Knurren von sich und streichelte sie. Umfasste ihre Pobacken, knetete und liebkoste sie. »Dein Hintern in diesen Hosen hat mich den ganzen Abend gepeinigt.« Er zeichnete die Linie ihres Tangas nach und tauchte zwischen ihren Oberschenkeln ab.

Seine Finger streiften das dünne Material, neckende kleine Berührungen bis hinunter zu ihrer Klitoris. Heißes Verlangen sammelte sich tief in ihrem Bauch. Dann zog er sich zurück.

Bevor sie ihren Protest wimmern konnte, schob er die Daumen unter die dünnen Riemen auf ihren Hüften. »Ich werde dir dieses Ding ausziehen und dir zeigen, wie atemberaubend sexy du bist.«

Erwartungsvoll spannte sie ihre Oberschenkel an, als sie

das sanfte Ziehen spürte. Der Slip glitt quälend langsam herunter. Es war zum Wahnsinnigwerden. Berauschend.

Der seidige Stoff wisperte leise, während Sloanes Finger ihr wahre Wonne bereiteten. Ihr Slip klebte feucht da, wo sie erregt war, und wurde vorsätzlich langsam weggezogen, sodass es sie mit süßer Pein erfüllte. Sobald er ihren Tanga an ihren Knöcheln hatte, trat sie hinaus.

Er erhob sich, schlang die Arme um sie und zog sie wieder an seine Brust. Seine Wärme umfing sie, beruhigte sie. Er streifte mit den Lippen ihr Ohr, knabberte an ihrem Ohrläppchen und zog sanft die Zähne über ihre Schulter. Bevor sie das noch ganz verarbeiten konnte, spielte er mit ihren Brustwarzen, rubbelte die eine, zwickte in die andere.

Sie fing Feuer und bog den Rücken durch. Ihr Puls beschleunigte sich unter seinem zärtlichen Tun. Ihre Klitoris kribbelte, flehte nach seiner Berührung. »Sloane.«

»Ja?« Er strich mit einer Hand über ihren Bauch, presste die Finger zwischen ihre Schenkel und tastete sich nach oben. »Heiß und nass. So empfänglich.« Seine raue Fingerkuppe kitzelte ihre Klitoris.

Sie neigte sich ihm entgegen, umklammerte seinen Arm. »Du machst mich heiß.«

»Ich bin ganz bei dir.« Er legte den Arm um sie herum, steckte einen Finger in sie und schob ihn tief hinein. »So eng«, stöhnte er an ihrem Ohr, während er sich zurückzog und in einem elektrisierenden Rhythmus zustieß. »So verdammt perfekt.«

Ekstase schraubte sich empor, während sie sich an seiner Hand bewegte. Kat verlor jedes Zeitempfinden, bestand nur noch aus Gefühl. Sein Arm lag um ihre Taille, seine Brust war heiß an ihrem Rücken. Sein erigierter Schwanz presste sich an ihre Hüften. Seine Finger glitten hinein und heraus, schneller. Tiefer. »Oh Gott.« Sie warf den Kopf in den Nacken. Ihr wurde heiß und kalt.

»Sieh mich an.«

Bei seinem Befehl drehte sie den Kopf.

Er sah ihr tief in die Augen. »Lass los, Kat. Komm, Baby.« Er schob den Daumen über ihre Klitoris.

Der Orgasmus rauschte in Schockwellen von ihrer Klitoris aus durch ihren ganzen Körper. Sie grub die Finger in den Unterarm, der sie umklammert hielt, während sie seine Finger ritt. In ihren Ohren summte es, und sie hörte Sloanes rauen Atem.

»Das war nicht genug«, knurrte er. Er drehte sie um, drückte sie aufs Bett, ließ sich auf die Knie fallen und schob die Schultern unter ihre Oberschenkel.

Für einige Sekunden verlief alles in Zeitlupe. Selbst ihr Herzschlag verlangsamte sich, während Sloane sie geöffnet vor sich hatte, entblößt, und sie anstarrte. Seine Wangen röteten sich, als er sie mit den Daumen spreizte. »Für mich. Genau wie dein Tanga. Du, feucht und pochend, und das nur für mich.« Verlangen glitzerte in seinen Augen.

»Ja.« In diesem Moment hätte sie ihm alles gegeben.

Er beugte sich vor und leckte sie, tauchte die Zunge tief in sie hinein. Leckte sie. Mit einem tiefen Stöhnen neckte er ihre Klitoris. Sie war so empfindlich, dass es nur ein oder zwei Minuten dauerte, bis Kat sich wand und um sich schlug, bestrebt, genug zu bekommen.

Er schob zwei Finger tief in sie hinein.

»Sloane!« Das Feuer der Sinnlichkeit loderte tief in ihr

auf und durchströmte heiß ihren gesamten Körper. Sie stand dicht davor, brannte vor Verlangen. Er schloss die Lippen über dem pulsierenden Bündel Nerven und saugte. Als sie dachte, sie würde den Verstand verlieren, biss er sie leicht und entließ sie in einen wilden Orgasmus.

Bevor die inneren Zuckungen verebbten, ließ er von ihr ab und streifte sich die restlichen Kleider vom Leib. Er kam zurück, trat zwischen ihre gespreizten Schenkel und rollte ein Kondom über die geschwollene Spitze seines Schwanzes und über den langen Schaft.

Sloane hob ihre Hüften an und spreizte sie weit. Er presste einen Zoll in sie hinein und hielt inne. Purer Hunger stand ihm ins Gesicht geschrieben und ungezügeltes Verlangen. Die Adern an seinem Hals traten hervor und zeigten, welche Anstrengung ihn seine Zurückhaltung kostete. In seinen Augen flammte das Verlangen auf, sie zu nehmen. Hart.

Doch er hielt inne und sah sie an.

Vertrauen erfüllte sie. Dass er sich in diesem Moment zügelte, um sicherzustellen, dass sie mit seiner tobenden Lust fertigwerden konnte, erstaunte sie. Sie neigte die Hüften, um ihn tiefer in sich hineinzuziehen, und sagte: »Halt dich nicht zurück. Ich will dich ganz.« Und sie meinte jedes Wort.

Er grub die Finger in ihre Hüften und drang in sie ein.

Zu langsam. Sie schlang die Beine um ihn und drängte ihn tiefer.

»Kat«, warnte er. »Du bist angespannt.«

Sie ballte frustriert die Fäuste. Er hatte ihr gesagt, dass sie loslassen solle. Er hatte sie gehalten. Ihr genau das gegeben, was sie ersehnt hatte, selbst wenn sie gar nicht gewusst hatte, was es war. Sie brauchte die gleiche wilde Hemmungslosigkeit von ihm, brauchte sie jetzt. Sie bog den Rücken durch und verlangte: »Nimm mich.«

Er erstarrte eine Sekunde. Einen Herzschlag lang, in dem seine Miene von qualvoller Geduld zu wildem Verlangen wechselte. Er ließ sich gehen und stieß zu. Hart. Bis ganz hinein. Sein Gesicht rötete sich, und seine Finger gruben sich in ihren Hintern, während er in sie drängte. Dann sah er ihr fest in die Augen, hob ihre Hüften und trieb seinen Schwanz noch tiefer in ihren Körper.

»Noch einmal. Mehr.« Sie würde alles nehmen, alles, was er ihr geben wollte.

Er drängte in sie hinein, seine Muskeln spannten sich an und traten hervor. Er hielt nichts zurück.

Sie war wie im Fieber und stieß die Worte hervor: »Ich will fühlen, wie du kommst.« Sie wollte sehen, wie er diese Ehrfurcht gebietende Kontrolle in ihr verlor. Nein, mit ihr. Ihre Erregung wuchs. »Bitte.« Er beugte sich vor, bis sie einen einzelnen Atemzug teilten. »Du tust das für mich.« Er zog seine Schultern nach hinten. Sein Schwanz schwoll noch mehr an. Wurde noch härter. Noch heißer, als er in sie hineinrammte. Sie markierte.

»Kat. Fuck!«, keuchte er und kam hart in ihr.

Und sie mit ihm.

Sloane keuchte. Er umklammerte noch immer mit beiden Händen Kats Hintern, sein Schwanz unendlich tief in ihr vergraben.

Sein gesunder Menschenverstand kehrte langsam zurück und mit ihm die Erkenntnis, dass er bei ihr total die Kontrolle verloren hatte.

Und es hatte ihr gefallen. Höllisch gefallen, nach dem seinen Schwanz eng umschließenden Orgasmus zu urteilen, den sie gerade gehabt hatte. Sie war so schön, wie sie dort lag, ihre Haut rosig, der Blick benommen von Befriedigung. Kat hatte sich mit aller Kraft bemüht, ihn am Anfang wegzustoßen. Aber sobald sie sich geöffnet hatte, war sie unter seiner Berührung wild und sie selbst geworden.

Eine weitere Nachwehe der Ekstase durchschauerte ihn bei der Erinnerung.

Er ließ ihre Hüften auf das Bett gleiten und zog sich aus ihr zurück. Dann sah er sich im Mondlicht um und entdeckte eine Tür zu seiner Linken. »Ist das das Badezimmer?«

»Ja.«

Er ging schnell ins Bad, beseitigte das Kondom und kehrte zurück.

Während er fort gewesen war, hatte Kat sich auf der Bettkante aufgerichtet und die Füße auf den Boden gestellt.

Er starrte sie in dem Kegel aus Licht an, der aus dem Bad kam. Sie umklammerte die Ränder der Tagesdecke und zog sie über ihr verletztes Bein. Schon wieder dieses bescheuerte Versteckspiel. Das würde jetzt aufhören. Er setzte sich zu ihr. »Lass uns das ein für alle Mal hinter uns bringen.«

Sie warf ihm ein Lächeln zu. »Ich dachte, das hätten wir gerade getan.«

»Soll das ein Witz sein?. Wir haben gerade erst angefangen. Ich bin noch nicht annähernd damit fertig, dich zu erkunden.« Er richtete seine Aufmerksamkeit auf ihre Brüste. Er hatte auf sie nicht annähernd so viel Zeit verwendet, wie er wollte. Als er spürte, wie das Blut seinen Schwanz zu durchströmen begann, verbot er sich diesen Gedanken. »Du sitzt dort nackt und versteckst dein Bein.« Er lehnte sich zurück und tätschelte seine Oberschenkel. »Rutsch rüber und leg die Beine hierhin.«

Sie versteifte sich.

Er griff nach ihrem Kinn. »Das sind nur Narben, Kat. Zeig sie mir, und bring es hinter dich.«

»Du bist wirklich ein Tyrann.«

Er beugte sich vor, küsste sie. »Aber du bist nicht die zerbrechliche Bäckerin, die deine Familie in dir sieht. Es ist an der Zeit, es mir zu zeigen.«

Sloane beobachtete, wie sie sich zu einer Entscheidung durchrang und schließlich ihre Wahl traf. Er hatte gewusst, dass es ein Risiko war, aber so lebte er nun einmal. Er stellte sich den Dingen und setzte sich mit ihnen auseinander, er drückte sich nicht und ließ Probleme die Oberhand gewinnen. Er griff an und eroberte.

Endlich zog Kat die Tagesdecke weg.

Sein mulmiges Gefühl verflog. Aus welchem Grund auch immer war es hart für sie. Deshalb wollte er es jetzt aus dem Weg haben. Er wartete, während sie sich auf den Hintern drehte und ihm zuwandte, bevor sie ihr linkes Bein hob. Sie hielt das Knie gebeugt und stellte den Fuß auf seinen Oberschenkel.

Entblößte ihre intimste Stelle.

Sein Blick ging direkt dorthin, wo ihre Schenkel sich spreizten, zu den weichen, gestutzten Locken und ihrer rosigen, feuchten Öffnung. Sein Schwanz vergrößerte sich, und er musste schlucken.

Er strich mit der Hand über ihr Bein und ertastete all die glatten Muskeln und weiche Haut. Dann streckte er die Hand aus und umkreiste ihre geschwollene kleine Klitoris.

Sie schnappte nach Luft.

Er zog die Hand weg und hob den Blick. »Exzellente Ablenkungstaktik.«

»Mir fällt noch mehr ein.« Sie rieb das Bein an seinem pochenden Schwanz.

Er stöhnte. »Wenn du so weitermachst, finden wir heraus, ob du dir beim Sex gern den Hintern versohlen lässt.«

Ihre Augenbrauen hoben sich. »Das würdest du nicht wagen.«

Verdammt, ihre Brustwarzen wurden hart, und der Puls in ihrem Hals flatterte. Kathryn Thayne hatte einen Hang zur Verruchtheit. Aber sie hatte recht, er würde es nicht tun, bis er ihr volles Vertrauen hatte, und dann auch nur, wenn sie es genoss. Die Vorstellung, ihre geheimen Fantasien wahr werden zu lassen, turnte ihn höllisch an. »So wie ich es sehe, können wir hier verhandeln. Wenn du dein anderes Bein auf meinen Schoß legst, werde ich darauf verzichten, dich übers Knie zu legen und dich mit der Hand auf deinem Hintern kommen zu lassen, bis du darum bettelst …«

»Darum bettelst?« Sie spie die Worte förmlich aus.

Er zuckte die Achseln. »Betteln oder flehen, das liegt bei dir.« Er genoss ihre Entrüstung. »Oder du kannst mich auf die Probe stellen, indem du dich weigerst, mir deine Narben zu zeigen.«

»Du bluffst.«

Er antwortete nicht. Bewegte die Hand nicht. Wartete ab, während neues Verlangen sie bestürmte, eins, von dem sie nicht gewusst hatte, dass sie es hegte. Das war so unglaublich heiß, dass er beinahe nachgab und es ihr erlaubte, ihm ihr Bein nicht zu zeigen.

Kat bewegte sich und legte die Hände auf das Bett, um sich abzustützen, dann hob sie ihr rechtes Bein.

In ihrem Gesicht zuckte es. Er musste den Drang unterdrücken, ihr zu helfen.

Sie legte ihr Bein leicht gebeugt auf seine Oberschenkel.

Sloane langte zu ihrem feingliedrigen Fuß, dann strich er leicht mit den Fingern über ihren Knöchel und halb ihre Wade hinauf. Dort sah er ihre Narben. Sie liefen fünfzehn Zentimeter lang auf der Innen- und der Außenseite ihres Beins entlang, von der Mitte der Wade bis hinauf zu ihrem Knie. Die beiden Narben bedeuteten wahrscheinlich, dass zwei Platten den Knochen mit Schrauben festhielten. Tiefe Einschnitte, dem Narbengewebe nach zu urteilen, und außerdem einige kleinere, kaum wahrnehmbare Narben auf ihrem Knie.

Er schaute zu ihr auf. »Wie schlimm ist es um dein Kniegelenk bestellt?«

Sie sah ihn erstaunt an.

»Ich hatte selbst diverse Verletzungen, gebrochene Knochen, Physiotherapie et cetera. Aber keine Platten, so ernst war es nie. Ich habe andere Kämpfer üble Sachen durchmachen sehen. Sobald ein Gelenk betroffen ist, ist das normalerweise keine gute Nachricht.«

Ihr Blick wurde ruhiger, und ihre Schultern entspannten sich. »Nicht schlimm genug für ein künstliches Knie, zumindest noch nicht. Der Beugungswinkel beim Krümmen ist ganz gut, nur strecken kann ich es nicht. Es könnte an den Platten liegen, an der Art, wie die Knochen verheilt sind, dem Gelenk oder einer Mischung aus allem.«

»Ohne das Bein strecken zu können, um die Ferse auf den

Boden setzen zu können, humpelst du.« Er strich mit dem Daumen über die Narbe an der Innenseite ihres Beins. Die Narbe war heller geworden und fiel nicht mehr allzu sehr auf. Aus der Ferne würden die Leute einfach ihre gebräunten Beine sehen, nicht die Narben. »Dann ist das nicht das Bein, mit dem du zutreten wirst. Du kannst es nicht hochreißen oder genug Wucht hineinlegen, um einen Schaden anzurichten. Aber du kannst darauf balancieren und mit dem anderen Bein zutreten.« Er hob eine Hand an ihr Gesicht, während er weiter ihr Bein streichelte. Es gefiel ihm, sie zu berühren.

Seinem Schwanz gefiel es ebenfalls.

Sie schaute dorthin, wo er sie berührte, dann zu seinem Ständer und zurück zu seinem Gesicht. »Sie machen dir wirklich nichts aus.«

»Die Narben? Nein.« Er hatte kein Problem damit, solange er nicht an Dr. Arschloch dachte, der sie der Gewalt zweier Männer mit einem Baseballschläger ausgeliefert hatte. Er biss die Zähne zusammen angesichts dieses Bildes. Was sie betraf, so ging sie ihm bereits unter die Haut, weckte mehr Gefühle in ihm, als ihm lieb war. Er musste seinen Fokus auf den Sex richten. Während er ihre Beine weiter streichelte, wechselte er das Thema. »Wir müssen über Verhütung reden.« Er hätte das letzten Sonntag mit ihr im Fitnessstudio besprechen sollen, aber sein Schwanz war seinem gesunden Menschenverstand in die Quere gekommen. »Nimmst du die Pille?«

Sie nickte.

Er zog eine Augenbraue hoch. »Du hast vorgebeugt, kleine Bäckerin?«

Sie lachte. »Genau. Um regelmäßig und nicht so stark meine Tage zu haben. Sonst noch irgendwelche Fragen?«

Er schob einen Arm unter ihre Beine, legte den anderen um ihren Rücken und hob ihren Hintern auf seinen Schoß. Dann wickelte er ihr seidiges Haar um seine Hand und schaute ihr in die Augen. »Würdest du gern mein Gesundheitszeugnis sehen?«

»Ja.«

Gut für sie. »Klug. Ich werde Kondome benutzen, bis ich dir den Bericht beschaffen kann. Jetzt zieh dir etwas an. Etwas Bequemes.«

»Jetzt? Warum? Soll ich dich nach Hause bringen?«

Er stand mit ihr in den Armen auf und setzte sie bedauernd ab. »So leicht wirst du mich nicht los.« Er beugte sich vor und nahm ihr Gesicht in seine Hände. »Aber du bist heute Abend in Panik geraten, als David dich angefasst hat.« Löste Davids Berührung immer Attacken bei ihr aus? Die Antwort darauf war nicht so wichtig, wie sie zu lehren, ihre Panik zu überwinden.

»Ich habe ihn nicht als eine Bedrohung angesehen.« Sie zog die Brauen zusammen. »Jedenfalls nicht direkt. Es ist eher so, dass ich nicht will, dass er mich berührt.«

Sloane wollte nicht, dass sie an sich selbst zweifelte. »Wenn ein Mann nicht die Hände von dir nimmt, nachdem du ihm gesagt hast, er solle dich loslassen, betrachte ihn als eine Bedrohung. Hast du gehört, Kat?«

»Ja.«

Er hätte schwören können, dass so etwas wie Erleichterung in ihre Züge trat. Auch wenn er versuchte, es auf sich beruhen zu lassen, er konnte nicht. »Kat, was, denkst du, ist in der Nacht, in der du überfallen wurdest, wirklich passiert?«

Sie wandte sich ab und ging auf eine Ankleidekommode zu.

Sie zog sich zurück. Distanzierte sich. Weil ihr niemand glaubte. Sloane schlang die Arme um sie und zog sie an sich. »Weich nicht aus. Rede mit mir.«

»Ich weiß es nicht. Ich habe willkürliche Flashbacks.«

Die tonlose Stimme, mit der sie diese Worte aussprach, ließ ihn mit den Backenzähnen mahlen. Sie war steif in seinen Armen, und ihre Haut war abgekühlt. Er bettete das Kinn auf ihren Kopf, ihr Haar lag seidenweich an seinem Hals.

Allmählich entspannte sie sich in seiner Umarmung. »Sloane?«

»Ja?«

»Was immer in dieser Nacht passiert ist, David versucht, es zu vertuschen. Seit Jahren.« Sie seufzte. »Das ist es, was uns auseinandergebracht hat. Die Lüge – sie stand immer zwischen uns, bis ich es nicht länger ertragen konnte. Sachen wie die mit seinem Handy. Er hat es nie im Auto gelassen, er hatte es immer bei sich. Es sind eine Million kleine Einzelheiten, die sich zu einer einzigen großen Lüge zusammenfügen. Ich weiß nicht, was passiert ist, nur dass es nicht so war, wie er behauptet.«

Kat drehte sich in seinen Armen und sah ihm in die Augen. »Wenn du immer noch dazu bereit bist, will ich trainieren. Ich bin in Panik geraten, als David mich angefasst hat.« In ihren Augen glitzerte eiserne Entschlossenheit. »Ich muss lernen, das unter Kontrolle zu bekommen, es hinter mir zu lassen.«

Das, genau diese Art war es – dieser Charakterzug, der bei ihm einschlug und sich seinem Schwanz direkt vermittelte. Die Kämpferin in Kat. Es scherte sie nicht, dass es spät war, sie wollte jetzt trainieren. Es war das, was in ihm den Wunsch weckte, mit ihr zu arbeiten, bis ihr vor Erschöpfung der Schweiß ausbrach, und sie dann in einen flammenden Orgasmus zu lecken. »Na los. Zieh deine Trainingssachen an.«

13

Da lag ein Mann in ihrem Bett.

Kat schaltete in der frühmorgendlichen Stille die Kaffeemaschine ein, die vertrauten Handgriffe und Düfte trösteten sie. Sie waren etwas Normales, an das sie sich halten konnte, während sie mit ihren wirren Gedanken kämpfte.

Sie bewegte sich auf emotionalem Neuland.

Kaffeekochen für einen Mann. Natürlich hatte sie für Kellen Kaffee gekocht, aber das war etwas anderes gewesen.

Sie hatte mit Sloane Sex gehabt. Nicht einfach Sex, es war … ein Erwachen gewesen.

Während sie das Aroma der kolumbianischen Bohnen einatmete, machte sie sich Sorgen, dass Sloane, wenn sie ihm die Chance gab, ihr mühsam errungenes Selbstbewusstsein mühelos zerstören konnte. Sie kämpfte darum, stark und unabhängig zu sein, in der Lage, ein gesundes Sexleben mit einem Mann zu genießen. Sie wollte mit ihm lachen und vielleicht hin und wieder zusammen essen, aber nicht ihre eigenen Ziele und Träume aus den Augen verlieren. Sie hatte im Labor ihrer Familie für David gearbeitet und sich selbst verloren. Ihr größtes Glück war nicht der Ring gewesen oder die Planung der Hochzeit – es war das Auskundschaften von Konditoreien gewesen, um den perfekten Hochzeitskuchen zu finden. Ihre Leidenschaft war es, Rezepte zu kreieren und zu Kunstwerken zu machen – aber sie war dem nicht nachgegangen. Stattdessen hatte sie versucht, so zu sein, wie alle um sie herum es erwarteten. Ihr einziges Ventil war die Suche nach einem Kuchen für ihre Hochzeit gewesen. Traurig und jämmerlich.

Aber sie und Sloane waren unverbindliche Liebhaber, solange sie beide das wollten. Und solange sie das im Hinterkopf behielt, konnte sie damit umgehen.

Sie war nervös. Sie musste arbeiten, um einige Stunden Ruhe zu haben, damit sie ihre Gefühle analysieren konnte. Wenn sie an ihrem Arbeitstisch in der Backstube stand und den Teig für Zimtbrötchen knetete, würde ihr das die Ruhe geben, die sie brauchte. Sie würde ihr ersehntes Ziel, ausgeglichen zu sein, erreichen. Sie füllte zwei Thermobecher mit Kaffee. Sie süßte ihren, tat die Deckel auf die Becher und nahm sie mit ins Schlafzimmer.

Sie blieb in der Tür stehen und betrachtete Sloane, der bäuchlings mit ausgebreiteten Armen auf ihrem Bett lag. Die Decke hatte er über den Hüften, sodass sie in Ruhe seinen Rücken betrachten konnte. Gebräunte Haut, breite Schultern und das sexy schmale Tal seines Rückgrats, das sie bis ganz nach unten nachzeichnen wollte. Er nahm fast das ganze Bett ein.

Genauso, wie er zu viel Raum in ihrem Kopf einnehmen konnte, wenn sie es zuließ. Und in ihrem Herz, wenn sie dumm war.

»Willst du mich weiter lüstern anstarren oder mir den verdammten Kaffee bringen?«

Kat wäre vor Schreck fast zusammengefahren. »Ich wusste nicht, dass du wach bist.«

Sloane rollte sich für einen so großen Mann mit erstaunlicher Anmut herum, setzte sich auf und griff sich sein Handy vom Nachttisch. Seine tiefschwarzen Brauen zogen sich zusammen. »Verdammt, es ist noch nicht einmal fünf Uhr.« Er musterte sie, während sie auf ihn zukam. »Du bist angezogen.«

Angezogen und erfüllt von dem Wunsch, zu ihm zurück ins Bett zu klettern. »Ich muss los, ich bin ohnehin schon spät dran. Ich muss in die Konditorei.«

»Heute ist Sonntag«, brummte er, während er den Becher entgegennahm. »Danke.«

Dann stellte er den Becher beiseite, warf die Decke zurück und stand auf.

Nackt. Kräftig. Sie ließ ihren gierigen Blick von seiner Schulter über das Sixpack bis zu seiner unübersehbaren Erektion wandern. Nur flüchtig nahm sie starke Schenkel und Waden wahr, denn ihre Aufmerksamkeit wurde wie magisch von seinem Schwanz angezogen. Lang, hart und sehr verlockend.

»Wenn du mich so ansiehst, wird dich das nicht schneller zu deiner Arbeit bringen.«

Richtig. Arbeit. Sie trat zurück, aber ihr Knie gab nach. Es ließ sie vollkommen im Stich und brachte sie zu Fall.

Ihr Kaffeebecher fiel ihr aus der Hand, gerade als Sloane sie an den Armen zu fassen bekam und ihr Halt verschaffte.

Sie wurde rot vor Scham. Sie hasste es, wenn das geschah – der absolute Verlust der Kontrolle über ihr eigenes Bein und ihr Gleichgewicht. »Danke. Tut mir leid.«

Ohne sie loszulassen, bemerkte er mit besorgter Miene: »Du hast gestern Nacht zu hart die Kniestöße trainiert.«

Weil sie lernen wollte, verdammt. Mehr und mehr gewann Kat den Eindruck, dass sie die Kontrolle über ihr Leben erringen musste, und zwar so schnell wie möglich. Nun ja, vielleicht hatte sie es mit dem Stehen und Austarieren ihres schlechten Beins übertrieben, als sie gegen Sloanes Knie getreten hatte. Aber dass ihr Knie nachgab? Das war nichts Besonderes. »Mein Bein knickt manchmal weg. Das kommt schon mal vor. Ich mache trotzdem weiter.« Sie hatte eine Schiene und einen Gehstock bei der Arbeit, falls sie einmal einen schlechten Tag haben sollte.

»Ich vertraue darauf, dass du auf dein Bein hörst, wenn es eine Pause braucht.« Seine Kiefer arbeiteten. »Du hättest es mir sagen sollen, bevor ich dich in der Dusche und dann wieder im Bett gevögelt habe.«

Ihre Verlegenheit verwandelte sich in Ärger. »Wir haben eine Abmachung, was den Sex anbelangt. Mein Bein ist meine Sache.« Sie biss die Zähne zusammen und fügte hinzu: »Ich hätte dir nicht erlauben sollen, über Nacht zu bleiben.« Sie entzog ihm die Arme und schnappte sich den Becher vom Boden. Der Deckel war verschlossen gewesen, sodass sie keinen verschütteten Kaffee aufwischen musste. Alles, womit sie sich beschäftigen musste, waren ihr verletzter Stolz und ein nackter Mann, der sie anfunkelte.

»Bereust du es?«, fragte er leise.

Sie schloss die Augen, erstaunt darüber, wie leicht er ihre Zickigkeit durchschaute. Schließlich stieß sie den Atem aus und stellte sich Sloane. »Es ist mehr die Unsicherheit am Morgen danach.« Und eine höllische Menge Verwirrung. »Ich muss einfach … Ich muss zur Arbeit gehen.«

Sloane berührte ihr Haar. »Falls es dich irgendwie beruhigt – es ist auch für mich neu. Ich verbringe die Nacht für gewöhnlich nicht bei einer Frau.« Er ging ins Bad.

Beruhigt? Das war ein schlechter Witz. Wollte er mehr von ihr? Nein, warum sollte er! Sie war eine Bäckerin mit einem kaputten Bein und genug Ballast, um seine elegante Limousine bis obenhin damit zu füllen. Sie hatten Bedingungen ausgehandelt. Er hatte die Nacht nur bei ihr verbracht, weil es spät geworden war, oder vielleicht tarierte er seine eigenen Grenzen ein wenig aus. Okay, das sollte ihr recht sein.

Mit fliegenden Händen machte sie schnell ihr Bett, obwohl sie am liebsten wieder hineingeklettert wäre und ... nein. Wenn sie stark bleiben wollte, musste sie diese Gedanken im Keim ersticken.

Sloane kam aus dem Badezimmer stolziert, zog sie an sich und küsste sie. Sie schmeckte ihre Zahnpastamarke und das reichere, dunklere Aroma von Sloane. Er lehnte sich zurück und lächelte. »Guten Morgen. Ich habe deine Zahnbürste benutzt. Wechsle sie, wenn du zimperlich bist.«

Der Kuss entfachte ihr Begehren, machte Rührei aus ihrem Verstand und ließ sie ihre Ängste vergessen. Wie schaffte er das so mühelos? *Erspar dir die Antwort! Konzentrier dich auf praktische Dinge.* »Ähm, ich werde dich nach Hause fahren.«

Er holte sein Handy hervor und begann eine SMS zu tippen. »Du musst zur Arbeit. Es wird schneller gehen, wenn ich mit dir zur Konditorei fahre. Ethan kann mich dort abholen.«

Das wäre günstiger für sie. »Okay.«

»Ich fahre.«

Den Teufel würde er. »Es ist mein Auto. Ich fahre.« Sie nahm ihren Kaffeebecher und reichte ihm seinen.

Er beugte sich vor. »Willst du, dass meine Hände mit dem

Lenkrad beschäftigt sind oder mit dir, während du fährst? Du kannst wählen.«

Sie schnaubte und führte ihn ihren Flur entlang, durch ihr winziges Wäschezimmer in die Garage. »Weißt du überhaupt, wie Fair Play funktioniert?«

Er streckte die Hand nach den Schlüsseln aus. »Ich spiele, um zu siegen, kleine Bäckerin. Jedes verdammte Mal.«

Kat gab ihm die Schlüssel und fragte sich, ob sie ihm zu viel gab. Zu viel von sich selbst. Sie musste es als ein Arrangement ansehen, einen Vorschlag.

Sobald sie unterwegs waren, sagte sie: »Wenn ich dich fahren lasse, musst du allerdings einige Fragen beantworten.« Sie wollte mehr über ihn wissen. Sie redeten immer nur über sie.

Er schaute zu ihr herüber. »Das war nicht Teil der Abmachung.«

»Lies beim nächsten Mal das Kleingedruckte.«

»Betrügerin.«

Sie lachte. »Da du meine Familie kennengelernt hast, erzähl mir von deiner.«

Seine Hände krampften sich um das Lenkrad. »Da gibt es nichts zu erzählen. Mein Vater machte sich aus dem Staub, nachdem er mich gezeugt hatte. Meine Mutter nahm mich hin und wieder zu sich. Ansonsten war ich in Pflegefamilien untergebracht.«

Kat umklammerte ihren schwarzen Thermobecher. »Pflegefamilien? Tut mir leid.« Das musste hart gewesen sein. Ihre Familie mochte verkorkst sein, aber sie war da gewesen, als sie sie gebraucht hatte. Hatte Sloane jemanden, der für ihn da war? »Lebt deine Mutter noch?«

Während er ihren kleinen SUV in dem stillen frühen Morgen durch die Straßen lenkte, hielt er den Blick auf den Asphalt gerichtet. »Ja.«

»Oh.« Sie bereitete ihm Unbehagen, doch sie wollte mehr wissen, wollte ihn besser verstehen. Okay, sie musste wissen, dass er jemanden hatte, der sich um ihn kümmerte, wenn er es brauchte. »Steht ihr euch jetzt näher?«

»Nein.« Er drehte den Kopf und bedachte sie mit einem bedeutungsvollen Blick. »Lass es gut sein, Kat.«

Na schön. Sie wechselte von seiner Mutter zu anderen Familienmitgliedern. »Hast du Geschwister?«

Er presste die Lippen zusammen.

Das Schweigen verdichtete sich, bis es ihr beinah körperlich wehtat. Sie gab nach und sagte: »Tut mir leid, es geht mich nichts an.« Es ging sie nichts an. Er hatte zwar gestern Abend ihre Familie kennengelernt, aber sie hatte ihn dorthin geschleppt. Sie hatte diese Pandora-Büchse geöffnet, nicht Sloane. Das gab ihr noch lange nicht das Recht, ihn zu verhören.

»Ich rede nicht gern über meine Jugend.«

»In Ordnung.« Kat entging die Tatsache nicht, dass er ihre Frage nach Geschwistern nicht beantwortet hatte. Doch sie hatte keine Ahnung, was das zu bedeuten hatte. Sie hatten eine Beziehung, die sich auf Bequemlichkeit und Sex gründete, und nicht um persönliche und schmerzhafte Dinge miteinander zu teilen. Es war nicht an ihr, sich darum zu sorgen, dass er niemanden hatte, der ihm half, wenn er Hilfe brauchte. »Also, wie geht es jetzt weiter? Rufst du mich an, wenn du willst, dass ich dich irgendwohin begleite?« Falls er das immer noch wollte. Seine Kälte und Distanziertheit, seit sie nach seiner Familie gefragt hatte, verunsicherte sie.

Seine Schultern lockerten sich ein wenig. »Hast du ein Cocktailkleid? Wenn nicht, besorg dir eins. Nächste Woche Samstag findet eine Weinverkostung mit Appetithäppchen und einem anschließenden Dinner in einer Weinkellerei in Temecula statt. Es handelt sich um einen Geschäftstermin. Ich werde dir von meiner Assistentin die Einzelheiten über die Veranstaltung geben lassen.« Er bog auf den Parkplatz vor ihrem Laden ein.

Kat wurde es kalt. »Ich trage keine Cocktailkleider.«

Er parkte und sah sie an. »Das ist einfach Blödsinn. Du hast tolle Beine. Beschaff dir das verdammte Kleid.« Er stieß die Tür auf und stieg aus.

Es wurde ihr eng in der Brust bei dem bloßen Gedanken, ein Kleid zu tragen. Sie griff nach ihrer Tasche und ihrem Kaffee und streckte dann die Hand nach der Tür aus.

Sie wurde geöffnet, bevor sie sie berührte. Sloane drängte sich in den Rahmen. »Schwing die Beine heraus.«

»Ich weiß, wie man aus einem Auto steigt.« Sie drehte sich um, dann bemerkte sie Sloanes dunkelgraue Limousine, die auf den Parkplatz einbog. Sie blieb ebenfalls stehen, im Leerlauf, wartend.

Sloane legte ihr die Hände um die Taille, hob sie mühelos aus dem Wagen und setzte sie auf dem Boden ab. Sie schnappte nach Luft.

Er schlug die Tür zu, reichte Kat die Schlüssel und sagte: »Du wirst ein Cocktailkleid kaufen und es tragen.«

Oh ja, natürlich, gleich nachdem sie ihr Haar in Brand gesteckt hatte. »Weshalb bist du so sauer?«

Er knirschte mit den Zähnen. »Ich werde normalerweise nicht sauer. Aber verdammt, irgendwas löst du in mir aus.«

Vielleicht war sie nicht die Einzige, die ein wenig aus dem Gleichgewicht war. »Ich trage Hosen oder ein langes Kleid. Und ich trage keine High Heels.«

Er kniff die Augen zusammen. »Habe ich dich gebeten, hohe Absätze zu tragen?«

»Du hast mich um gar nichts gebeten. Du erteilst Befehle.«

Sloane trat zurück, und seine Schultern sackten herab. »Du hast recht. Verflucht.« Er fuhr ihr mit einer Hand durchs Haar. »Okay, das mit den High Heels verstehe ich. Aber es wäre mir sehr viel lieber, wenn du in der Weinkellerei ein Cocktailkleid tragen würdest. Wirst du darüber nachdenken?«

Sie lehnte sich an den Wagen. Spürte das kühle Metall in ihrem Rücken, während der Thermobecher in ihrer Hand warm war. »Ich weiß nicht, ob ich es fertigbringe. Wäre es denn so schlimm, wenn ich Hosen tragen würde?«

Er legte eine Hand aufs Dach und schaute auf sie herab. »Nein. Das Schlimme ist, dass du denkst, du hättest etwas zu verstecken. Es sind deine Narben, Kat. Du hast sie von einem schlimmen Erlebnis. Warum verbirgst du sie?«

Seine ermutigenden Worte konnten die Erinnerungen oder die Demütigungen nicht übertünchen, die ihre Narben ihr einbrachten. Das kleine Mädchen, das in Tränen ausgebrochen war, als es Kats Narben gesehen hatte, und die Gastgeberin bei der Poolparty, die Kat gebeten hatte, sie zu verdecken oder zu gehen. Oder das eine Mal, als sie und David versucht hatten, miteinander zu schlafen, aber er nicht in der Lage gewesen war, seine Erektion aufrechtzuerhalten, und ihrer Behinderung die Schuld gegeben hatte.

Aber das waren letztlich nur Ausreden. Ein Vertuschen der Wahrheit, über die sie nicht nachdenken, geschweige denn reden wollte. Sie platzte heraus: »Ich hatte einen kurzen Rock an in der Nacht, in der wir überfallen wurden. Ich will mich nie wieder so entblößt und verletzbar fühlen.« Sie sah ihn mit einer hochgezogenen Augenbraue an. »In den emotionalen Wunden anderer kannst du herumstochern, weigerst dich aber, mir von so grundlegenden Dingen wie deiner Familie zu erzählen?« Na, wer sagt s denn, die Zicke zurück im Dienst.

Sloane ließ den Kopf sinken. Fast eine Minute verstrich, bevor er den Blick hob. »Die Tätowierung ist meine Narbe. Das S steht für Sara, meine Schwester. Sie ist gestorben.« Er schaute auf seinen Arm hinab. »Ich werde sie nicht vergessen. Niemals.«

Im ersten Augenblick war sie geschockt. Dann verarbeitete sie seine Worte, und Mitgefühl krampfte ihr das Herz zusammen. Ihre Augen brannten. Jetzt verstand sie, warum er nicht über seine Familie sprechen wollte – es tat einfach zu weh. Aber er hatte es ihr mitgeteilt, weil sie über ihre Narben mit ihm geredet hatte. Sie legte ihm eine Hand auf die Brust und spürte das langsame und kräftige Schlagen seines Herzens. »Es tut mir leid.«

Er bedeckte ihre Hand mit seiner und hielt sie fest an sich gedrückt. »Ich kann nicht …«

Sie schüttelte den Kopf. »Ich erwarte nicht von dir, mehr zu sagen.« Sara gehörte ihm, sie war seine Schwester, die er verloren hatte. Das war alles, was er mit ihr teilen konnte. Und das war genug.

Vielleicht war es sogar zu viel. Zeit für sie beide, ein wenig Distanz zu schaffen. Sie musste zur Arbeit, musste an den Ort der Sicherheit, wo sie nachdenken konnte. Denn wenn sie noch länger hier stand, würde sie gefährliches emotionales

Terrain betreten. Trotz seiner Hand, die ihre bedeckte, wusste Kat, dass er das nicht wollte.

Keiner von ihnen wollte es. Das war der Grund, warum sie eine Abmachung hatten.

An Sloane gewandt sagte sie: »Ich werde über das Kleid nachdenken.«

Er ließ ihre Hand los. »In Ordnung«, begann er, da klingelte sein Telefon. Er zog es heraus und schaute auf den Bildschirm. Dann beugte er sich vor und küsste sie. »Mach dich an die Arbeit, kleine Bäckerin.« Er trat zurück, hielt das Handy an sein Ohr und meldete sich mit »Michaels hier«, während er wartete.

Kat ging weg und nestelte an ihren Schlüsseln, um den zu ihrer Ladentür zu finden, während sie gleichzeitig den Kaffeebecher festzuhalten versuchte. Sie ging an der wartenden Limousine vorbei, beachtete sie jedoch kaum, sondern spürte stattdessen Sloanes Blick auf sich ruhen, selbst während er das Telefongespräch führte. Die Sonne ging auf und warf lange Schatten. Der Parkplatz lag seitlich der Konditorei, deren Front zur Straße hinzeigte. Sie hatte einen Hintereingang, aber der Vordereingang war am sichersten, wenn es noch nicht ganz hell war.

Eine Straßenlaterne beleuchtete das Schaufenster der Konditorei. Kat blieb stehen und betrachtete es. *Sugar Dancer Bakery* stand in schimmernden Farben über der Scheibe. Das S am Anfang und das Y am Ende wölbten sich in die Silhouette einer Tänzerin. Wann immer sie es sah, verspürte Kat einen Glücksstich.

Meins. Sie hatte hart gearbeitet, und jetzt hatte sie ihre eigene Konditorei.

Es wurde Zeit, ihre Öfen anzuheizen. Sie drehte sich wieder zur Tür um und schob den Schlüssel ins Schloss.

Eine Hand landete schwer auf ihrer Schulter.

Kat zuckte zusammen und ließ den Thermobecher fallen. Das Herz rutschte ihr in die Hose. Sie wirbelte herum und schaute zu dem Mann auf, der hinter ihr stand.

David.

Was tat er hier? Es ergab keinen Sinn. Er hatte Ringe unter den Augen. Hatte er letzte Nacht überhaupt geschlafen? Was war los mit ihm? Angst schnürte ihr die Kehle zu.

Er ließ die Hand auf ihren Arm gleiten. »Wir müssen reden, Katie. Diesmal ohne Unterbrechungen. Mach die Tür auf.«

Ihre Finger kribbelten und begannen, taub zu werden, und der Rand ihres Gesichtsfeldes färbte sich grau. Sie ließ die Schlüssel fahren, die vom Schloss herunterhingen.

Sie holte tief Luft und sagte sich, dass sie gelassen bleiben und die Kontrolle behalten würde. »Nein. Lass mich los, David. Sofort.«

Er verzog verächtlich die Lippen. »Sei nicht kindisch. Wir müssen über deine Flashbacks reden. Es gibt Dinge, die du nicht verstehst.« Er drückte ihren Arm. »Du musst mir erzählen, woran genau du dich erinnerst.«

Das war nicht in Ordnung. Plötzlich aufzutauchen und Informationen zu verlangen, nachdem er sich jahrelang nicht um sie gekümmert hatte. »Ich habe Nein gesagt.« Ihre Stimme war fester, und ein Ansatz von Stolz erwärmte sie. »Wenn du mir etwas zu sagen hast, nimm die Hand von mir, tritt zurück, und dann werde ich zuhören.«

Er riss sie näher an sich. »Geh hinein. Ich habe nicht die

Absicht, hier draußen zu stehen, damit dein Panzer von einem Freund den Helden spielen kann. Jetzt öffne die Tür.«

Wenn ein Mann nicht die Hände von dir nimmt, nachdem du ihm gesagt hast, er solle dich loslassen, betrachte ihn als eine Bedrohung.

Sloanes Worte hallten in ihrem Kopf wider, und sie reagierte. Sie winkelte den Ellbogen an, da, wo David sie festhielt. Dann machte sie die Windmühle, ruderte mit dem Arm, brach den Griff und schlug seine Hand von ihr weg.

Es funktionierte. Genau wie Sloane es ihr gezeigt hatte. Trunken von ihrem Erfolg schaute sie gerade in dem Moment auf, als David lossprang und sie an den Schultern packte.

Seine Pupillen waren verengt, sein Atem ging schnell. Er bekam rote Flecken im Gesicht. »Lass es dabei bewenden. Ich habe versucht, dich zu beschützen. Halt den Mund und akzeptiere, dass wir in dieser Nacht überfallen worden sind.«

Kat zuckte zurück. Ihre Beherrschung war dahin. Furcht erfüllte sie. »Geh weg von mir!« Es kam heiser heraus, und tief in den Schatten ihres Gedächtnisses schimmerte eine Erinnerung – ein Baseballschläger, der in ihre Richtung schwang.

Oh Gott, stopp!

Konsequenzen, Dr. Burke.

Grauer Nebel engte ihre Sicht ein, bis sie nur noch wie durch einen Tunnel sehen konnte. Ihr wurde flau, und sie kriegte keine Luft mehr. Sie bekam Ohrensausen.

Davids Mund bewegte sich, aber sie konnte ihn nicht hören.

Kämpfe! Befrei dich aus dem Griff!

Verzweifelt klammerte sie sich an diese kaum wahrnehmbare innere Stimme, zwang sich zu atmen, die sich steigernde Panik zurückzudrängen. Ihre Hände waren taub, aber sie musste es versuchen. Sie winkelte die Ellbogen an, schob die Hände zwischen seine Hände auf ihren Schultern und stieß sie weg, um sich aus seinem Griff zu befreien.

David schubste sie rückwärts gegen die Tür. Seine Hände waren abgerutscht, aber jetzt drückte er ihre Arme gegen die Tür, sodass sie nicht gegen ihn kämpfen konnte und in einen panischen Zustand trudelte.

Nein! Sie würde das nicht zulassen. Sloane hatte ihr erklärt, dass Kämpfen sich ebenso auf einer mentalen wie auf einer körperlichen Ebene abspielte. *Denk nach!* Ihre Arme waren bewegungsunfähig, also würde sie ihre Beine benutzen. *Der Kniestoß.*

Auf ihrem guten Bein balancierend, trat sie zu, zielte auf sein Knie. Aber sie traf sein Schienbein. Schmerz durchzuckte ihr Bein. Sie versuchte, sich zu befreien, und krächzte: »Lass mich los!« Zorn trieb sie an, und sie trat erneut zu.

Er zog sie seitwärts und stieß sie gegen die Wand. »Hör auf damit!« Er packte ihre Arme. »Hörst du nicht, was ich …!«

Ein Brüllen, tief und bösartig, schnitt ihm das Wort ab. Bevor Kat es sich versah, wurde David von ihr weggerissen, hochgehoben und weggeschleudert.

Sie wand sich bei dem Geräusch, als er auf dem Pflaster aufschlug und einen Schrei ausstieß. Sloanes Rücken verdeckte ihr die Sicht. Er trug dasselbe Hemd wie gestern Abend, nur dass sich die Nähte jetzt an seinen Schultern spannten, während er seine Muskeln spielen ließ.

»Sie haben mich angegriffen!«, brüllte David Sloane an. »Ich werde die Polizei rufen!«

Kat, die nach Luft schnappte, beugte sich hinter Sloanes

kräftiger Gestalt vor. Sie sah, wie David sich auf die Füße hochrappelte und sich das Blut von einem Kratzer an seinem Arm abwischte. In diesem Moment wünschte sie sich verzweifelt, sie hätte ihn getroffen. Wünschte, sie hätte ihm die Faust in die Nase krachen und ihn bluten lassen. Er jaulte, dass Sloane ihn verletzt habe, dabei hatte er sie wie einen räudigen Hund geschüttelt und ihr schreckliche Angst gemacht. Was zum Teufel war mit ihm los? Vor dem Überfall hatte er sie nie gegen eine Wand geschmettert. Sloane machte einen Schritt auf David zu. »Tu das, Arschloch. Ich habe dich mit deinen Händen auf Kat gesehen. Das Gleiche gilt für meinen Fahrer in der Limousine. Du wirst ins Gefängnis wandern.«

»Ich?« Davids Gesicht erschlaffte vor Schreck. »Ich versuche, ihr zu helfen!«

Sloanes Hände ballten sich an seinen Seiten zu Fäusten, und seine Armmuskeln dehnten und wölbten sich. Selbst seine Unterarme spannten sich an. »Sie haben sie geschüttelt. Haben sie gegen die Wand gestoßen. Sie können von Glück sagen, dass ich Ihnen dafür nicht den Kiefer breche.« Er hielt einen Augenblick inne und fügte in bedrohlich sanftem Ton hinzu: »Fuck, wenn Sie Kat noch einmal anrühren, werde ich es tun.«

David stolperte rückwärts und hielt sich an einer Straßenlaterne fest. Seine Augen waren geweitet, sein Blick irrte umher, als erwarte er von irgendwo Hilfe. Kat betrachtete das alles, so als sehe sie sich eine Fernsehsendung an. Etwas flackerte auf in ihrem Geist, ein Bild von einer anderen Szene. Einer anderen Zeit. *Jemand packte sie, hielt sie genau so, wie David die Laterne umklammerte … Schmerz …*

Dann löste es sich auf, und die Realität kehrte mit Macht zurück; sie schwitzte, und ihr war schwindelig. Ihre Finger kribbelten.

Flashbacks von dem Überfall von vor sechs Jahren. Für gewöhnlich kamen sie in Albträumen. Aber sie bekam sie nie zu fassen, sie entschlüpften ihr immer.

Eine Bewegung erregte ihre Aufmerksamkeit. David huschte davon und verschwand. Sloane drehte sich um und kam auf sie zu. »Lass mich deine Arme sehen, wo er dich gepackt hat, Kat. Bist du verletzt?«

»Nein!« In ihrem verzweifelten Bemühen, die Kontrolle nicht zu verlieren, sagte sie: »Lass mich.« Alles brach über sie herein. Die Flashbacks, die Panik, ihr Unvermögen, gegen David zu kämpfen, und ein grimmiger, hässlicher heißer Zorn. Ihr war nicht klar gewesen, *wie sehr* sie David inzwischen hasste. Ihre Hilflosigkeit machte ihr zu schaffen, sie konnte sich nicht daran erinnern, was in der Nacht des Überfalls passiert war, er hatte nicht nur sie belogen, sondern auch ihre Familie. Der Vorfall von vorhin bewies es – er wünschte sich verzweifelt, dass sie sich nicht erinnerte.

Und Sloane ragte dort vor ihr auf, schien überlebensgroß und hatte sie einmal mehr gerettet. Wenn er sie berührte, würde sie zusammenbrechen, die Kontrolle verlieren. Würde sich in seine Arme werfen und nach der Stärke suchen, an der es ihr mangelte.

Allein der Gedanke daran verursachte ihr Übelkeit. Sie würde aufhören, Kat zu sein, die Frau, die sie um alles in der Welt sein wollte, und sie würde wieder Katie werden, unsicher und voller Sehnsucht nach einem Fünkchen Zuneigung.

Sloane blieb einige Schritte von ihr entfernt stehen und hielt die Hände bei sich. »Ich werde nicht näher kommen. Sag mir nur, ob alles okay ist mit dir.«

Seine Freundlichkeit, sein Verständnis gaben ihr beinahe den Rest. Die Tränen kamen ihr hoch, und in ihrer Kehle saß ein Kloß. Sie konnte ihre Schwäche doch einfach zulassen, konnte andere für sie sorgen lassen, ihre Entscheidungen treffen …

Sie würde ein Nichts sein. Genau das, wofür ihre Familie sie hielt.

Sie hielt durch, streckte ihren Rücken. »Du solltest mir beibringen, auf mich selbst aufzupassen. Du sollst nicht für mich in den Kampf ziehen, das war nicht der Deal.« Sie würde sich sonst daran gewöhnen, sich auf ihn zu verlassen, und wenn die Dinge zwischen ihnen endeten, würde er davongehen …

Und all die Risse in ihr würden weit aufbrechen. Außerstande, sich dem Ganzen weiter auszusetzen, drehte sie sich um und blieb stehen, als ein stechender Schmerz durch ihr Knie fuhr. Sobald das Schlimmste vorüber war, entdeckte sie ihre Schlüssel, die noch im Schloss steckten. Schnell öffnete sie die Tür, hinkte hinein, zog sie zu und sperrte sie ab.

Sperrte Sloane, David und die Welt aus.

Und sich selbst ein.

Ohne zurückzuschauen, ging sie in ihre Backstube, knipste das Licht an und sank mit ihrer Handtasche, die immer noch von ihrer Schulter hing, auf ihren Hocker. Zitternd legte sie die Hände auf die Arbeitsfläche aus Edelstahl.

In der Behaglichkeit ihrer Backstube kam sie allmählich zur Ruhe, ihre wilde Panik ebbte ab, und ihre sich überschlagenden Gedanken ordneten sich allmählich. Sie bekam endlich richtig Luft und konnte wieder klar sehen.

Sie hatte versagt. Sie hatte sich von David in die Enge treiben lassen und dann eine ausgewachsene Panikattacke gehabt. Statt das, was Sloane sie lehrte, effektiv umzusetzen, hatte sie alles durcheinandergeworfen und obendrein sogar das falsche Bein benutzt, um ihn zu treten. Hatte danebengetroffen.

Und was noch viel schlimmer war, als sie Sloanes erzürnte Stimme hörte und sah, wie David von ihr weggerissen wurde, war sie erleichtert gewesen. Froh.

Sie hatte sich auf diese Bekanntschaft mit Sloane eingelassen, in der Hoffnung, stärker zu werden. Zu lernen, auf sich selbst aufzupassen.

Sich nicht auf einen Mann zu verlassen. Welchen auch immer. Niemals. Ihr Handy piepte und kündigte eine SMS an. Sie ignorierte das beharrliche Pochen in ihrem Bein, streifte ihre Handtasche von der Schulter und zog ihr Handy heraus. Die Nachricht war von Sloane.

Ich muss wissen, ob es dir gut geht.

Sie starrte einige Minuten lang auf diese SMS. Schließlich tippte sie ihre Antwort. *Ich bin nicht verletzt.* Ihr Bein zählte nicht, das war mittlerweile einfach nur ein Teil von ihr. Sie schickte die SMS ab und fragte sich, wo Sloane war. War er abgefahren? Saß er vor dem Haus?

Ihr Telefon piepte wieder.

Kat sah sich die Antwort an und erbleichte. War dieses Abkommen zwischen ihnen ein Fehler? War sie wirklich stark genug, um von Sloane Michaels vereinnahmt zu werden? Sie las die Nachricht noch einmal durch.

Wenn er dich noch einmal anrührt, wird er das bitter bereuen. Solange wir zusammen sind, gehörst du zu mir. Ich beschütze, was zu mir gehört.

14

Er hatte ihr drei verdammte Tage Zeit gelassen – wehe, sie war nicht da. Sloane Michaels riss die Tür zu seinem *SLAM Fitness- und Trainingscenter* in San Diego, Kalifornien, auf und schritt hinein.

Im öffentlichen Bereich des Fitnessstudios vibrierte die Luft von schweißtreibender Kraftanstrengung. Musik stampfte, Gewichte klirrten, und Stimmen wogten in einem Rhythmus, der ihm so vertraut war wie sein eigener Atem. Sloane, der knapp nickte, als er hier und da gegrüßt wurde, konzentrierte sich auf seine Jagd nach der einzigen Person, die er sehen wollte.

Sein Blut war in Wallung, er war auf Krawall gebürstet und darauf aus, zu kämpfen oder zu vögeln. Seit er die Nachricht bekommen hatte, dass der Mörder seiner Schwester als freier Mann aus dem Gefängnis spaziert war, lagen seine Nerven blank. Er musste sich jetzt mehr denn je auf sein Ziel konzentrieren. Ablenkungen konnte er nicht gebrauchen.

Und Kat Thayne war eine höllische Ablenkung.

Aber er konnte sie nicht vergessen, bekam weder den Geschmack von ihr aus dem Mund noch das Gefühl von ihr aus dem Sinn. Er war wie besessen von ihr, sie ging ihm Tag und Nacht nicht aus dem Kopf.

Genug davon. Er musste sie jetzt finden. Entschlossen suchte er das Fitnessstudio nach Kat ab.

Sie war nicht aufgetaucht. Er konnte sie nirgends entdecken. Hatte ihr Wagen auf dem Parkplatz gestanden? Er war so darauf fixiert gewesen, zu ihr zu gelangen, dass er sich nicht einmal die Zeit genommen hatte, um nachzusehen.

Geh nach Hause. Ich brauche dich nicht, um das in Ordnung zu bringen. Ich muss jetzt stark sein, und ich bin mir nicht sicher, ob ich das in deiner Nähe überhaupt kann. Ihre Worte vom Sonntag hallten in seinem Kopf wider, während ihre schönen, aber gepeinigten Augen ihn verfolgten.

Das konnte er so nicht hinnehmen. Sie hatten ein Abkommen geschlossen, und sie würde verdammt noch mal ihren Teil einhalten. Er würde nicht zulassen, dass ihr Arschloch von Exverlobtem es vermasselte. Kat wollte stark genug werden, um mit diesem Mistkerl fertigzuwerden? Dann sollte sie mit ihm trainieren. Sloane drehte sich um, um zu gehen. Wenn sie nicht den Mumm hatte aufzutauchen, würde er sie holen.

Sherry an der Rezeption fing ihn ab. »Mr Michaels.«

Er widerstand dem Drang, einfach an ihr vorbeizurauschen. Er wollte nur eins – Kat finden und sie hierherzerren, um zu trainieren oder um sie aufs nächste Bett zu werfen.

Sie waren noch nicht fertig miteinander. Er brauchte sie, musste beenden, was sie begonnen hatten, damit er den Kopf frei bekam.

Aber Sloane hatte sein *SLAM-Inc.*-Imperium nicht aufgebaut, indem er jede Selbstbeherrschung vermissen ließ. »Was kann ich für Sie tun, Sherry?«

Das Mädchen trat zurück. »Ähm, Ms Thayne ist in dem privaten Trainingsraum. Sie wirkte nervös, daher dachte ich, dass sie sich dort am wohlsten fühlen würde.«

Unermessliche Erleichterung überkam ihn, sein Unterkiefer, sein Hals und seine Schultern entspannten sich. »Danke.« Er wirbelte herum, ging zu der Tür, tippte den Code ein und betrat den Raum.

Himmel!

Sloane blieb fast das Herz stehen bei dem Anblick. Kat lag bäuchlings auf der blauen Trainingsmatte, ihr braunes Haar mit den violetten Strähnen hatte sie zu einem Pferdeschwanz gebunden, was ihn ihre iPod-Ohrstöpsel sehen ließ. Ihre Augen waren geschlossen, während sie Yoga-Dehnübungen machte. Als sie sich zum Hund erhob und ihr Gesäß nach oben reckte, ließ die Anmut ihrer schmalen Silhouette seinen Mund trocken werden.

Alles war gestreckt, bis auf ihr rechtes Bein. Das hatte sie gebeugt, um den Platten und Schrauben Platz zu lassen, die ihr Schienbein zusammenhielten.

Kat stellte sich auf, streckte die Arme aus und bog sich rücklings zu einer Brücke hinunter. Die Wölbung offenbarte einen Streifen ihres flachen Bauchs von ihren Hüftknochen bis zu ihren Rippen. Ihre Hose schmiegte sich eng um ihre Hüften und das V ihrer Oberschenkel.

Sloane sehnte sich schmerzlich danach, sie zu berühren. Ihr Anblick wärmte seine kalte, dunkle Magengrube, den Ort, an den er alles Üble geschoben hatte: dass sein Mentor im Sterben lag und ein Mörder frei herumlief. Sloane entledigte sich seiner Schuhe und Socken und kam über die Matte, gerade als Kat sich aufrichtete.

Ihre Augen weiteten sich zu blaugrünen Seen. »Oh, ich habe dich gar nicht hereinkommen hören.« Sie zog ihre Ohrstöpsel heraus.

Sein Schwanz schwoll an, pulsierte. Sloane legte die Hände um ihre Taille, und der Streifen nackter Haut ließ seine Finger kribbeln.

»Bloß gut, dass du aufgetaucht bist.« Er schaute ihr in die Augen und versuchte, ihren Schutzwall zu durchdringen. Sloane war an dieses Verlangen in sich nicht gewöhnt, diesen Zwang, ihr bis in die Seele blicken zu wollen.

Nicht nur ihren Körper zu wollen, sondern alles von ihr.

Er strich ihr mit dem Daumen über den Bauch. »Ich bin nicht bereit, dich gehen zu lassen. Noch nicht.« Kat rührte an etwas lange Verschüttetem in ihm und führte ihn in Versuchung. Aber seine Lust würde erlöschen, das tat sie immer. Zu denken, es sei mehr, war bestenfalls töricht. Schlimmstenfalls gefährlich.

Sie schnappte nach Luft und wurde rot. »Es war nicht deine Entscheidung. Es war meine.«

Vielleicht war es für sie eine Entscheidung. Für ihn war es ein Zwang. »Was hat dich zu dieser Entscheidung getrieben?«

Ihr Bauch spannte sich unter seinen Fingern an. »Ich bestimme, was in meinem Leben geschieht, und dies ist, was ich will. Vielleicht habe ich es nicht geschafft, David diesmal aufzuhalten, aber beim nächsten Mal werde ich nicht versagen. Ich will lernen, mich zur Wehr zu setzen.«

Das war es, was ihn mit magnetischer Kraft zu ihr hinzog. Sie wollte nicht gerettet werden, Kat wollte sich am eigenen Schopf aus dem Sumpf ziehen. Das fesselte ihn wie nichts sonst. Seine Mutter gab Sloane noch immer die Schuld daran, was aus ihrem Leben geworden war. Gab allen außer sich selbst die Schuld.

Nicht so Kat. Sie arbeitete daran zu ändern, was ihr nicht

gefiel. Und wenn sie etwas nicht ändern konnte, wie den Schaden an ihrem Bein, passte sie sich an.

Sloane senkte den Kopf und atmete ihren Duft ein. Sie musste bei der Arbeit heute Zimtbrötchen gebacken haben. Ihm wurde der Mund wässrig bei dem Gedanken, ihr die Haut abzulecken und nach irgendwelchen Spuren von Zimt zu suchen. »Ist das der einzige Grund, warum du hier bist? Um zu lernen, wie man kämpft?« Er brauchte Bestätigung von ihr, musste wissen, dass er die gleiche Wirkung auf sie hatte wie sie auf ihn.

»Nein.«

Er bedrängte sie weiter, bohrte nach. »Was willst du sonst noch?«

»Dich. Es gefällt mir, wie ich mit dir über meine Grenzen hinausgehe.« Sie schluckte. »Über alle. Körperliche und sexuelle.«

Die Luft im Raum zischelte von der Verbindung zwischen ihnen, die wie ein elektrischer Lichtbogen war. Er musste ein wenig Kontrolle über sich gewinnen, bevor sie ihn mit ihrer Ehrlichkeit und ihrem Vertrauen in die Knie zwang.

»Du bist jetzt in meinem Fitnessstudio, kleine Bäckerin. Es ist Zeit, einige dieser Grenzen zu verschieben.«

Die Verletzlichkeit in ihren Augen verwandelte sich in Entschlossenheit. »Ich habe meine Dehnübungen gemacht. Ich bin bereit zu arbeiten.«

»Noch nicht.« Seine Stimme war heiser.

»Nicht?« Sie legte den Kopf in den Nacken und sah ihn an.

»Nicht, ehe ich dich geküsst habe.« Er berührte mit seinem Mund den ihren, küsste sich bis zu ihrem Ohr hinauf. »Du begehrst mich, wie ich dich begehrt habe. Drei beschissene

Tage lang.« Und Nächte. Selbst während er trainiert hatte, etwas, das ihm vor Kat noch nie passiert war.

Ihr Erschauern, das zeigte, wie sie auf ihn ansprach, erregte ihn noch mehr. Sloane drückte ihren Kopf zurück, um ihren Mund in Besitz zu nehmen. Gott, ihr Geschmack. So außergewöhnlich, dass er seinen Ansturm verlangsamte, um ihn auszukosten und sanft an ihrer Zunge zu saugen.

Sie war wie Wachs in seinen Armen und krallte die Finger in sein Haar.

Das Ziehen an seiner Kopfhaut schoss durch seinen Körper bis hinunter zu seinen Lenden. Er umfasste mit beiden Händen ihre Hüften und hob Kat hoch, um seinen harten Schwanz gegen das heiße Zentrum zwischen ihren Beinen zu pressen.

Kat schlang die Schenkel um seine Taille und stöhnte in seinen Mund und schoss die letzten Überreste seiner Kontrolle in den Wind.

Entweder er hörte jetzt auf, oder er würde sie hart an der Wand des Trainingsraums nehmen. So verführerisch das war, es würde nicht passieren, nicht, solange die Möglichkeit bestand, dass jemand hereinkommen konnte. Die nackte Kat war nur für seine Augen bestimmt. Dies mochte etwas Vorübergehendes sein, aber er würde sie verdammt noch mal beschützen, solange sie zu ihm gehörte. Er löste sich aus dem Kuss, aber ihre von Verlangen geweiteten Pupillen machten es ihm nicht leichter. Dann legte er seine Stirn an ihre und holte tief Atem. »Jetzt sind wir aufgewärmt.«

Er wollte sie nicht absetzen. Verdammt, wenn er damit durchkäme, würde er sie in sein Haus entführen, sie beide in seinem Schlafzimmer einsperren und sich in ihr verlieren.

Für Stunden oder Tage, so lange wie es dauerte, um das verzweifelte Verlangen zu stillen, das in ihm brannte.

»Fürs Training oder für Sex?« Ihr Atem strich über sein Gesicht, während ihre neckenden Worte tiefer gingen.

»Beides. Training zuerst.« Er wusste, wie wichtig es für sie war. Kat musste ihre Panikattacken überwinden. »Und danach werden wir duschen, etwas zu Abend essen, und dann werde ich dich nackt ausziehen und dafür sorgen, dass du so bleibst.«

Und zwar so lange, wie es dauerte, das gegenseitige Begehren zu stillen, damit er sich auf das konzentrieren konnte, was er tun musste.

Seine Schwester rächen.

Blicke folgten ihnen an den Tisch, blieben an ihnen haften, aber Kat ignorierte die Gaffer entschlossen. Diese neugierigen Augen sahen nicht sie an. Nein, es war der ein Meter fünfundneunzig große, attraktive Mann neben ihr, der die allgemeine Aufmerksamkeit erregt hatte, seit sie den »Schmelztiegel« betreten hatten.

Sloane beanspruchte nicht nur den größten Teil der Sitznische, sondern auch zu viel Raum in ihren Gedanken. Drei Tage lang hatte sie an kaum etwas anderes gedacht als an ihn und ihre Verabredung. Als Sloane sie vor David gerettet hatte, hätte sie sich am liebsten blind in seine Arme geworfen. Dieses Verlangen, sich auf ihn zu verlassen, hatte ihr eine schreckliche Angst eingejagt. Es war allzu verführerisch, sich auf ihn zu stützen. Sie befürchtete, dass sie sich verlieren würde, dass sie es aus den Augen verlieren würde, daran zu arbeiten, die Frau zu werden, die sie sein wollte.

Kat hatte sich zurückgezogen. Aber jetzt war sie wieder da, hier bei Sloane.

»Koste mal das Spinat-Artischocken-Fondue.«

Sie schüttelte ihre Gedanken ab und konzentrierte sich auf Sloane, der ihr eine Gabel mit einem von einer fettigen Soße triefenden Brotstück hinhielt.

Er grinste. »Jetzt habe ich deine Aufmerksamkeit.«

»Du hast sie nie verloren.« Mist. Das hätte sie ihm wahrscheinlich nicht sagen sollen.

Nachdem er die Gabel hingelegt hatte, beugte Sloane sich dicht zu ihr, seine sienafarbenen Augen blitzten. »Du hast an mich gedacht.«

»Zu viel.« Er erlaubte ihr nicht, sich an diesen sicheren Ort in ihrem Kopf zurückzuziehen, wo sie sich von Lust oder Schmerz distanzieren konnte. Es machte das Zusammensein mit ihm berauschend und Furcht einflößend. »Und dann bin ich drei Tage lang … zurück in diesen tauben grauen Zustand gefallen.« Kat wollte kein Feigling mehr sein, der sich vor Zurückweisung fürchtete, vor Kritik und Panikattacken. Sie wollte nicht einfach existieren, sie wollte *leben*.

»Hast du jetzt Zugang zu deinen Gefühlen?«

Wegen seiner tiefen Stimme und unter seinem sengenden Blick überlief es sie heiß. »Ja.«

Er hatte etwas Herausforderndes. »Ich werde dir nicht erlauben, dich zurückzuziehen. Ansonsten komme ich hinter dir her. Hörst du mich, Kätzchen?«

Ihr Puls beschleunigte sich. Er hatte das schon früher getan, sie in die Enge getrieben und verspottet, bis sie sich gewehrt hatte. Sie hatte Gefallen daran gefunden und war berauscht gewesen von dem machtvollen Gefühl. Doch sie hatte die ultimative Waffe. »Ich kann klopfen.« Damit war sie auf der sicheren Seite.

Er beugte sich vor und streifte ihren Mund mit seinem. »Immer.« Sloane griff nach einer sauberen Gabel und tunkte einen weiteren Brotwürfel in die Soße. »Iss.« Er schob das Brot in ihren Mund.

Der kräftige, würzige Geschmack entfaltete sich auf ihrer Zunge.

»Gut?«

»Oh ja.« Besser als irgendetwas, was sie in den letzten Tagen gegessen hatte.

»Wenn du so weitermachst, werde ich nicht in der Lage sein aufzustehen und zu gehen.«

Zumindest war sie nicht die Einzige, die vor Verlangen verging. Kat tunkte eine Gemüsescheibe in den Topf. »Scheint ein wiederkehrendes Problem zu sein. Es ist mir schon im Fitnessstudio aufgefallen.«

»Im Fitnessstudio warst du die unmittelbare Ursache dafür.«

Sie war höllisch nervös gewesen bei dem Gedanken, ihn wiederzusehen. Was, wenn ihre gegenseitige Anziehung erloschen war? Was, wenn er das Interesse verloren hatte? Dann hatte er sie geküsst, und all ihre Zweifel hatten sich in Luft aufgelöst. »Und doch hast du darauf bestanden, dass wir trainieren, duschen und essen.« Sie war bereit gewesen, das Essen zu überspringen.

»Ich habe Hintergedanken, warum ich dich füttere.« Er führte sie mit einem neuen, in die Soße gestippten Stück Brot in Versuchung. »Iss auf, kleine Bäckerin, du wirst die Energie brauchen, um zu *fühlen*.«

Er war so unerschütterlich selbstsicher, und wie auch nicht?

Ein einziger Kuss, und sie war in quälendem Verlangen dahingeschmolzen. »Tut mir leid, ich bin zu müde für weitere anstrengende Trainingseinheiten nach den anderthalb Stunden Übungen, die du mich hast durchlaufen lassen.«

Er spielte mit einer Locke ihres Haares. »Das kaufe ich dir nicht ab, Kat. Du liebst es zu trainieren. Wenn ich nicht Schluss gemacht hätte, wären wir immer noch im Fitnessstudio. Du hast mehr Elan als manche Kämpfer, die bei Meisterschaften antreten.«

Geistesabwesend rieb sie ihr Bein. Furcht davor, wieder ein hilfloses Opfer zu sein, regte sich in ihr. »Ich muss besser werden. Ich glaube, sobald ich weiß, wie man sich in einer gefährlichen Situation zu verhalten hat, und das auch noch entsprechend umsetzen kann, werden meine Panikattacken ein für alle Mal verschwinden.«

Neugier blitzte in seinen Augen auf. »Was überzeugt dich davon?«

»David.« Sie hatte einige Tage Zeit gehabt, eine bessere Sicht auf die Dinge zu gewinnen. Sie war nicht dabei gescheitert, auf sich selbst aufzupassen, sondern hatte vielmehr Schritte unternommen mit dem Ziel, an Stärke zu gewinnen. Sie hatte David zum ersten Mal die Stirn geboten, und darauf war sie stolz. »Ich habe es einmal geschafft, mich aus seinem Griff zu befreien. Und es hat sich verdammt gut angefühlt. Es war das erste Mal, dass ich das Gefühl hatte, die Kontrolle zu haben, seit wir beide angeblich überfallen wurden.«

Ein Überfall, der kein Überfall war. Zumindest sie glaubte es nicht. David wollte nicht, dass ihre Erinnerungen an diese Nacht zurückkehrten, aber Kat wollte es umso mehr. Sie musste die Wahrheit herausfinden.

Sloane lächelte. »Darauf möchte ich wetten.«

»Aber dann hat David mich angefallen und mich gegen die Wand gedrückt. Ich habe einen Kniestoß versucht, doch ich habe es vermasselt.« Stirnrunzelnd gab sie zu: »Das war der Moment, in dem ich die Fassung verlor und in Panik geriet. Aber wenn ich genug trainiere, wird es irgendwann zu einem Reflex werden.« Sie klang entschlossen. »Dann werde ich wissen, was zu tun ist, und nicht in Panik geraten.«

»Du wirst ihm eines Tages kräftig in den Arsch treten. Und ich werde dabei zusehen.«

Das verblüffte sie so sehr, dass sie lachen musste. »Nun, diese Woche ist er in Sicherheit, da ist er an der Ostküste. Und ich trainiere nach wie vor.«

Sloane hatte recht, sie liebte es, zu trainieren und sich die Methoden anzueignen, um ihre Panik zu besiegen. Es hatte eine Weile gedauert, aber Kat hatte fast den Punkt erreicht, an dem sie sich eine Zukunft vorstellen konnte, in der sie keine Angst davor haben würde zu leben.

Sloane schob seinen Teller beiseite. »Du wirst dein Ziel erreichen, Kat. Aber es braucht Zeit und Übung.« Er lehnte sich zurück, als die Kellner kamen, um die Appetithäppchen wegzuräumen und das Abendessen zu servieren. Kat machte sich über ihre Goldmakrele her und testete die Dips, während Sloane sein Steak und den kalten Hummer in Angriff nahm. Aber ihre Gedanken drehten sich immer noch ums Training. »Wie bist du so gut geworden?« Sie wedelte mit der Hand in seine Richtung und fügte hinzu: »Abgesehen davon, dass du von der Veranlagung her groß und muskulös bist. Wie hast du dir das alles angeeignet?« Er hatte nicht nur drei UFC-Meisterschaften gewonnen, er hatte auch

SLAM Inc. aufgebaut. Was hatte diesen Ehrgeiz in ihm geweckt?

Sloane legte ein Stück Hummer auf ihren Teller. »Ich bin in Armut und einer rauen Umgebung aufgewachsen. Davon abgesehen habe ich zwei schwarze Gürtel. Das hat mir nicht nur geholfen, meine Fähigkeiten zu entwickeln, sondern auch Disziplin zu üben.«

Kat vergaß ihr Essen. »Zwei schwarze Gürtel?« Oh, sie wollte unbedingt weitere Fragen nach seiner Jugendzeit stellen. Sie hatten jedoch die Vereinbarung, dass sie lediglich als seine Begleiterin auftrat, und sie keine Beziehung aufbauten, daher erstickte sie ihre Neugier.

»In Jiu-Jitsu und Taekwondo.« Er warf einen Blick auf ihren Teller und tippte ihre Hand an. »Probier von dem Hummer.«

Kat tunkte den Hummer in Sloanes Soße, während sie über die Ernsthaftigkeit und Hingabe nachdachte, die notwendig gewesen sein mussten, um schwarze Gürtel in zwei verschiedenen Disziplinen zu erwerben. »Was hat in dir den Wunsch geweckt, ein Kämpfer zu werden?«

Er konzentrierte sich weiter darauf, sein Steak zu schneiden. »Ich bin zu einem UFC-Kampf gegangen und habe meine Leidenschaft entdeckt.«

Eine oberflächliche Antwort. Und ärgerlich. »Sehe ich aus wie ein Reporter?«

Er zog überrascht die Augenbrauen hoch. »Was willst du damit sagen?«

»Das war deine Standardantwort für deinen Lebenslauf und für Interviews. Ich würde gern etwas mehr über den Mann wissen, mit dem ich schlafe.« Er gab ihr das Gefühl, sie zu verstehen. Sie wollte ihn ebenso gut kennen.

Er starrte sie an, bis sie unbehaglich auf ihrem Stuhl hin und her rutschte.

»Na schön, du brauchst es mir nicht zu erzählen.« Abgeschreckt von seinem Schweigen aß sie mechanisch weiter. Es spielte keine Rolle, sie fragte hier schließlich nicht den Mann aus, mit dem sie ihr Leben verbr…

»Es gefiel mir nicht, nichts zu essen zu haben, und ich habe es verdammt noch mal gehasst, unsichtbar zu sein oder bemitleidet zu werden.« Seine Stimme war so dunkel wie seine Augen. »Die Leute wollen dich nicht sehen, wenn du arm oder obdachlos oder verzweifelt bist. Glaub mir, genau das führt dazu, dass sie dich sehen. Als ich zwölf oder dreizehn war, war ich ein wütendes Sorgenkind auf dem Weg in einen frühen Tod oder ins Gefängnis.«

Sie litt, wenn er litt, und schlang die Hand um seinen stahlharten Unterarm. Was sollte sie sagen? Sie war in einer reichen Familie aufgewachsen, und er wusste es. Ihre Herkunft hätte unterschiedlicher nicht sein können. Und doch war heute Sloane derjenige, der in sich ruhte, und Kat hatte nichts als Probleme. Wenn das keine Ironie war!

»Ich habe einen Mann kennengelernt, der mich mit verschiedenen Kampfsportarten und dem UFC bekannt gemacht hat. Das war mein Ticket aus der Misere.« Die hässlichen Erinnerungen, die seine Augen trübten, verblassten. »Ich habe all den Zorn in mein Training gesteckt, in dem Wissen, dass ich es eines Tages schaffen würde.«

Er hatte sich aus einem Leben in Armut herausgekämpft. Kat tat nicht so, als könne sie das wirklich verstehen, aber sie wusste, wie es war, für etwas verurteilt zu werden, auf das man keinen Einfluss hatte. »Du hast es geschafft. Und du hast es geschafft, dass die Leute dich als das sehen, was du aus dir gemacht hast, und nicht als das, wo du herkommst.«

Sloane drehte den Arm und hielt ihre Hand fest. »Du lockst mehr Scheiß aus mir heraus als irgendjemand sonst.«

Oh, das gefiel ihr, selbst wenn er das anders sah. »Das scheint mir nur fair zu sein, da du das Gleiche bei mir machst.«

»Bereit fürs Dessert?«

Die Stimme des Kellners erklang so unvermittelt, dass Kat zusammenzuckte.

Sloane schaute auf ihren Teller. »Wir sind so weit.«

Während der hektischen Aktivität, als die Teller abgeräumt wurden und der Dessertwagen herangeschoben wurde, um ein Fondue aus Milchschokolade, Karamell und Pekannüssen zu servieren, hielt Sloane seine Aufmerksamkeit auf sie gerichtet.

Als sie wieder allein waren, wählte er eine Erdbeere aus, tunkte sie in die Soße und hielt sie Kat hin. »Mund auf.«

Außerstande, der Versuchung zu widerstehen, biss sie in die tropfende Frucht. Wunderbar. Noch besser jedoch war die Art, wie Sloane ihr das Gefühl gab, normal und begehrenswert zu sein. Sie brauchte sich nicht nach Leibeskräften zu bemühen, um sich einzufügen, brauchte nicht jedes Wort auf die Goldwaage zu legen. Sie genoss den Moment – und Sloanes ungeteilte Aufmerksamkeit – und wählte eine Bananenscheibe für Sloane aus.

Er aß die Scheibe, dann hielt er Kats Handgelenk fest und leckte einen Tropfen Schokolade ab.

Sie erschauerte unter dem warmen, feuchten und leicht rauen Gefühl seiner Zunge, und ihre Brustwarzen wurden hart.

»Du schmeckst besser als jedes Dessert.« Sein Blick brannte auf ihrer Haut. »Iss weiter. Ich habe Hintergedanken, du erinnerst dich?«

Sie war bereit gewesen, seit er sie im Trainingsraum geküsst hatte. »Ich habe genug gegessen. Außerdem ist es nicht das Dessert, auf das ich Appetit habe.«

Binnen Minuten waren sie draußen in der kühlen Abendluft und gingen zum rückwärtig gelegenen Parkplatz. Nachdem Sloane dem Parkwächter seine Schlüssel gegeben hatte, führte er Kat ein Stück zur Seite. Menschen liefen um sie herum, aber er konzentrierte sich nur auf sie. »Komm mit mir nach Hause, Kat. Ich will dir mein Gesundheitszeugnis zeigen.«

Ihr stockte der Atem. Sie hatte ganz vergessen, dass sie darüber gesprochen hatten. »Ich habe meinen Wagen nicht da.« Sie war nach dem Training nach Hause gefahren, um zu duschen, und Sloane hatte sie dort abgeholt.

Er legte die Hand um ihren Nacken und beugte sich herab. »Vertrau mir, dass ich dich nach Hause bringen werde, wenn du gehen willst.«

Sie konnte ihm vertrauen. Das hatte er bewiesen. Wann immer Kat eine Grenze zog, hielt Sloane sich daran. Es gefiel ihm nicht immer – wie am letzten Sonntagmorgen, als sie ihm gesagt hatte, dass sie ein paar Tage Zeit brauche, um herauszufinden, ob sie diese Verabredung zwischen ihnen einhalten konnte –, aber er hatte sich daran gehalten. »Okay. Ich werde mit dir nach Hause fahren. Aber ich habe nichts, womit ich dir meine Unbedenklichkeit beweisen könnte.« Vor Erregung kribbelte es in ihrem Bauch, sowohl wegen der Aussicht, sein Zuhause zu sehen, als auch wegen der Erwartung, mit ihm allein zu sein. Ein winziger Schauer lief über ihren Rücken.

Er strich mit seinem Mund über ihren. »Deine Auszeit vom Sex genügt mir.«

Er vertraute ihr ebenfalls. Das half ihr, sich zu entspannen und den Moment zu genießen. »Wow, ein Pluspunkt dafür, aus der Übung zu sein.«

Sloanes *Mercedes* wurde vorgefahren.

Der Parkwächter sprang heraus, lief auf die Beifahrerseite und öffnete ihr die Tür. »Bitte sehr, Miss.«

Sloane trat zurück, und Kat machte einen Schritt vorwärts, den Blick darauf gerichtet, wie der Mann die Tür aufhielt ... sie stolperte und schlug mit den Händen auf die warme Motorhaube des Wagens. Eisiges Entsetzen durchfuhr sie. Sie bekam Ohrensausen. Dicke graue Linien wellten sich vor ihren Augen. Kat presste die Augen zu und kämpfte gegen die Attacke.

Ein Wagen, der ausrollte, jemand, der die Tür aufhielt. Ein Mann, der ausstieg.

Etwas bedeckte ihren Mund. Kat konnte nicht atmen. Sie wehrte sich, aber ihre Arme wurden hinter ihrem Rücken festgehalten.

»Stopp! Oh Gott, Stopp!«, schrie David.

»... Konsequenzen, Dr Burke.«

Ein Baseballschläger schwang auf sie zu ...

Nein. Sie würde sich nicht von der Panik überwältigen lassen, und sie riss die Augen auf. Dann richtete sie sich auf und versuchte, sich zu orientieren.

Der Parkwächter kam auf sie zugeeilt.

Sie sprang zurück, weil sie nicht wollte, dass er sie berührte, und sie strauchelte. Ein Arm legte sich um ihre Schultern. »Kat, ganz ruhig.«

Sloane. Seine Wärme strömte durch sie hindurch, dämpfte ihr Entsetzen und drängte die Panik zurück.

»Ich habe sie.« Er führte sie an dem Parkwächter vorbei und half ihr auf den Sitz.

Sekunden später schloss Sloane sich mit ihr im Auto ein und nahm ihre Hände in seine. »Du frierst.« Er zog sich seinen schwarzen Pullover über den Kopf und legte ihn wie eine Decke um sie. Dann ließ er den Wagen an und schaltete die Heizung ein, bevor er auf die Straße einbog.

Sloanes warmer Pullover roch nach ihm. Es half, sie zu beruhigen, genau wie seine Stimme und seine Berührung ihre Panik durchbrochen hatten. Sie wünschte, er würde sie in seine Arme ziehen und sie festhalten, und hasste sich dafür. Entschlossen, ihre Schwäche zu besiegen, versuchte Kat zu verstehen, was gerade passiert war. »Konsequenzen.« Sie versuchte, das Wort in einen Zusammenhang zu bringen, aber es führte nur dazu, dass sich ihr fast der Magen umdrehte.

»Was?«

Sie war noch nicht bereit, über Einzelheiten zu reden. »Es war ein Flashback. Ein heftiger. Und so unvermittelt, dass ich gestolpert bin.«

Er ergriff ihre Hand. »Alles in Ordnung? Was ist mit deinem Bein?« »Alles bestens.« Abscheu und Wut über sich selbst legten sich schwer auf ihre Brust. Hatte sie sich nicht gerade im Stillen zu ihrer beinahe vollständigen mentalen Genesung gratuliert? Und hier saß sie nun, zitternd wie ein verängstigtes Kind. »Ich führe mich und den Mann, mit dem ich zusammen bin, in aller Öffentlichkeit vor, die perfekte Krönung des Abends.«

Seine Kinnpartie verhärtete sich, und seine Schultern

dehnten das weiße T-Shirt, während die Adern auf den harten Muskeln seiner Unterarme hervortraten.

Sie entriss ihm ihre Hände. »Du bist sauer.« Natürlich war er sauer. Hätte sie sich nicht einen Abend lang zusammenreißen können? »Du kannst mich zu Hause absetzen.«

Schweigen.

War das nicht allzu vertraut? Das Schweigen, das Enttäuschung signalisierte. Ihre Eltern verstanden sich meisterhaft darauf. Sie ignorierten sie jetzt, weil sie sich mit Sloane traf und weil sie verlangte, dass sie David von ihr fernhielten. Kat lehnte den Kopf zurück, entschlossen, Sloane in Ruhe zu lassen. Er hatte nichts falsch gemacht, hatte sogar versucht, nett zu sein. Sie war diejenige, die sich zickig benahm.

»Du brauchst die Auseinandersetzung, und ich bin froh, dass ich dir dabei helfen kann.«

Ihre Kehle schnürte sich zu, und sie knirschte mit den Zähnen, um den Drang zu unterdrücken, in Tränen auszubrechen. Sie musste sich fühlen, musste gegen die Hilflosigkeit ankämpfen, und Sloane sah ihr das an. Es war so viel einfacher, wenn sie sich zurückzog und dem Schmerz der Zurückweisung und des Versagens nicht ausgesetzt war. Hatte sie wirklich gedacht, dass sie etwas annähernd Normales tun könnte? »Tut mir leid. Ich lasse es an dir aus.« *Tolle Art, den Abend zu ruinieren.*

»Jetzt werde ich langsam sauer. Entschuldige dich nicht dafür, dass du mich dafür brauchst.« Er holte tief Atem. »Und nur der Vollständigkeit halber, ich habe vor Tausenden von Menschen gekämpft, und manchmal habe ich verloren. Danach beschämt einen nur noch sehr wenig.«

Kat stockte der Atem, und sie spürte die dicke Luft im

Wagen, während sie versuchte zu begreifen, was er ihr sagen wollte. Sollte sie es einfach runterschlucken, so wie er es gemacht hatte? Oder war ihr Verhalten etwas von dem Wenigen, das ihn beschämte?

»Du bewirkst etwas in mir.« Das vorbeihuschende Licht einer Straßenlaterne beleuchtete den tief bewegten Ausdruck auf seinem Gesicht. »Aber du beschämst mich nicht.« Sloane lenkte den *Mercedes* um eine Ecke. »Wir sind da.«

Der Wagen wurde langsamer und fuhr in eine halbrunde Auffahrt. Ein riesiges schmiedeeisernes Tor öffnete sich langsam und gab den Blick auf eine Einfahrt frei, die geradewegs zu einem großen Haus führte, das von warm leuchtenden Bodenlichtern umgeben war. Das modern aussehende Gebäude hatte ausgesprochen klare und harte Linien.

Genau wie Sloane.

15

In seiner geräumigen Garage versuchte Sloane mühsam, seinen Zorn auf sich selbst unter Kontrolle zu bekommen. Er war so darauf erpicht gewesen, sie in sein Haus zu lotsen und nackt vor sich haben, dass er sich nicht einmal die Mühe machte, Kat auf ihre Seite des Wagens zu geleiten.

»Warum hast du mich nicht zu mir nach Hause gebracht?« Sie presste seinen Pullover gegen den Bauch und starrte geradeaus.

Das hatte er nun davon. Er stieg aus, umrundete den Wagen und öffnete ihre Tür. Dann ergriff er ihre Hand und half ihr heraus, wobei er sorgfältig auf ihr Bein achtete.

Sie stand da im Garagenlicht, mit bleichem Gesicht, seinen Pullover an den Leib gedrückt. Als könne der sie vor dem beschützen, was sie in ihren Flashbacks gesehen hatte.

Furcht beschlich sie, aber er würde nicht zulassen, dass sie sich jetzt zurückzog, und er legte links und rechts von ihr die Hände auf das Dach des Wagens. »Sieh mich an.«

Sie hob den Kopf.

Jetzt, da sie ihm ihre Aufmerksamkeit schenkte, wurde sein Ton sanfter, und er sagte ihr die Wahrheit. »Ich will dich hier haben. Aber wenn du nach Hause willst, werde ich dich dorthin fahren. Rede mit mir.«

Kat drückte den Rücken durch und drehte den Pullover in den Händen. »Es ging mir bereits besser.« Sie hielt inne.

»Bis heute Abend.« Ihre gehetzten Augen mieden ihn. Sie sah nicht, wie er sie anschaute. »Du hast dich von dem Auto abgestoßen und bist direkt in Kampfhaltung gegangen.« Die Haltung, die er sie gelehrt hatte. Sie hatte die Panik beinah unter Kontrolle gehabt, bis sie den Parkwächter auf sich hatte zukommen sehen.

Ihre Hände hielten inne. »Wirklich?«

»Das ist genau das, worauf wir hinarbeiten.« Selbst bei so etwas wie einem Flashback würde ihr die kämpferische Reaktion Kontrolle über die Panik ermöglichen. Der Stolz auf sie entlockte ihm ein Grinsen. »Du bist meine Kämpferin.« Er schob die Finger in ihr seidiges Haar und bemühte sich, die übermächtige Sehnsucht, sie die ganze Nacht in seinem Bett zu haben, im Zaum zu halten. Nach drei Tagen, in denen er auf ihre Entscheidung gewartet und sich mit dem ganzen anderen Mist in seinem Leben beschäftigt hatte, sehnte er sich schrecklich nach ihr. Kat zu berühren füllte die Leere in ihm. »Und du bist meine Geliebte. Das ist der Grund, warum ich dich hierhaben will. Jetzt beantworte meine Frage, willst du bleiben?«

Ihre Anspannung löste sich ein wenig. »Ja.«

Erleichterung machte sich in ihm breit. »Gut.« Er griff nach dem Pullover, zog ihn ihr mit einem Ruck aus den Händen und warf ihn in den Wagen, dann schlug er die Tür zu. »Du brauchst etwas, woran du dich festhalten kannst. Heute Nacht hast du mich, die ganze Nacht.« Er wollte, dass sie sich an ihm festhielt, nicht an einem verdammten Pullover.

»Du willst, dass ich über Nacht bleibe?«

Schlechte Idee. Er ließ vorsichtshalber nie eine Frau über Nacht in seinem Haus bleiben. Und jetzt? Schlechtest möglicher Zeitpunkt. Verdammt. Aber ein einziger Blick auf Kat genügte – er wollte es so. »Ja.«

»Also, gehen wir ins Haus?« Sie schaute sich um, dann fügte sie hinzu: »Oder schlafen wir in einem dieser Autos?«

Oh, sie würden hineingehen, und zwar direkt in sein Schlafzimmer. Aber zunächst beabsichtigte er, die Panikattacke aus ihrem Kopf zu vertreiben. »Lass uns noch ein paar Minuten ungestört sein.«

Irritiert umklammerte sie seinen Unterarm. »Ist jemand bei dir? Ich dachte, du würdest allein leben. Du hast mir erzählt, dein Fahrer wohne in einem Gästehaus auf deinem Grundstück.«

»Nicht Ethan. Ein Freund ist vor Kurzem eingezogen. Es geht ihm … nicht gut.« Verdammt, Sloane wollte jetzt nicht daran denken. »Was hat deinen schlimmen Flashback ausgelöst?«

Sie verschränkte die Hände ineinander und runzelte die Stirn. »Der Anblick dieses Parkwächters heute Abend hat eine flüchtige Erinnerung an jemanden heraufbeschworen, der eine Autotür aufhielt, und an einen Mann, der ausstieg. Und eine weitere Erinnerung, bei der mir die Arme hinter dem Rücken festgehalten wurden.«

Sanft zog Sloane ihre verkrampften Finger auseinander und presste ihre Hände an seine Seiten. »Halt dich an mir fest.« Sobald sie seine Taille umklammerte, fragte er: »Du hast dich noch nie zuvor daran erinnert?« Ihm kam ein Verdacht. »Hast du diesen Parkwächter erkannt?«

Sie schüttelte den Kopf. »Das glaube ich nicht. Ich habe keine Gesichter gesehen, das war es nicht.« Sie holte Luft und sah ihm direkt in die Augen. »David hat sie gekannt.

Sie sind aufgetaucht und haben zu David etwas von Konsequenzen gesagt. Das stimmt mit meinen anderen Flashbacks überein, nur dass ich diesmal den Baseballschläger gesehen habe.«

Der Baseballschläger! Oh Gott, was sie ihr angetan hatten …! Warum hatten ihre betuchten Eltern nicht eine Armee von Privatdetektiven darauf angesetzt und diese Wichser ausfindig gemacht? Wenn Kat ihm gehört hätte, hätte er sie bis ans Ende der Welt verfolgt.

Und sie getötet.

»David verheimlicht irgendetwas. Und das ist mit Sicherheit nichts Gutes, so viel steht fest. «

Ihre Augen verengten sich vor Ärger.

Scheiße. Er durfte sich da nicht hineinziehen lassen. Nicht jetzt, da er seinem eigenen Ziel so nahe war. Dem Ziel, das ihn antrieb, seit er Saras Leichnam entdeckt hatte.

»An diesem Morgen in der Konditorei hat David gesagt: ›Lass es dabei bewenden. Ich habe versucht, dich zu beschützen. Halt den Mund und akzeptiere, dass wir in dieser Nacht überfallen worden sind.‹« Sie schluckte, dann sah sie ihn mit glühendem Zorn in den Augen an. »Er will nicht, dass ich mich erinnere. Wer immer uns in dieser Nacht angegriffen hat, stellt nach wie vor eine Bedrohung dar.«

Sloanes Magen krampfte sich zusammen. »David hat sich mit den falschen Leuten eingelassen. Halte dich von ihm fern.« Wenigstens arbeitete sie nicht mehr bei *SiriX*. Ihre Eltern hatten ihr seit ihrer Kündigung eine Gewinnbeteiligung am Familienunternehmen verwehrt. Sie würde sicher sein. Musste sicher sein.

»Im Moment jedenfalls.«

Er funkelte sie an. »Kat …«

Eisern entschlossen reckte sie ihr Kinn. »Das ist nicht deine Entscheidung. Ich trainiere, weil ich frei sein will, um mein Leben zu leben. Nicht um mich vor David und seinen Geheimnissen zu verstecken.« Sie lächelte, was ihr ganzes Gesicht verwandelte. »Dann werde ich ihm in den Arsch treten und ihn zwingen, mir die Wahrheit zu sagen.«

Ihre Stärke und Widerstandskraft zog ihn unweigerlich an. Sie war vor weniger als einer Stunde von einem Flashback getroffen worden, und hier stand sie, bereit, sich zur Wehr zu setzen. Die Vereinbarung zwischen ihnen besagte, dass er ihr beibrachte, wie sie sich selbst verteidigen konnte. Warum machte er sich über irgendetwas anderes Sorgen, wenn er diese wunderschöne Frau in den Armen hielt? »Solange ich dabei bin, um zuzusehen.«

Kat würde ihm gehören in dieser Nacht. Er umfasste ihren Nacken und strich mit dem Daumen über die glatte Haut ihres Halses. »Spürst du was oder nicht?«

Ein warmes Lächeln ließ ihr Gesicht erstrahlen. »Ich spüre was.« Sie schluckte und rieb die Hände an seinen Seiten. »Ich will mehr spüren.«

Sie blickte ihn flehend an, aber vor allem nahm sie ihn wahr. Sie schaute nicht durch ihn hindurch, wie die Menschen es getan hatten, als er ein Kind gewesen war, oder hatte diesen berechnenden Blick, den seine sonstigen Begleiterinnen an den Tag legten. Sie hatte nicht die kleinste Kleinigkeit von ihm verlangt, außer ihr beizubringen, wie man kämpfte und sich selbst fühlte.

Er schob diese Gedanken beiseite und streifte ihren Mund mit seinem. Würzige Beeren und aromatische Schokolade.

Er zog sie fester an sich und versank in dem Kuss, kostete und schmeckte sie. Doch das war ihm nicht genug. Er wühlte sich unter ihren Rock und legte die Hände auf ihren straffen Bauch, um ihre seidige Haut zu streicheln.

Verdammt, er wollte sie ganz. Aber nicht hier.

Er löste sich aus dem Kuss und stöhnte beim Anblick ihres geröteten Gesichtes, ihres verführerischen Mundes und bei dem verlangenden, weichen Blick aus ihren großen Augen. Dann strich er mit dem Daumen über ihre Unterlippe. »Ich werde dich nicht hier in meiner Garage gegen den Wagen gelehnt nehmen.«

Sie bedachte ihn mit einem heißen Blick. »Was spricht dagegen?« Sie saugte an seinem Daumen.

Ihre heiße, nasse Zunge entlockte ihm ein weiteres Stöhnen. Aber er hatte diesen heißen Blick nicht übersehen. »Du willst es an einer Wand? Willst, dass ich meinen Schwanz so hart in dich hineinstoße, dass du nichts als mich fühlen wirst, bis ich dich kommen lasse? Glaubst du, du kannst damit fertigwerden?«

Sie erschauerte und krallte die Finger in seine Seiten. »Ja. Kann ich.« Ihm stockte der Atem. »Und ich will es.«

Fuck! Sein Blut kochte, und sein angeschwollener Schwanz presste sich brutal gegen seinen Reißverschluss. Gerade als er nach ihr greifen wollte, fiel ihm sein Bluttest wieder ein. »Scheiße.« Er schob die Hand in seine Tasche, kramte sein Handy hervor und fand schnell die Testergebnisse, die er suchte. »Die Resultate meines Bluttests.«

Sie überflog das Screening. »Du hast den Test am Montag machen lassen.«

Gleich als Erstes an diesem Morgen. »Du darfst mit dem Metall in deinem Bein keine Risiken eingehen.« Infektionen oder Krankheiten konnten für sie gefährlicher sein als für die meisten Menschen. »Es ist deine Entscheidung. Ich kann ein Kondom benutzen.« Kat hatte ihm gesagt, dass sie verhütete, und im Gegensatz zu den meisten Frauen vertraute er ihr. Er hielt den Atem an und kämpfte mit seinem tosenden Verlangen, sich ohne Barrieren in ihren Körper gleiten zu lassen, mit nichts zwischen ihnen.

Sie gab ihm das Handy zurück. »Kein Kondom.«

Um seine Selbstbeherrschung war es damit geschehen. Sloane hob sie hoch und erschreckte sie damit so sehr, dass sie kurz aufschrie. »Ich hab dich.« Er trug sie hinein, die Treppe zu seinem Zimmer hinauf und trat die Tür hinter sich zu.

Sie krallte die Finger in seinen Bizeps. »Behandle mich nicht, als sei ich gebrochen.«

Das legte seinen Schalter um, und er küsste sie auf den Mund und führte dieses Wort ad absurdum. *Gebrochen.* Sie war nicht *gebrochen.* Ihr Geschmack verstärkte sein Begehren, entflammte sein Verlangen. Er lehnte sie an die Tür, spreizte ihr die Beine und rieb seinen steifen Schwanz dort an ihr, wo Hitze durch ihre Kleidung strahlte. Kat saugte an seiner Zunge und ritt die Wölbung seines Schwanzes.

Ihm wurde heiß bei dem instinktiven Verlangen, ihr zu geben, was sie brauchte. Sie kommen zu lassen. Sie ihn fühlen zu lassen – und nur ihn allein. Ohne die Furcht, die sie einschüchterte.

Sloane riss seinen Mund von ihrem los und holte tief Atem. »Behandle ich dich, als seist du zerbrechlich? Oder wie die Frau, nach der ich so verrückt bin, dass ich ihr die Kleider vom Leib reißen und sie an einer Wand nehmen will?« Genauso wie er es im Fitnessstudio hatte tun wollen.

»Lass dich nicht aufhalten.« Sie klammerte sich an seine Schultern. »Ich muss mich lebendig fühlen. Unversehrt. Nicht zerbrechlich.«

Wieder dieses Wort. Der verdammte Flashback hatte ihr Selbstvertrauen untergraben. Sloane stellte sie auf die Füße und zog ihr Bluse und BH aus. Zerrte ihr Jeans und Slip herunter. Riss sich das Hemd über den Kopf und hielt dann inne.

Kat stand an der Tür, und ihr Haar umspielte ihre Schultern. Ihre Haut schimmerte in dem sanften Licht, ihre süßen kleinen Brustwarzen hatten sich zusammengezogen. Ein glatter Bauch bis zu dem Streifen Haar. Zwischen ihren leicht gespreizten Beinen konnte er ihre Klitoris hervorlugen sehen, feucht und geschwollen. Bereit. Sie brauchte dies so dringend wie er.

Das Blut pochte in seinen Adern, und sein Schwanz versteifte sich in seiner Hose in dem Eifer, es ihr zu geben. Er streifte seine Jeans ab und nahm Kat in die Arme, ihre Haut lag warm an seiner, und nichts war zwischen ihnen. Keine Kleider, kein Kondom und keine Flashbacks, die sie peinigten. Nur sie beide.

Er drückte sie mit einer Hand gegen die Tür und hielt den Blick fest auf ihre Augen gerichtet, während er mit den Fingern der anderen Hand über ihre Schamlippen strich. »Du bist feucht und warm. Bist du gierig auf meinen Schwanz?« Er sammelte ihre Feuchtigkeit und umkreiste ihre Klitoris. Binnen Sekunden pulsierte die kleine Knospe.

»Ja.« Sie bohrte die Finger in seine Schulter, und ihre Augenlider sanken auf halbmast. Er kniff ihr sachte in die Klitoris.

Sie riss die Augen auf, sodass er sehen konnte, wie ihre Pupillen sich weiteten.

Oh, jetzt war sie ganz bei ihm. »Ich bin auch gierig auf dich.« Er ergriff seinen Schwanz und presste ihn gegen sie. Ihre Weichheit und Feuchtigkeit liebkosten seine empfindliche Spitze. Er drückte den Rücken durch und kämpfte gegen den Drang, in sie hineinzustoßen. Sie beide wollten mehr als das. Die Wahrheit brach sich Bahn. »Nicht nur auf den Sex, sondern auf dich ganz und gar. Ich will dich sehen, wenn ich dich alles fühlen lasse, damit du für mich kommst. Schau nicht weg.«

Der Blick ihrer zauberhaften Augen bohrte sich in seinen. »Ich will dich auch sehen.«

Er spreizte die Füße, um einen festen Stand zu haben, und stieß in sie hinein. Nichts sonst hatte sich jemals so angefühlt wie dies hier. Ihre weichen Wände spannten sich um ihn herum wie ein Handschuh, wie gemacht für ihn. Gleichzeitig füllten sich ihre Augen mit Sehnsucht und etwas Größerem. Tieferem. Sie verbarg nichts vor ihm.

Kat krallte die Finger in Sloanes Haut, als er zustieß, langsam und tief. Sein Schwanz war so groß, dass sie sich mit einem zischelnden Brennen um ihn spannte, das sie stöhnen ließ. Als er die Hüften kreisen ließ, streifte sein Schwanz ihren G-Punkt, und sie fing Feuer. Ekstase baute sich schubweise in ihr auf. Sie bog sich zurück, in dem verzweifelten Begehren nach mehr, als sie sich daran erinnerte, dass er sie festhielt. Er könnte sie fallen lassen.

Ein Auflodern von Panik durchzuckte sie.

Sloane presste die Hände um ihre Hüften. Er beugte sich zu ihr vor, seine rehbraunen Augen waren gesprenkelt mit leuchtendem Siena. »Ich habe dich. Ich werde dich nicht loslassen. Fühle nur, Baby. Mach dir keine Sorgen.«

Er würde sie nicht fallen lassen. Vertrauen setzte eine weitere Welle süßen und heftigen Begehrens frei. Das war es, was er mit ihr machte, er riss ihre Schutzwälle nieder, bis sie jede Berührung und jedes Wort mit voller Wucht fühlte. Alles andere trat in den Hintergrund, bis auf Sloane. Er kreiste wieder mit den Hüften, bohrte sich in ihre Tiefen mit gerade so viel Wucht, wie nötig war, um weitere Schübe hektischer Ekstase in ihr zu entfachen.

Ein Stöhnen entrang sich ihrer Brust. Mehr, sie brauchte es. Ersehnte es. Sie packte seine Arme, schlang ihre Beine fest um seine Taille und ritt ihn. Jeder Stoß baute die sinnliche Pein auf, führte sie höher, bis sie vor Keuchen beinah schluchzte.

»Oh Gott. Du packst mich fester. Du wirst gleich kommen.« Sloane biss die Zähne zusammen, seine Halsschlagadern traten hervor, und seine Haut war glitschig von Schweiß. Er stieß härter zu, tiefer.

Gleichzeitig hielt er den Blick fest auf sie gerichtet, erfasste sie in ihrer Ganzheit. »Lass los. Komm.«

In plötzlicher, wilder Ekstase bog sie ihren Rücken durch und ließ ihren Kopf gegen die Tür prallen. Heiße Krämpfe packten ihren Körper, Welle für Welle.

»Oh Gott.« Er schlang ihr einen Arm um die Taille und drehte sich, stieß mit den Schultern an die Wand. Sloane hielt sie fest und bewegte sich hart und schnell, seine Schulter-

und Brustmuskeln spannten sich an. Seine Nasenflügel bebten, während wildes Verlangen ihn übermannte. Mit einem letzten Stoß wurde sein Schwanz dicker, steifer, heiß genug, um sie mit einem Brandmal zu versehen, und sein Samen ergoss sich in sie.

Als ihrer beider Lust langsam abebbte, zog er ihren Kopf an seine Schulter. »Du bist nicht gebrochen.« Er küsste ihr Haar, während er ihr den Rücken streichelte. »Du bist wunderschön.«

Seine Zärtlichkeit war beinahe Kats Untergang, er berührte sie zu tief, griff nach dem Teil von ihr, der sich nach Berührung verzehrte, danach, gehegt, gepflegt und belobigt zu werden. Aber Sloane war ehrlich gewesen, hatte ihr gesagt, dass ihm der Sinn nicht nach Romantik und schon gar nicht nach einer Beziehung stehe.

Aber was bedeutete diese Wärme, die wie ein sanfter Fluss durch ihre Brust und ihren Bauch strömte? Es war nur ein postorgasmisches Glühen. Das war alles, was es sein konnte.

Ganz gleich, wie gut es sich anfühlte.

Mondschein fiel durch das Oberlicht in dem gewaltigen Badezimmer. Warmes Wasser sprudelte aus dem Hahn, und Dampf driftete in Schwaden empor. Kat saß zwischen Sloanes Schenkeln, den Rücken an seine Brust gelehnt, und seine Hände waren über ihrem Busen gefaltet.

»Wie war das, vor all diesen Menschen zu kämpfen? Warst du nicht nervös?« Menschen, die sie anstarrten, machten sie selbst im Allgemeinen ziemlich nervös.

»Nicht direkt. Es gab mir immer einen Adrenalinschub.

Doch sobald ich im Ring war, ging es nur noch ums Gewinnen. Das war alles, was mich scherte.«

Sie zog die Finger durch die schaumigen Bläschen und versuchte, das Rätsel Sloane zu ergründen. Er konnte kalt und entschlossen sein, wenn er solche Dinge sagte. Aber andererseits hatte er sich nach ihrer Panikattacke mitfühlend und geduldig gezeigt. Wer war er? Welches war der echte Sloane? »Warum hast du aufgehört zu kämpfen?«

»Ich brauchte eine neue Herausforderung.«

Ärger kam in ihr hoch. »Jetzt verrate mir schon den wahren Grund.«

Seine Hände zuckten kaum merklich über ihrem Brustkorb. Aber sie nahm es wahr. Würde er das Thema wechseln? Und warum bedrängte sie ihn, mehr von sich zu preiszugeben? Wollte sie diese Beziehung mit einem gebrochenen Herzen beenden?

»Es gab keinen bestimmten Grund. Ich hatte es bis dato vermieden, mir eine ernsthafte Verletzung zuzuziehen, die meine Karriere beendet hätte. Ich hatte kleine Blessuren, gebrochene Finger zum Beispiel.« Er hielt die linke Hand hoch. »Ich habe mir den Zeigefinger und den kleinen Finger gebrochen.« Er ließ die Hand wieder sinken. »Außerdem eine gebrochene Nase, Schnittwunden und Muskelrisse. Aber mein Glück hätte nicht ewig gehalten, ganz gleich, wie gut ich bin.« Sloane umfasste ihre Brust und beugte sich dichter zu ihrem Ohr vor. »Und ich bin gut, Kat.«

Ihre Brustwarzen wurden hart, und seine Worte schickten einen Schauer über ihre entblößte Haut. »Reden wir übers Kämpfen oder über Sex?«

»Über beides.«

Versuchte er, sie abzulenken? Warum? Sie drang weiter in ihn. »Also war die Verletzungsgefahr einer der Gründe für deinen Entschluss. Welcher noch?«

»Geld. Macht.« Er hielt inne und schaute über ihre Schulter, während er die Finger über ihren Bauch wandern ließ. »Ich wollte nie wieder dieser hilflose Junge sein. Also habe ich nach Möglichkeiten gesucht, mich zu etablieren und meine Fähigkeiten auszubauen. Ich habe damit angefangen, Kämpfer und ihre Interessen zu vertreten. Ich habe mir genau angeschaut, wie andere mächtige Männer und Frauen erfolgreich wurden, und daraus gelernt. Ich habe außerdem von jenen gelernt, die gescheitert sind. Einige Dinge haben funktioniert, andere nicht, aber ich habe es geschafft, *SLAM* aufzubauen.«

Da sie ihr eigenes kleines Geschäft betrieb, wusste sie nur zu genau, dass das eine spektakuläre Leistung war. Und doch wirkte Sloane immer noch wie getrieben. Was wollte er? Er hatte klargestellt, dass er nicht auf eine Familie aus war, also, was war es dann? Aber sie war nicht so dumm, danach zu fragen und sich auf einer schnellen und schweigsamen Fahrt nach Hause wiederzufinden. »Du hast in dreißig Jahren eine Menge erreicht. Du bist ein beeindruckender Mann.« Also, was wollte er von ihr?

»Was hat uns überhaupt auf das Thema gebracht?«

»Als wir im Wagen saßen, hast du erwähnt, dass du vor Tausenden von Menschen Kämpfe verloren hast.« Sie zuckte die Achseln und versuchte, sich zu überlegen, wie sie ihre Gedanken in Worte fassen konnte. »Du hast keine Panikattacken.«

Er umfasste ihr Kinn und hob ihren Kopf an. »Ich wollte, dass Menschen mich sahen. Ich wollte direkt vor ihrer

Nase sein und sie dazu zwingen, mich zu sehen.« Das war der Grund, warum er Aufmerksamkeit einforderte. »Du hast dich versteckt. Hast dich zurückgezogen, um dich selbst zu schützen. Als ich dich das erste Mal gesehen habe, hast du dich hinter einer Säule versteckt.«

»Warum bin ich dir dann aufgefallen?« All diese eleganten Frauen in schönen Kleidern, und er hatte seine Aufmerksamkeit auf sie gerichtet. Das ergab keinen Sinn.

»Wegen der violetten Strähnchen in deinem Haar.«

»Lila.«

Seine vollen Lippen zuckten. »Was auch immer, Baby, diese Strähnchen schreien förmlich: *Sieh mich an. Das ist die Person, die ich bin, und wenn es dir nicht gefällt, verpiss dich.* In dem Moment wollte ich dich.« Er streichelte ihr Kinn. »Und ich will dich immer noch.«

Ihr Mund wurde trocken. »Wegen meiner Strähnchen.«

»Du wirktest in die Enge getrieben, doch du hast mir vor Hunderten von Gästen gleich dort die Stirn geboten. Du hättest mir geradeso gut mit einem roten Tuch vor dem Gesicht herumwedeln können.« Seine braunen Augen nahmen einen verwegenen Ausdruck an. »Danach war ich entschlossen, dich zu finden.«

Sexy oder stalkermäßig? Aber im Gegensatz zu David hatte Sloane sie niemals berührt, wenn sie ihn nicht dazu aufgefordert hatte. »Hier sitze ich nackt in einer Badewanne mit dir.« Etwas, das sie noch vor einem Monat für unmöglich gehalten hätte. »Also, was hast du mit mir vor?«

Sloane zog sie auf seinen Schoß und drehte sie so, dass sie auf seinem linken Oberschenkel saß und ihm ins Gesicht sehen konnte. Das Wasser schwappte und plätscherte um sie herum. »Verdammt, Weib, du liebst es wirklich, mit der Gefahr zu flirten.«

»Ich?« Sie lachte spöttisch über diesen Gedanken. »Ich bin die Konditorin, die sich versteckt, das weißt du doch?«

»Nicht bei mir. Es hat dir gefallen, dass ich dich hart gegen die Tür gepresst genommen habe. Darauf zu vertrauen, dass ich dich festhalte, während ich tief in dir war, hat dich angeturnt. Das Wissen, dass ich, selbst wenn ich komme, dich nicht fallen lassen würde.« Sloane hielt inne. »Es erregt dich, dich der Gefahr auszusetzen und deine Grenzen auszutesten.«

Ihr Puls flatterte, und ihre Nerven waren aufs Äußerste angespannt. »Du übst einen schlechten Einfluss auf mich aus. Ich war früher ein braves Mädchen.« Doch er lag nicht falsch. Wenn er sie im Training oder beim Sex herausforderte, gefiel ihr das sehr.

»Du bist nicht gern brav gewesen.« Er strich mit der Hand über ihre Seiten, umfasste ihre Hüften. »Erzähl mir etwas, worüber du fantasierst, was dich zu einem bösen Mädchen macht.«

Selbst im Wasser überlief es sie heiß bei seiner Berührung. Und seine leise, herausfordernde Stimme machte sie kühn. »Nur weil ich über etwas fantasiere, heißt das nicht, dass ich es will.«

»So böse, hm?«

War das wirklich so böse? »Es ist deine Schuld, du hast mich auf die Idee gebracht.« Und wer hätte das gedacht, dass sie bei mehr als ihrem Konditorenhandwerk Fantasie besaß. Denn sie stellte es sich ziemlich lebhaft vor. Er zeichnete langsam Kreise auf ihren Bauch. »Du kannst es mir erzählen.«

Seine Worte waren so verführerisch und sanft wie seine Berührung ihres Bauches. »Wenn du mir den Hintern versohlst.« Das passte so gar nicht zu dem, wozu sie erzogen worden war: gebildet, beherrscht, stets perfekt und elegant, mit Rücksicht darauf, was andere dachten. »Warum sollte eine erwachsene Frau übers Knie gelegt werden wollen?«

Sloane stöhnte. Sein Schwanz verhärtete sich an ihrer Hüfte. »Beim Sex ist es heiß, jemanden übers Knie zu legen; ein kleines Rollenspiel, so zu tun, als wärst du in Schwierigkeiten. Ich würde dich zwingen, dich auszuziehen und dich über meine Schenkel zu beugen. Du wärst entblößt und mir ausgeliefert.«

Ihre Schamlippen schwollen an und schmerzten, während ihr Herz hämmerte wie verrückt. Konnte sie das? Warum wollte sie es tun?

»Die ersten Schläge brennen, und das wird dich empfindsam machen. Wenn du das ertragen kannst, wird dieser Schmerz an den Barrieren in deinem Kopf vorbeidrängen, um deine Wonne mehr und mehr zu erhöhen, bis dein Orgasmus einer Kernschmelze gleichkommt.« Er holte Luft. »Das zu wollen ist nicht falsch mit jemandem, dem du vertraust.«

»Ich bin noch nicht bereit dafür.« Er war ehrlich zu ihr gewesen, hatte ihr das Geschehen so sachlich erklärt, wie er eine Übung zur Selbstverteidigung erklärte, daher sagte sie ihm die Wahrheit. »Es erregt mich und ängstigt mich.«

Er hielt ihr Kinn fest und sah sie an. »Du wirst es mir sagen, wenn du es probieren willst?«

»Du bist hart, ich spüre deinen Schwanz. Sehe, dass du schneller atmest. Legst du gern eine Frau übers Knie?« Sie wusste nicht, wie sie dazu stand.

Er musterte sie. »Ich habe kein Verlangen, einer Frau Schmerz zuzufügen. Das ist nicht mein Ding. Aber ich liebe deinen Hintern. Also ist die Vorstellung, dich so über mich gebeugt zu sehen, so lebhaft, dass mein Schwanz steinhart ist.« Sein Lächeln wurde breiter. »Wenn ich dir den Hintern versohle, Kätzchen, werde ich dich hart kommen lassen. Dann werde ich dich nehmen und dich wieder kommen lassen. Noch einmal: Du wirst mir sagen, falls und wann du bereit bist?«

Wie kam es, dass das bei ihm so einfach klang? »Ja.«

»Das ist mein böses Mädchen.« Er hob sie hoch, trat aus der Wanne, trocknete sie beide schnell ab und verfrachtete sie in sein Bett. »Habe ich dir von meiner Fantasie erzählt? Sie dreht sich um deinen Mund auf meinem Schwanz.«

Kat war in der Stimmung, seine Fantasie wahr werden zu lassen.

Kat erwachte allein in Sloanes Bett. Seine Stimme drang durch die geöffneten Balkontüren, die zum Ozean hinausgingen. Ein Blick auf die Uhr zeigte ihr, dass es fünf Uhr dreißig war. Neugier trieb sie aus dem Bett. Sie schnappte sich einen Bademantel und trat hinaus.

Sloane ging auf dem Balkon auf und ab, die Muskeln seines nackten Rückens, seiner Schultern und Arme dehnten sich. Er hatte eine Jogginghose übergestreift. »Rede nicht mit ihnen, Olivia. Kein Wort, sonst ist der Geldhahn zu.«

Kat zuckte angesichts des Zorns, der seine Stimme eisig klingen ließ, zusammen.

»Halte mich auf dem Laufenden.« Er drehte sich um, als er den Anruf beendete, und erblickte Kat. »Geh hinein, es ist kalt.«

Kat spürte die Kühle kaum. Sie konnte ihren Blick nicht von ihm losreißen, von der Anspannung, die seine Muskeln und Sehnen zu strengen Linien meißelte.

Er bewegte den Daumen über den Bildschirm seines Handys und tätigte einen weiteren Anruf. »Liza, irgendein Reporter schnüffelt bei Olivia. Finde heraus, wer es ist, und ersticke die Geschichte im Keim.«

Kat stand da wie eine Idiotin, unsicher, wie sie einordnen sollte, was da gerade vor sich ging.

Sloane schritt an ihr vorbei, am Bett vorbei und ging weiter in den Sitzbereich am Kamin. Er blieb vor einer Reihe von Bildschirmen stehen, die an der Wand angebracht waren, tippte auf ein Tastenfeld, und die Monitore erwachten jäh zum Leben.

Sie brauchte eine Sekunde, um zu begreifen, was sie da auf den Bildschirmen sah – ein halbes Dutzend Ansichten der Vorderseite von Sloanes Haus, einschließlich des Bereichs vor dem Tor. Rund um die Uhr Kameraüberwachung musste Teil seines Sicherheitssystems sein.

»Verflucht.« Er hob das Handy erneut ans Ohr. »Ethan, vorn sind Reporter. Sorg dafür, dass sie verschwinden.« Er legte auf.

Sie hatte keine Ahnung, was sie tun sollte. War das hier etwas Geschäftliches? Etwas Persönliches? Sie zog den Morgenmantel fester um sich und hielt Ausschau nach ihren Kleidern.

»Kaffee?« Sloane ging zu dem Granittresen in der Ecke des Raums. Er war mit einem kleinen Kühlschrank ausstaffiert, mit einer Kaffeemaschine und wer weiß, was sonst noch.

»Was ist los? Musst du gehen?« Kat ging an dem dunklen Himmelbett und dem Marmorkamin vorbei zum Sitzbereich.

Nachdem Sloane die Kaffeemaschine angeworfen hatte, nahm er Sahne und Zucker heraus und bereitete die erste Tasse Kaffee so zu, wie sie es mochte. »Wir warten besser ab, ob Ethan die Reporter verscheuchen kann. Ich will nicht, dass sie dich entdecken.«

Nein, so war das nicht gemeint. Sloane hatte sich mit ihr in der Öffentlichkeit gezeigt, er versteckte Kat nicht wie ein verbotenes Geheimnis. Sie war sich ziemlich sicher, dass Sloane ihre Privatsphäre schützen wollte oder etwas in der Art. Sie nahm die Tasse entgegen. »Worum geht es da?« Ihre Neugier war erwacht. Die Art, wie er am Telefon mit Liza gesprochen hatte, ließ vermuten, dass sie für ihn arbeitete. »Wer ist Olivia?« Sie wusste so wenig über Sloanes Leben.

Er schob eine weitere Tasse unter den Auslauf der Maschine und stellte sie an. Seine Schultern verkrampften sich.

Würde er antworten oder sie einfach ignorieren? Er war verschlossen, ganz anders als der Mann, mit dem sie die letzte Nacht verbracht hatte. Entnervt nippte sie an dem heißen Kaffee.

»Olivia ist meine Mutter.« Er umklammerte die Kante des Tresens.

Kat ließ die Tasse sinken. »Das war deine Mutter, mit der du auf dem Balkon geredet hast? Du nennst sie bei ihrem Vornamen?«

»Ja.«

»›Kein Wort, sonst ist der Geldhahn zu‹«, wiederholte Kat, was sie ihn hatte sagen hören. »Du bezahlst sie dafür, dass sie nicht redet? Worüber? Über dich? Hast du irgendetwas getan …?«

»Reporter. Wenn sie Olivia Geld anbieten, könnte sie ihnen

alles erzählen. Ich traue ihr nicht. Also bezahle ich ihr mehr als jeder andere, damit sie den Mund hält.«

Daneben wirkten Kats Probleme mit ihren Eltern verdammt lächerlich. Seine Mutter zu bezahlen, damit sie nicht redete? »Du hast das ernst gemeint, als du sagtest, ihr zwei würdet euch nicht nahestehen?« Andererseits hatte Sloane ihr erzählt, dass er einige Zeit in Pflegefamilien verbracht hatte. Vielleicht war seine Mutter krank gewesen. Für ein Kind musste sich das wie Verrat anfühlen.

Seine große Hand umfasste die zweite Tasse und ließ sie wie eine Kindertasse erscheinen. Sloane sah sie an. »Nicht einmal geografisch. Sie ist in Florida, dem einen Staat, um den ich einen großen Bogen mache.«

Kat wusste nicht, wie sie ihm helfen konnte. Sloanes Stimmung war auf dem Nullpunkt. »Es tut mir leid. Siehst du sie überhaupt mal?«

»Einmal im Jahr. An Saras Geburtstag.«

Seine tote Schwester, die, deren Initiale er auf seinen rechten Bizeps hatte tätowieren lassen. »Um euch an Sara zu erinnern?«

Er starrte zu den geöffneten Balkontüren hinaus, sein Profil scharfkantig und unversöhnlich. »Um einander zu bestrafen.«

»Aber du siehst sie nicht an deinem eigenen Geburtstag?« Es ergab einfach keinen Sinn. Seine Mutter hatte ein Kind verloren. Würde sie da nicht noch mehr an Sloane hängen?

»Ich feiere meinen Geburtstag nicht.« Er setzte die Kaffeetasse ab. »Ich gehe duschen.« Sagte es und verschwand hinter der Badezimmertür.

Sperrte sie aus.

Oh Gott, was war mit seiner Schwester geschehen?

16

Kat bewegte sich lautlos, als sie die gewundene Treppe in einen riesigen Raum hinunterging. Die Westseite von Sloanes Haus war bodentief verglast und bot vollen Ausblick auf den Pazifischen Ozean. Während sie durch den Eingangsbereich lief, der in einen förmlichen Sitzbereich überging, passierte sie einen atemberaubenden, doppelseitigen Kamin, der den förmlichen Raum von der Küche und dem Wohnzimmer trennte.

Oh Mann, bei dieser Küche lief ihr das Wasser im Mund zusammen. Sie hatte eine gewaltige Kücheninsel, groß genug, dass zwei Erwachsene darauf schlafen könnten. Und was noch viel besser war, sie hatte eine tiefe Doppelspüle, die sie zu einem Traumarbeitsplatz machte. Vier hohe Barhocker mit gepolsterten Sitzen und kleinen Rückenlehnen standen am Rand. Die Küche war exzellent beleuchtet und auch ansonsten mit allem ausgestattet, was man sich nur wünschen konnte – allein bei dem Anblick juckte es sie in den Fingern zu backen.

Kat schaute zum Wohnbereich hinüber. Ein Flachbildschirm war über dem Kamin angebracht. Ein Ledersofa und einige Sessel – alle groß und behaglich genug für einen Raum voller Männer im Sloane-Format – standen um einen erlesenen Teppich herum, der wahrscheinlich so viel kostete wie ihre ganze Wohnung. Der ganze Raum verströmte eine Aura von entspanntem Wohlstand.

Unsicher, was sie tun sollte, ob sie auf Sloane warten oder einen Weg finden sollte, nach Hause zu kommen, erkundete Kat die Küche und entdeckte eine begehbare Speisekammer. Wenn sie schon in einer so märchenhaften Küche festsaß, würde sie sie auch benutzen. Sie spürte Mehl und weißen Zucker auf, Backpulver, Zimt und Pflanzenöl. Wenn sie nun noch Milch und Butter aufstöbern konnte und …

»Hallo, hübsche Dame.«

Sie wirbelte herum. Ihr rechtes Knie gab unter ihr nach, und Kat hielt sich am nächsten Regal fest und fing sich ab, um nicht auf dem Boden zu landen. »Oh!« Sie schnappte nach Luft und betrachtete den hochgewachsenen, dünnen Mann, der erschöpft am Türrahmen der begehbaren Speisekammer lehnte.

»Ich bin Drake. Und wer sind Sie?«

Ihr Herz hämmerte, aber sie erinnerte sich, dass Sloane einen Freund zu Besuch hatte. »Kat. Ich bin, ähm, Sloanes …« Oh Gott, als was sollte sie sich bezeichnen? »Bekannte.«

»Nun, Kat, Sie sehen gerade ein wenig in die Enge getrieben aus. Kommen Sie heraus, damit Sie sich nicht in der Speisekammer gefangen fühlen.« Er schlurfte langsam zurück.

Kat runzelte die Stirn. Sloane hatte gesagt, dass es Drake nicht gut gehe. »Sie haben mich nur erschreckt«, versicherte sie ihm. Hatte Sloane Drake von ihren Panikattacken erzählt?

»Ihre Gedanken waren mit irgendetwas beschäftigt.«

»Blaubeermuffins. Wissen Sie, ob Sloane frische oder gefrorene Beeren hat?« Wie alt mochte Drake sein? Er war fast so groß wie Sloane, aber älter und viel dünner. Seine Gesichtsfarbe legte die Vermutung nahe, dass er nicht nur unpässlich war, sondern ernsthaft krank.

»In der Tiefkühltruhe.« Seine Augen leuchteten auf. »Sie wollen Blaubeermuffins machen? Jetzt?«

»Mögen Sie Muffins?«

»Und ob.« Drake öffnete die massive Tiefkühltruhe aus rostfreiem Stahl und zog einen Beutel Blaubeeren heraus. »Sagen Sie mir, was ich tun soll. Ich werde Ihnen helfen, wenn ich dafür ein paar Muffins bekomme.«

»Aber klar doch.« Zum ersten Mal an diesem Morgen war sie voller Tatendrang. »Backen Sie gern?«

»Ich esse gern. Oder habe gern gegessen, bis zu der verdammten Chemo- und Strahlentherapie. Und dann hat Sloane ein Team von Krankenschwestern und Ernährungsberatern angeheuert, und ich sage Ihnen, sie nehmen dem Essen jede Freude.« Er schüttelte angewidert den Kopf.

Chemo. Strahlentherapie. Krebs. Die Worte hallten ihr in den Ohren. Sloane stand diesem Mann nah genug, um ihn bei sich aufzunehmen. Er hatte Spezialisten engagiert, um Drake zu helfen. Wenn sie sich anfänglich Sorgen gemacht hatte, dass Sloane niemanden hatte, auf den er sich verlassen konnte, jetzt vermutete sie, dass er jemanden hatte – diesen Mann.

Machte Kat irgendetwas falsch? Manche Menschen hielten spezielle Diäten ein und glaubten, das würde dem Körper helfen, gegen Krankheiten immun zu sein. Menschen sollten tun, was immer ihnen ein Gefühl von Macht über ihren Zustand gab. Überschritt sie hier eine Grenze? »Vielleicht ist das doch keine so gute Idee.«

Er ließ sich auf einen Barhocker sinken und sah aus, als hätte Kat ihn getreten wie einen alten Hund. »Keine Muffins? Nicht einmal einen einzigen?«

Verdammt. Sie war ein Trottel. »Ich werde es versuchen,

aber Sloane könnte, ähm, es könnte sein, dass ich gehen muss.« Es war nicht an ihr, irgendetwas über Sloane zu erzählen. Sie suchte in den Schränken und fand den Rest der Zutaten, die sie brauchte. Nachdem sie das Mehl und den Zucker vor Drake hingestellt hatte, ließ sie ihn beides für sie abwiegen.

»Er kann warten. Ich will Muffins.«

Kat grinste. »Wie lange kennen Sie Sloane schon?«

»Sehr lange. Ungefähr fünfzehn Jahre. Was ich nicht begreifen kann, ist, warum Sie allein hier unten sind. Ist er ins Fitnessstudio abgehauen oder zur Arbeit und hat Sie allein gelassen?«

Kat schüttelte den Kopf und gab ihm die Muffinform, um sie mit Papierförmchen auszulegen. »Er duscht. Ich dachte, ich hamstere etwas zum Frühstück zusammen.« Das entsprach nicht ganz der Wahrheit. Sie hatte sich rastlos und deplatziert gefühlt. Das hatte sie in die Küche getrieben. »Ich weiß nicht, ob er überhaupt frühstückt.« Sie drückte die Blaubeeren sorgfältig in den Teig. »Vor allem Kohlenhydrate und Fett … Sloane, nun, er hält sich in Form.«

»In Form? Hmpf. Der Junge trainiert wie ein Besessener. Normalerweise ist er so früh am Morgen und oft noch nach der Arbeit im Fitnessstudio.«

Nachdem sie die Muffins in den vorgeheizten Ofen geschoben hatte, sah sie Drake an. »Trainiert? Ich dachte, er kämpft nicht mehr …«

»Kat?«

Beim Klang von Sloanes Stimme wirbelte sie herum und hielt sich an der Arbeitsplatte fest.

Er kam in die Küche stolziert, mit einem todschicken Anzug und einer grimmigen Miene. »Du bist immer noch hier.«

Es kostete sie ihre ganze Beherrschung, ihn nicht anzublaffen. Stattdessen sagte sie obenhin: »Ich habe kein Auto, hast du das vergessen?«

Er ging auf sie zu und hob ihren Kopf an. »Es war nicht so gemeint, wie es sich angehört hat. Ich kam aus der Dusche, und du warst fort. Ich dachte, du wärst vielleicht gegangen.«

»Indem ich dir dein Auto stehle? Mal dir das doch einmal aus, Sloane. Du hast gesehen, wie viel Erfolg ich dabei hatte, in ein Taxi zu steigen.« Das war demütigend gewesen, aber Sloane hatte es gelassen aufgenommen.

»Ich hätte Ihnen die Schlüssel zu meinem Wagen gegeben, Süße«, meinte Drake. »Nachdem die Muffins fertig gewesen wären.«

»Halt den Mund, Drake. Sie braucht deinen Wagen nicht.«

»Ach ja? Warum ist dieses entzückende Mädchen dann hier unten, während du in der Dusche bist? Was für ein Blödmann!« Er schnaubte. »Aber gut für mich. Ich habe mir Blaubeermuffins gesichert.«

Kat erstickte fast vor Lachen. Sie mochte Drake, sie mochte ihn wirklich.

»Sind die Muffins schon fertig?« Sloane strich mit dem Daumen über ihre Wange. »Er wird mit vollem Mund nicht sprechen können.«

Sie sah auf den Timer. »Fast.«

»Aber er hat recht.«

»Dass du ein Blödmann bist?«

Sloane grinste. »Dass du zauberhaft bist. Und ja, ich bin ein Blödmann.« Er hob Kat hoch, setzte sie auf die Kücheninsel und küsste sie.

Sein warmer Mund streifte ihren und blendete alles andere aus, einschließlich der Tatsache, dass sie in seiner Küche waren und Drake quasi einen Platz in der ersten Reihe hatte.

Sloane drehte ihr Haar um seine Hand, zog sie zu sich und drang in ihren Mund ein. Er schmeckte nach Zahnpasta mit Pfefferminze, Kaffee und dem weicheren, süchtig machenden Geschmack des Mannes selbst. Sie fuhr mit den Fingern durch sein Haar, umspielte mit ihrer Zunge die seine.

Das Piepsen des Timers durchdrang den Nebel sexueller Begierde. Kat lehnte sich zurück. »Muffins. Frühstück.«

»Ich werde sie herausholen«, erbot sich Drake. »Ihr zwei macht einfach weiter.«

Sloane folgte Drake mit den Blicken, als dieser langsam um die Kücheninsel herumging.

Kat versetzte es einen Stich angesichts der Schatten, die in Sloanes Augen lauerten, der Schwere, die ihn niederdrückte. Die Sorge stand ihm so eindeutig ins Gesicht geschrieben, dass sie die Hand an seine Wange legte. »Kalorien sind gut«, sagte sie leise. »Alle Kalorien, die er bei sich behalten kann.«

Sloanes Blick traf ihren, und sein Gesichtsausdruck war so unverstellt und offen, dass sie seinen Schmerz spüren konnte. Er lehnte seine Stirn an ihre. »Ich bin froh, dass du hier bist.«

»Ich auch.« Ausnahmsweise einmal kümmerte sie sich um Sloane.

»Ich wollte nicht, dass du gehst. Und noch viel weniger will ich, dass du die Aufmerksamkeit der Reporter auf dich lenkst. Sie werden Jagd auf dich machen.«

»Ich werde nicht mit ihnen reden.« Sie brauchte er nicht dafür zu bezahlen, dass sie den Mund hielt. »Was auch geschieht, selbst wenn ich sauer auf dich bin, bei mir läuft so was nicht. Du brauchst dir darüber keine Sorgen zu machen.«

»Verdammt, Kat. Darum geht es nicht.« Er ließ eine Hand unter ihre Bluse gleiten und drückte sie flach auf ihren Rücken. »Wenn sie einfach in deine Konditorei kämen, würdest du mit ihnen fertigwerden. Aber sie werden dir folgen und dich in die Enge treiben, wenn du nicht vorbereitet bist.«

Das wäre ätzend, das musste sie zugeben. »Okay.«

Er zog den Kopf zurück, und vor Überraschung wurden seine Züge ganz weich. »Macht dir das keine Angst?«

Nein. Es war die Wahrheit. Wenn ein Reporter sie außerhalb ihrer Konditorei in die Enge trieb, konnte sie eine Panikattacke bekommen. Obwohl Sloane einen unangenehmen Morgen gehabt hatte, dachte er an sie. »Du brauchst dir um mich wirklich keine Sorgen zu machen. Geh arbeiten. Wenn die Reporter verschwinden, besorge ich mir einen fahrbaren Untersatz. Ich brauche nicht vor elf in der Konditorei zu sein.«

Drake räusperte sich. »Sie können meinen Wagen nehmen, Kat. Ich brauche ihn nicht.« Er warf einen Schlüsselbund auf die Arbeitsplatte. »Danke für die Muffins. Ich nehme mir einen zweiten mit nach oben in mein Zimmer.«

Mit einem Blick auf Sloane fügte Drake hinzu: »Sei kein Blödmann.« Er schlurfte in den Flur.

Sloane seufzte und hob sie sanft von der Arbeitsplatte herunter. »Du brauchst seinen Wagen nicht. Ich werde dich nach Hause fahren.« Er stapelte einige Muffins auf einen Teller und goss sich Saft ein. »Nehmen wir das hier mit nach draußen auf die Terrasse.«

Kat folgte ihm hinaus auf die große Terrasse, die sich an der Rückseite seines Hauses entlangzog. Dann wählte sie einen Platz mit Blick auf den Ozean und scherte sich nicht darum, dass die kühle Brise vom Meer ihr Haar zerzauste und ihr eine Gänsehaut auf den Armen bescherte. Das Rauschen der Brandung besänftigte sie.

»Zieh das an.« Sloane hielt ihr ein schwarzes Sweatshirt mit einem Reißverschluss hin.

Nachdem sie das Teil übergezogen hatte, krempelte sie die Ärmel auf. »Musst du nicht zur Arbeit fahren?«

Er stellte einen Muffin auf ihren Teller und machte sich über seinen her. »Gleich.« Er nahm sich einen zweiten. »Du hast die gebacken. Es wäre unhöflich, sie nicht zu essen.«

»Ich hätte fragen sollen, ob ich deine Küche benutzen darf. Die im Übrigen der reinste Wahnsinn ist. Genau wie ich meine Küche einrichten würde, bis hin zu dem *Viking*-Herd mit sechs Kochstellen und dieser fantastischen Insel …« *Halt den Mund.* Gott. Sie presste die Lippen aufeinander. »Tut mir leid, bin vom Thema abgeschweift.«

Sloane bedeckte ihre Hand mit seiner und streichelte die empfindliche Stelle zwischen Daumen und Zeigefinger. »Du kannst in meiner Küche backen, wann immer du willst, Kat. Hat Drake dir Angst gemacht?«

»Er hat mich erschreckt. Aber nein, ich bin nicht in Panik geraten.« Sie hatte vor Überraschung Herzklopfen gehabt, aber keine Panikattacke. »Ich mag ihn.« Sie drehte die Hand, sodass ihre Handfläche die seine berührte, und verschränkte ihre Finger mit seinen. »Es tut mir leid, dass er krank ist, Sloane. Er sagte, er würde dich schon lange kennen. Das muss hart sein.«

Er entzog ihr die Hand und schaute zu den Wellen hinüber. »Er hat mich gerettet. Hat eine Menge von uns gerettet. Und jetzt sagen sie mir, dass es nichts, aber auch gar nichts gibt, was ich tun kann.«

Da fiel bei ihr der Groschen. Drake lag im Sterben, und die Starre auf Sloanes kantigem Gesicht drückte seinen Schmerz aus. Seine Mutter stand ihm nicht nahe, seine Schwester war tot, und jetzt starb sein Freund.

Sie schob ihren Stuhl zurück, ließ sich auf Sloanes Schoß nieder und schlang einen Arm um seinen Hals. Sloane war fast dreißig Zentimeter größer und fünfzig Kilo schwerer als sie, aber sie schmiegte sich an ihn, als könne sie ihn vor diesem Schmerz beschützen. Dann legte sie den Kopf an seine Halsbeuge und liebkoste seine muskulöse Schulter.

Nach einigen Herzschlägen gegen ihre Wange löste sich seine Anspannung, und er nahm sie in die Arme. Dann drückte er das Gesicht an ihren Kopf und durchkämmte mit den Fingern ihr Haar.

»Was machst du nur mit mir?«

Sie schloss die Augen und atmete seinen Duft ein, während sie gegen Tränen ankämpfte, die ihr unvermittelt in den Augen brannten. Er wusste es wirklich nicht. »Man nennt es Umarmung. Trost.«

Er holte zittrig Atem. »Du musst wissen, worauf diese Reporter aus sind. Eigentlich überrascht es mich, dass du es nicht bereits weißt. Bei Google hat niemand eine Privatsphäre.«

Das stimmte. Aber Kat hatte den üblen Beigeschmack der Eifersucht nicht gerade genossen, als sie Bilder von Sloane mit wunderschön zurechtgemachten jungen Frauen betrachtet hatte, daher hatte sie ihre Google-Suche abgebrochen. Ihr Selbstbewusstsein brauchte diese Art von Prügel nicht. »Du wirst es mir sagen müssen.« Es bekümmerte sie, ihn so zu sehen, so angespannt, nervös – und dass er sich abschottete. Sie wollte nicht so viel Anteil nehmen. Und vielleicht war es eine gute Ermahnung für sie – sie sollte die Grenzen einhalten.

Sie hatte früher einmal an die ewige Liebe geglaubt, und diese Liebe war einen hässlichen Tod gestorben. Sie musste sich diese Erfahrung nicht noch einmal zumuten.

Sloanes Brust dehnte sich in einem tiefen Atemzug. »Der Mann, der meine Schwester ermordet hat, ist diese Woche aus dem Gefängnis entlassen worden.«

»Sara wurde ermordet?« Entsetzen jagte ein Frösteln über ihren Rücken. Ihr war ganz übel.

»Vergewaltigt und ermordet. Aber sie war nur ein Pflegekind, ein Wegwerfgegenstand.« Zorn und Mutlosigkeit standen in seinen Augen und zogen ihn weit fort von ihr. »Der Preis für ihr Leben waren dreizehn Jahre. Und jetzt ist das Dreckschwein ein freier Mann.«

17

Sloane beendete sein Telefongespräch und schaute zu Kat hinüber. Sie war blass und still und schaute aus dem Seitenfenster der Limousine, während sie auf dem Weg zu ihr nach Hause waren. Ein Thermobecher mit Kaffee klemmte zwischen ihren Oberschenkeln.

Die Dinge waren an diesem Morgen zu sehr aus dem Ruder gelaufen. Er geriet ins Schlingern, verdammt, und ließ Kat zu nah an sich heran. Es hatte seinen Grund, dass er sorgfältig auf die Einhaltung der Grenzen bedacht war. Aber wie zur Hölle sollte er das anstellen, wenn sie sich in seine Arme schmiegte und ihn an sich zog? Ihn tröstete? Sloane hatte das Einzige getan, worauf er sich verstand. Er hatte ihr die kalte Schulter gezeigt. Ihr gesagt, dass er sich um einige Angelegenheiten kümmern müsse.

»Wenn irgendwelche Reporter aufkreuzen, will ich, dass du mich darüber informierst. Ich werde mich dann darum kümmern.« Er verzog das Gesicht, als ihm ein anderer Gedanke durch den Kopf ging. »Nächste Woche fliege ich nach Südamerika, aber meine Assistentin wird sich um jedwedes Problem kümmern.«

Sie nickte, ohne ihn anzusehen.

Verflucht. »Ich werde dich am Samstag um sechs zur Weinverkostung abholen.«

»In Ordnung.«

Das erleichterte ihn ein klein wenig. Sie hielt ihre Vereinbarung ein, seine Begleiterin zu sein. Er legte sein Handy beiseite. »Ich wollte, dass wir heute Morgen ausschlafen. Ich hätte dich nicht gebeten zu bleiben, wenn ich gewusst hätte, dass es ein so unangenehmes Erwachen geben würde.« Es war ihm furchtbar peinlich. Sie musste an den meisten Tagen vor dem Morgengrauen aufstehen, um ihre Konditorei zu betreiben. Er hatte sie gestern Nacht lange wach gehalten, und sein Telefonat heute hatte sie früh geweckt.

»Kein Problem.«

Ihre tonlose Stimme schnitt ihm ins Herz. »Du hast es doch nicht gewollt.« Als sie sich von ihm zurückgezogen hatte, hatte das einen Schalter in ihm umgelegt.

Kat drehte sich zu ihm.

Er zuckte zusammen, als er den müden, beinahe gequälten Ausdruck in ihren Augen sah.

»Was soll's? Es haben sich Dinge ergeben, um die du dich kümmern musst. Ich kapier das schon.«

Er war ein Mistkerl. Kat hatte sein kaltes Benehmen nicht verdient. Es war leichter, sich auf Schadensbegrenzung zu konzentrieren, als sich zu vergegenwärtigen, wie sie ihn anrührte, so wie keine andere Frau zuvor. Er konnte sich nicht daran erinnern, dass irgendeine andere seiner Begleiterinnen jemals versucht hätte, ihn zu trösten. Allein der Gedanke war absolut lächerlich. Sie benutzten ihn für Sex und was immer sie sonst von ihm wollten. Er war schließlich als großzügig bekannt.

Nur nicht Kat gegenüber. Er hatte ihr nichts weiter offeriert als die dunkle Seite seiner Seele. Er brachte sie nicht in ein schönes Hotel, wo sie Zimmerservice, Spa und Massagen genießen konnte. Er zerrte sie in sein Haus, wo sie Muffins machte, wie sie es jeden verdammten Tag bei der Arbeit tat.

Zornig auf sich selbst sagte er: »Es hat mir besser gefallen, als du dich in meine Arme geworfen hast.«

Der Anflug eines Lächelns glitt über ihren Mund. »Ich bin nicht sauer auf dich. Du hattest einen schlimmen Morgen. Ich sorge nur dafür, dass ich dir nicht im Weg bin.«

Ihre Bemerkung war für ihn wie ein Schlag ins Gesicht. »Verdammt, du bist mir nicht im Weg.« So wurde sie von ihren Eltern behandelt – wie jemand, der zur Seite gedrängt und ignoriert werden konnte.

»Stopp. Zwischen uns ist alles klar.« Die Limousine verlangsamte das Tempo und bog in Kats Wohnanlage ein. »Danke für das Dinner gestern Abend und für alles. Wir sehen uns am Samstag.«

»Als ob du es nicht besser wüsstest.« Als würde er sie absetzen und wegfahren, als würde er sich nicht darum scheren, ob sie sicher in ihr Haus gelangte. Als Ethan die Tür öffnete, folgte er ihr aus dem Wagen. »Zehn Minuten.«

Sein Fahrer nickte und nahm wieder im Wagen Platz.

In der Wohnung hörte Sloane Wasser laufen. »Ist das die Dusche?«

»Das ist Kellen. Er ist immer noch krankgeschrieben. Diego ist bei der Arbeit.« Sie ging zum Waschbecken und machte sich daran, den Thermobecher auszuspülen.

Er konnte sie so nicht zurücklassen. Der Anblick von Kat in seiner Küche, in der sie sich bewegte, als gehöre sie dorthin, hatte das Eis in seinem Herzen zum Schmelzen gebracht. Aber als sie sich ihm auf der Terrasse in die Arme geworfen hatte, als sie sich mit ihrem kleinen Körper an ihn geschmiegt hatte, hatte er sich dabei erwischt, dass er sich an sie klammerte. Nicht um Sex mit ihr zu haben, sondern um ihr nahe zu sein. Er wusste nur einfach nicht, wie er damit umgehen sollte. Vor allem auch damit, dass sie begriffen hatte, wie krank Drake war, und dem Mann Muffins gebacken hatte. »Ich werde für Samstagnacht ein Hotelzimmer für uns reservieren. Du kannst dir das Hotel aussuchen.«

Sie blickte nicht auf. »Ich muss am Sonntag gegen vier Uhr dreißig in der Backstube sein. Wenn du Sex in einem Hotel haben willst, werde ich dorthin kommen, sodass ich gehen kann, wenn wir fertig sind.«

»Verdammt, Kat.« Er war frustriert. »Ich versuche, etwas Nettes für dich zu arrangieren. Nimm dir den Tag frei.«

»Tut mir leid, das kann ich nicht.«

Ihre tonlose Stimme stach ihm ins Herz. Er wusste nicht, wie er das in Ordnung bringen sollte. »Ich versuche …«

»Ich will nicht, dass du etwas versuchst.« Sie umklammerte die Kante der Arbeitsplatte, schloss die Augen und legte den Kopf in den Nacken. »Ich will einfach …«

»Was willst du?«

»In der Lage sein, das im Griff zu haben.« Ihr Blick traf seinen. »Sex mit dir zu haben und nicht mehr daraus zu machen.«

Sloane starrte sie an, und ihre Worte klangen in ihm nach. Sie verströmte Stärke und Verletzlichkeit.

So schön und voller Narben. Innerlich und äußerlich. Seine Gefühle rieben ihn auf wie Schmirgelpapier. Sie verursachten ein Ziehen in seiner Brust und trockneten seinen Mund aus. Vor einem Dutzend Jahren, als er sie das erste Mal gesehen hatte, war sie ein Kind von sechzehn Jahren gewesen, eine junge Schönheit, die er für das gehasst hatte, was er für ihr märchenhaftes Leben gehalten hatte, während seine Schwester tot war.

Aber jetzt hatte das Schicksal ihr diese Unschuld geraubt und eine Kämpferin zurückgelassen, die sich bemühte, auf unsicherem Grund Tritt zu fassen. Sie weckte seine Beschützerinstinkte, wie niemand das seit Sara getan hatte.

Sloane ging zu ihr hinüber, schmiegte sich an ihren Rücken und umfing sie mit den Armen. Als er spürte, wie sie sich an ihn lehnte, bettete er das Kinn auf ihren Kopf. »Zu spät. Wir wissen beide, dass da mehr ist.«

Sie hielt sich krampfhaft an der Arbeitsplatte fest. »Ich weiß nicht, wie ich es überleben soll, wenn es zu Ende geht.« Sie holte Luft. »Würdest du etwas für mich tun?«

»Was?« Alles. Er würde sich besser fühlen, wenn er etwas für sie tun konnte.

»Lüg mich nicht an. Lüg einfach nicht. Ich kann damit umgehen, solange du mir die Wahrheit sagst.«

Er sollte jetzt gehen. Sie allein lassen. Oh Gott, Sloane wusste, dass es enden würde.

Und schlimm enden.

Er konnte es eine Weile vor ihr verborgen halten, aber Kat war zu klug, um sein Ziel nicht zu erahnen.

Den Mann zu töten, der Sara ermordet hatte.

Aber Sloane konnte Kat nicht gehen lassen. Noch nicht.

Einige Stunden Arbeit in ihrer Backstube halfen Kat, ihre Gedanken zu ordnen. Sie konnte Sloanes Leben nicht in Ordnung bringen. Aber es gab noch etwas anderes, das ihr zusetzte.

Wie sie Sloane gesagt hatte, glaubte sie, dass wer immer sie an jenem Abend des angeblichen Raubüberfalls angegriffen hatte, immer noch eine Bedrohung darstellte. Der neue Erinnerungsfetzen machte ihr Sorgen. Sie hatten David nicht wehgetan, zumindest nicht sehr, aber sie hatten ihn gezwungen zuzusehen, während sie ihr wehtaten. Hatten etwas von *Konsequenzen* zu ihm gesagt. Wenn sie damals Kat aufs Korn genommen hatten als eine Art Konsequenz, was war mit anderen Menschen in Davids Leben jetzt? Sie hatte nichts von einer festen Freundin gehört, aber ihr Bruder Marshall war Davids Freund. Ihre Eltern würden ihr kein Gehör schenken, aber würde Marshall es tun? Sollte sie ihn warnen, dass sie vermutete, David könne in etwas Gefährliches verwickelt sein?

Sie nippte an einem Glas Wasser und beschäftigte sich weiter damit, Himbeerherzkekse zusammenzusetzen. Sie waren der Renner in der *Sugar Dancer Bakery*. Kat verstrich Himbeergelee auf einem herzförmigen Butterkeks. Dann legte sie einen Keks mit ausgeschnittenem Herz darüber und bestäubte das Ganze mit Puderzucker.

Sie arbeitete mechanisch weiter und dachte dabei an Marshall. Sie hatten nicht wirklich Anteil am Leben des anderen. Er hatte David als Trauzeugen für seine Hochzeit gewählt, während Kat nur ein Gast sein würde. Doch wenn sie ihn tatsächlich einmal sah, behandelte ihr Bruder sie mit seiner gewohnten geistesabwesenden Zuneigung, genau wie er es immer getan hatte.

Also, würde er ihr zuhören? Oder schenkte er einfach David Glauben?

Anna ließ sich auf den anderen Hocker an dem Tisch mit der Edelstahlarbeitsplatte fallen.

»Machst du Pause?« Kat hatte das erste Blech fertig und machte sich an das zweite.

»Ich wollte mit dir reden.«

Sofort war Kat beunruhigt. Sie beäugte Anna. »Stimmt etwas nicht?« *Bitte, reich nicht deine Kündigung ein.* Irgendwann würde Anna gehen – sie arbeitete an ihrem Abschluss in Marketingmanagement und würde weiterziehen. Aber Anna war unbestreitbar Kats Lieblingsangestellte.

»Nichts in der Art.« Anna griff nach einer Herzform mit Ausschnitt und setzte sie genau auf ein mit Gelee bestrichenes Unterteil. »Aber ich würde gern etwas mit dir besprechen.«

»Hmhm.« Annas Ehrgeiz war eins der Dinge, die Kat an ihr gefielen. »Ein neues Rezept?«

Das Mädchen lachte. »Ich fürchte, nein. Ich habe nicht dein umwerfendes Talent.«

»Warum habe ich das Gefühl, dass ich hier eingewickelt werde?« Nachdem Kat ihr Messer in den Wasserbecher gestellt hatte, machte sie sich daran, die Kekse auf dem Tablett für die Auslage zu arrangieren. »Lass hören.«

»Ich möchte dich und *Sugar Dancer* zu einem Projekt für einen meiner Kurse machen. Die Aufgabenstellung ist eine Fernsehwerbung mit einem Marketingplan. Bitte, Kat. Ich weiß, ich werde meine Sache großartig machen. Und wenn es dir gefällt, dann können wir das fertige Produkt bei einigen Kochshows einreichen, in denen es auch ums Backen geht.«

Kat ließ sich auf den Hocker sinken und rieb sich ihr Bein. Annas Augen leuchteten hinter ihrer trendigen Brille, ihre Wangen waren vor Aufregung gerötet. Sie zu enttäuschen war so, als würde man einem Kätzchen etwas zuleide tun. Aber sie musste realistisch sein. »Du willst mich in dem Clip zeigen.«

»Du bist das Aushängeschild von *Sugar Dancer*. Ich habe alles genau geplant. Wir werden zwei Videos machen. Eins wird ein kurzer Werbeclip sein. Wir werden ihn aus einer längeren Reportage über dein Leben zusammenschneiden.«

»Reportage? Über mich?« Kat konnte es nicht fassen.

Anna nickte. »Du bist *Sugar Dancer*, Kat. Und was das Entscheidende ist, deine Geschichte ist interessant und inspirierend.«

Kat verzog den Mund. Sie mochte Anna, sie mochte sie wirklich, aber das Mädchen trug ein wenig dick auf. »Wohl kaum.«

Anna berührte sie am Arm. »Doch, wirklich. Du musst mir nur vertrauen. Wir werden stundenlang Aufnahmen machen müssen, aber einiges davon wird während deiner regulären Arbeit passieren, wenn du das Kamerateam einfach ignorieren kannst. Aber ich brauche auch Demostücke von dir, wie du etwas vorbereitest, wie du bäckst, dekorierst – und vielleicht ein gutes Demostück von dir, wie du bei einer Veranstaltung einen Hochzeitskuchen herrichtest. Ich weiß, es ist viel verlangt. Aber ich bitte dich trotzdem darum.«

Allein die Vorstellung jagte Kat eine Heidenangst ein. Sie war ganz aufgeregt.

»Kat, wir hätten gutes Material, das wir bei Kochshows einschicken könnten.« Anna rutschte von ihrem Hocker, ging zum Schreibtisch und griff nach ihrem *iPad*. Nachdem sie zu dem Hocker zurückgekehrt war, legte sie das Tablet auf die Arbeitsplatte neben Kat. »Ich habe drei ausgesucht. Es ist Teil meines Marketingplans.«

Kat, der der Kopf schwirrte, umklammerte die Tischkante. »Anna, die Aufnahmen in meiner Konditorei stehe ich unter Umständen durch. Aber ich kann nicht in eine Kochshow gehen.« Sie hasste ihre Schwäche. Aber dieser Teil von Annas Marketingidee war ihr nicht neu. Das Mädchen setzte ihr schon länger zu, dass sie sich bei einer Show bewerben solle, in der es ums Backen ging.

»Diese Hürde kannst du in Angriff nehmen, wenn es so weit ist. Du kannst immer noch Nein sagen, wenn – wenn tatsächlich – ein Anruf kommt, um dich in eine Show einzuladen.« Sie stützte die Ellbogen auf den Tisch und fügte hinzu: »Was ist dein ultimatives Ziel für *Sugar Dancer*?«

Kat lächelte. »Ich will Konditoreien überall in den USA aufbauen und *Sugar Dancer* zu einer Marke machen, bis hin zu Backmischungen für zu Hause.« Anna hatte diesen Traum mehr als einmal aus ihr herausgekitzelt. »Aber ich brauche zusätzliches Kapital, um weitere Konditoreien zu eröffnen.« Abgesehen von all den Problemen, geeignete Orte auszukundschaften, die richtigen Angestellten zu finden und sie auszubilden, war es eine gewaltige Investition an Zeit und Geld.

»Du brauchst eine Imagekampagne. Gib mir diese Chance. Und vertrau mir. Wenn dir das Ergebnis nicht gefällt, werde ich es nur für meinen Schein einreichen. Wir werden einen Vertrag aufsetzen, dass die Arbeit nur für mein Studium benutzt werden darf, es sei denn, du gibst deine ausdrückliche Zustimmung, daraus eine regelrechte Werbekampagne zu machen.«

»Bis wann brauchst du eine Antwort?«

Anna sah sie verlegen an. »Ich muss morgen drehen oder spätestens Samstag.« Sie berührte ihren Computerbildschirm.

»Ich habe hier einen Vorschlag für dich, den du dir ansehen solltest. Aber ich brauche eine Antwort bis heute Abend.«

»Anna? Warum fragst du dann jetzt erst?«

»Zum einen habe ich immer noch an dem Konzept gearbeitet, und ich wollte nicht, dass du es siehst, bevor es stimmig ist. Und ich wollte nicht, dass du zu lange darüber nachdenken und es dir selbst ausreden kannst. Manchmal muss man die Leute einfach überrumpeln.«

Die Ladenglocke läutete zum Zeichen, dass ein neuer Kunde den Laden betrat.

Anna stand auf und sagte: »Ich werde *Sugar Dancer* und dich groß herausbringen. Du hast dabei nichts zu verlieren – wenn dir das Endergebnis nicht gefällt, kannst du es ablehnen, mir zu erlauben, irgendetwas anderes damit zu machen, als es für einen Schein einzureichen.« Sie ging hinaus, um den Kunden zu bedienen.

Kat zog sich das *iPad* auf den Schoß und machte sich mit Annas Vorschlag vertraut. Ihr wurde es eng in der Brust. Während Kat im Allgemeinen nicht in der Öffentlichkeit über ihr Bein oder den Raubüberfall redete, wollte Anna all das als Teil ihres persönlichen Hintergrunds benutzen, und dazu gehörte auch, dass sie das Familienunternehmen verlassen hatte, um ihren Traum zu verwirklichen.

Die Vorstellung machte ihr Angst. Aber sie verstand auch, was Anna damit bezweckte – sie stattete Kat mit einer Geschichte des persönlichen Triumphes über eine Tragödie aus. Ihr Leben solchermaßen ins Licht der Öffentlichkeit gezerrt zu sehen, nachdem sie es jahrelang im Verborgenen geführt hatte, machte Kat schwindlig. Würde sie dem gewachsen sein?

Nun, sie würde es niemals erfahren, wenn sie es nicht versuchte, oder? Vor einem Monat hätte sie geschworen, dass sie niemals mehr ein Verhältnis mit einem Mann haben könnte. Nun hatte sie eins. Vielleicht ging es nur um Sex, aber es war trotzdem ein Fortschritt. Aufregung und Nervosität durchströmten sie und schenkten ihr frische Energie. Sie legte Annas *iPad* beiseite und stand auf. Dann griff sie nach dem Tablett mit den hübschen Himbeerherzen und schob es fachkundig in die Glasvitrine.

Sie schaute sich in ihrem Laden um, betrachtete die runden Chromtische mit den feuerrot gepolsterten Stühlen. An der Hälfte der Tische saßen Kunden, aßen von Kats Leckereien und plauderten. Einige Jugendliche hatten an der hohen Theke entlang der Rückwand Platz genommen. An den beigefarbenen Wänden hingen Leinwände, die mit Tänzerinnen in fröhlichen Farben bedruckt waren und die der Künstler so hatte aussehen lassen, als seien sie aus Zuckerwatte.

»Denkst du darüber nach?« Anna reichte ihr eine Tasse Kaffee, wie sie ihn mochte – mit Zucker und Milch.

»Du bist sehr überzeugend.« Kat nippte an dem Getränk. Sie hatte noch einen langen Abend vor sich, einschließlich zweier Kuchenverkostungen für angehende Bräute.

»Also, du machst es?«

Kat stellte ihren Kaffee beiseite. »Ich habe davon geträumt, meine eigene Konditorei zu besitzen, seit mein Bruder mir einen elektrischen Puppenherd geschenkt hat.« Marshall. Ihr Magen zog sich bei der Erinnerung zusammen. Während ihre Eltern der Ansicht waren, Backen sei Zeitverschwendung, hatte er sie unterstützt.

»Oh! Siehst du, das ist eine großartige Anekdote für den biografischen Hintergrund.«

Annas Begeisterung war ansteckend. »Das war noch lang nicht alles. *Sugar Dancer* ist nur der Anfang.«

Das Grinsen des Mädchens riss Kat mit.

»Lass es uns versuchen. Ich werde für dein Marketingprojekt zur Verfügung stehen. Wenn uns der Clip gefällt, reichen wir ihn ein, und wenn ich einen Rückruf bekomme – dann werden wir sehen, ob ich meine Panikattacken hinreichend im Griff habe, um in einer Show aufzutreten.«

Und weil sie schon einmal dabei war, über Risiken zu sprechen, zog Kat ihr Handy heraus und rief ihren Bruder an. Sie musste es versuchen.

»Riecht großartig hier drin. Was gibt es zum Frühstück?«

Kat verriegelte ihre Ladentür, da sie offiziell erst in einer Stunde öffnen würde, und musterte ihren Bruder. Er sah gut aus. Sie war immer noch ein wenig überrascht, dass er sich bereit erklärt hatte, sie weniger als vierundzwanzig Stunden nach ihrem Anruf bei ihm zum Frühstück zu treffen. »Dir auch einen guten Morgen.«

Marshall ließ ein Grinsen aufblitzen. »Lila zwingt mich, gesund zu essen. Ich kann nachts nicht schlafen von dem Lärm des Blutes, das durch meine widerwärtig freien Arterien schießt. Ich brauche etwas Fett, um diese Scheißdinger zu verstopfen.«

Kopfschüttelnd griff Kat nach der Kaffeekanne. »Geh in die Backstube. Ich habe verschiedene Sorten Muffins und Kuchen auf den Abkühlblechen.«

»Toll.« Er rauschte an ihr vorbei.

Das war Marshall. Er hatte einen Doktortitel in Immunologie, arbeitete unendlich viele Stunden an der Forschung und Entwicklung verbesserter Medikamente gegen Bindegewebsschwäche, aber wenn etwas seine Aufmerksamkeit erregte, sprudelte er nur so über vor Klein-Jungen-Enthusiasmus. Genauso wie er sich bei ihren Backdesastern verhalten halte, als sie ein Kind gewesen war.

Er trug einen Teller voller Muffins, Kuchen und Keksen herein. »Wenn Lila das spitzkriegt«, schalt Kat ihn, während sie ihm an einen Tisch folgte, »wirst du ganz schön in der Tinte sitzen.«

Er nahm einen Riesenbissen von einem Muffin mit Schokostückchen. »Das ist es wert.« Nachdem er einen weiteren Bissen verschlungen hatte, fügte er hinzu: »Aber auch so was von wert.«

»Das ist der Versuch, deine Arterien in Rekordzeit zu verstopfen, wie ich sehe.« Ihr wurde warm ums Herz. Marshall pflegte ihre Fehler kleinzureden und ihr zu versichern, dass alles besser würde. Er war auf seine Weise immer für sie da gewesen. Jetzt würde sie etwas zur Sprache bringen, das ihre Beziehung ruinieren konnte.

»Wie läuft der Laden?«

Okay, zuerst ein paar Nettigkeiten. »Gut. Was ist mit dir? Du hast zwei Medikamente in der Pipeline? Was kommt bei den Versuchsauswertungen heraus?« Es war eine sehr komplexe, arbeitsintensive Prozedur, die Medikamente diverse Tests durchlaufen zu lassen.

»Der Lupus-Test ist ausgesprochen vielversprechend.« Seine Augen leuchteten. »Wenn wir einmal mehr Zeit haben, werde ich dir ausführlich davon berichten.« Er wählte einen Banane-Nuss-Muffin. »Aber ich bin hergekommen, um zu erfahren, wie es dir geht.«

Es versetzte ihr einen kleinen Stich. Sie hatte ihren Job bei *SiriX* gehasst, aber sie liebte es, Marshall über seine Arbeit reden zu hören. Er war mit Herz und Seele bei dem, was er tat, war geradezu getrieben davon, bessere Medikamente zu entwickeln, um Lupus-Patienten zu helfen. Warum rief sie ihn nicht häufiger an?

Marshall legte den Muffin auf den Teller und stand auf.

Mist, sie hatte Tagträumen nachgehangen, statt zu antworten. »Was machst du?« Wollte er schon gehen?

»Ich hole noch Kaffee.«

»Ich gehe …«

Er zog sie am Pferdeschwanz. »Setz dich. Ich hole ihn.« Er kehrte zurück und füllte ihre Tassen wieder auf. »Mehr Sahne und Zucker?«

»Nein danke.« Er wusste, dass sie Sahne und Zucker nahm. Marshall war nicht so zerstreut, wie die Leute glaubten. Er registrierte und katalogisierte alles um ihn herum. Diese geistesabwesende Professor-Masche, die er so gut draufhatte – das war seine Art, Konfrontationen aus dem Weg zu gehen. Marshall verschwendete keine Energie auf Streitigkeiten, er tat einfach still und leise das, was er tun wollte.

Er setzte sich hin und verputzte seinen zweiten Muffin. »Es ist mir wichtig, Katie. Du hast für *Sugar Dancer* eine Menge aufgegeben. Ich will wissen, ob es das wert war.«

Das war leicht zu beantworten. »Ja. Es läuft prima.« Sie beugte sich vor und berichtete ihm, wie weit sie es mit der Konditorei gebracht hatte, dann erzählte sie ihm von Annas Marketingprojekt.

Winzige Fältchen erschienen in seinen Augenwinkeln. »Eine sichere Methode, unsere Eltern auf die Palme zu bringen. Bau das Unternehmen aus. Beweise, dass sie unrecht haben.« Er checkte die Zeit auf seinem Handy. »Und jetzt erzähl mir, warum du mich sehen wolltest.«

Sie biss in die Innenseite ihrer Wange, etwas in ihr hielt sie davon ab, ins kalte Wasser zu springen. Würde Marshall ihr glauben? Oder würde das von nun an zwischen ihnen stehen? Oh Gott, mit ihren Mutmaßungen über David, für die sie keine echten Beweise hatte, konnte sie vollkommen auf dem Holzweg sein.

Doch der Schmerz in ihrem Bein erinnerte sie daran, dass das, was geschehen war, real war. Und es war kein Raubüberfall gewesen.

Sie musste es versuchen. »Du willst das wahrscheinlich nicht hören, aber ich glaube, David könnte in etwas verwickelt sein, worin er nicht verwickelt sein sollte. Und wenn ich recht habe, war das, was immer er auch treibt, die Ursache für den Überfall auf uns vor sechs Jahren.« *Bitte, steh jetzt nicht auf und geh.* Kat wartete mit angehaltenem Atem.

Marshall griff über den Tisch nach ihrer Hand. »Ich weiß nicht, was an diesem Abend passiert ist, an dem du und David überfallen wurdet. Es ist möglich, dass Davids Version wahr ist. Du hast eine traumatische Amnesie, und du hast einige persönliche Veränderungen durchlaufen, ob du es zugeben willst oder nicht.« Er drückte ihre Hand und sagte energisch: »Du erinnerst dich nicht daran, was passiert ist, Katie. Deine Flashbacks könnten real sein oder aber auch eine Manifestation deines Geistes, der versucht, die Leerstellen zu füllen. Du weißt, dass das möglich ist.«

Sie knirschte mit den Zähnen und überlegte krampfhaft, was sie Überzeugendes sagen konnte, das ihn vielleicht nachdenklich machen würde. »Ja. Aber was ist, wenn Davids Version eine Lüge ist? Du hast gesagt, du weißt es nicht. Du warst nicht dabei.«

Er musterte sie eindringlich. »Das Beste, was du je getan hast, war, David und *SiriX* zu verlassen.«

Donnerwetter, das war eine Gesprächswendung, die sie nicht erwartet hatte. »Was willst du damit sagen?«

Marshall schaute auf den Tisch, dann hob er den Blick wieder. »Weißt du, warum du nicht an der Zeremonie zu meiner Hochzeit beteiligt bist?«

Das war so, als stochere er in einem wunden Punkt herum, von dem sie nicht zugeben wollte, dass er existierte. Sie musste einen klaren Kopf behalten, um ihn irgendwie dazu zu bringen, ihr zuzuhören. »Weil David dein Trauzeuge ist.«

Das Blut wich aus seinen Lippen, als er sie zusammenpresste. »Nein. Es ist, weil ich dich in Sicherheit wissen will. Du bist nicht die Einzige, die festgestellt hat, dass David sich verändert hat. Im Moment bist du nicht auf seinem Schirm. Wenn David in etwas Gefährliches verwickelt sein sollte, bist du nicht Teil seines Lebens, nicht als seine Verlobte und auch nicht bei der Arbeit. Du bist sicher, und du wirst in Sicherheit bleiben. Halt dich von David und von *SiriX* fern.«

Einen Augenblick war sie so verwirrt, dass sie nicht klar denken konnte. »Du …« Was? Sie wusste nicht, was sie sagen sollte.

»Ich beschütze meine Schwester. Ich weiß nicht, was David tut oder nicht tut. Ich weiß es wirklich nicht, also schluck deine Fragen herunter. Aber ich weiß eins – er hat in jener Nacht keinen Finger gerührt, um dich zu beschützen. Ich würde dich lieber mit einem Mann wie Sloane zusammen sehen, der den Mut hat, für dich einzutreten. Versteh mich nicht falsch, wenn Sloane dir wehtut, habe ich Zugang zu Medikamenten, die ihn dauerhaft impotent machen werden.«

Dieses ganze Gespräch war geradezu unglaublich, aber sie musste trotzdem lachen. »Das ist gemein.«

»Genies sind so, hast du das nicht gehört?«

Erleichterung vermengte sich mit Sorge. »Was sollen wir tun? Wie finden wir heraus, ob David in irgendetwas verwickelt ist? Es könnte Auswirkungen auf *SiriX* und auf euch alle haben.« Kat mochte nicht länger Teil dieser Welt sein, aber es war ihr wichtig, was mit ihrem Bruder passierte, mit ihren Eltern und all den Angestellten.

Entschlossenheit trat in seine Augen. Sein Blick wurde härter. »Du tust gar nichts. Halt dich von ihm fern.«

»Aber ich mach mir Sorgen um dich. Was ist, wenn …?«

Er schüttelte den Kopf und fiel ihr ins Wort. »Katie, wenn es wahr ist, hast du einen genügend hohen Preis gezahlt. Überlass es mir, mir deswegen den Kopf zu zerbrechen. Jetzt muss ich gehen.«

Kat stand auf und folgte ihm zur Tür. Sie lief ihrem großen Bruder nach, genau wie sie es getan hatte, als sie Kinder gewesen waren. Nur dass die Einsätze jetzt hoch und potenziell gefährlich waren. »Was wirst du tun?« Er hatte Charakterzüge, die nur wenige Menschen bei ihm vermuteten.

»Aufwachen und meine überlegene Intelligenz benutzen.« Er fasste sie an den Schultern. »Konzentrier du dich auf deine Konditorei. Expandiere. Wenn du so weit bist, habe ich etwas Geld, das ich investieren kann, und ich würde für ein Darlehen für dich bürgen, falls nötig.«

Ihr schnürte es die Kehle zu. »Das würdest du tun?«

»In meine Schwester investieren? Ja.«

Die Erkenntnis, dass sie ihren Bruder nicht verloren hatte, überwältigte sie. Sie ergriff seinen Arm. »Ich weiß, David ist dein Freund, aber sei vorsichtig.«

Er sah ihr fest in die Augen. »Wir sind seit Jahren keine Freunde mehr. David ist an meiner Hochzeit beteiligt, weil ich nie dazu gekommen bin, diese Tatsache ihm gegenüber zu erwähnen. Oder Mom und Dad gegenüber. Oder irgendjemand anderem gegenüber – außer Lila.«

Genau das entsprach seinem Charakter, wie sie ihn kannte. Er blieb in Davids Nähe, behielt ihn im Auge, aber er stellte ihn nicht zur Rede. »Verdammt. Du bist ganz schön hinterhältig.«

»Und das alles nur für dich, kleine Schwester.«

18

Sloane brauchte eine Sekunde, um sich zu fassen, als Kellen die Wohnungstür öffnete. Er hatte Kat erwartet. Nachdem er seine Ungeduld bezähmt hatte, stolzierte er hinein. »Ist sie fertig?«

Kellen zog eine Augenbraue hoch. »Sie ist spät zurückgekommen und direkt unter die Dusche gegangen. Sie hat nonstop gedreht und …«

»Was denn gedreht?« Seine Worte kamen hart und kalt heraus. Sloane musste sich zwingen, ruhig zu bleiben. Redete Kat etwa mit der Presse? Sie hatte gesagt, dass sie es nicht tun würde. *Verdammter Mist!* Er schaute in den Flur. Er würde nachsehen und die kleine Bäckerin selbst fragen.

Kellen versperrte ihm den Weg. »Was ist Ihnen denn über die Leber gelaufen?«

Sloane riss sich zusammen. Kellen war erst wenige Wochen zuvor verletzt worden. Aber verdammt, diese Bewegung überraschte ihn. Der andere Mann war zweifellos in guter Verfassung, aber Sloane wusste, wie man tötete. »Redet Kat mit der Presse?« Wenn dem so war, waren sie fertig miteinander. Aus zwei Gründen – erstens konnte er ihr nicht vertrauen und zweitens …

Es überlief ihn kalt.

Er wollte nicht, dass Kat Lee Fosters Aufmerksamkeit erregte. Der Mann hatte Sara brutal vergewaltigt und getötet.

Schlimmer noch, Sloane hatte sich über Foster auf dem Laufenden gehalten, während er im Gefängnis gewesen war. Der Mistkerl hatte trainiert, um zu kämpfen und zu töten, und er hegte einen Groll gegen Sloane, weil dieser ihn hinter Gitter gebracht hatte. Die Vorstellung, dass er Kat in die Hände bekam, ließ sein Blut gefrieren.

Kellens haselnussbraune Augen leuchteten verständnisvoll auf. »Nein, Journalisten haben sie nicht belästigt. Anna, eine ihrer Angestellten, hat Kat und *Sugar Dancer* zum Thema für ein Marketingprojekt gemacht.«

Erleichterung machte sich in Sloane breit. Während er Kellen weiterhin beäugte, sagte Sloane: »Sie und Diego wohnen immer noch hier, nicht wahr? Wie lange noch?« Kat hatte ihm versichert, dass die beiden Männer darauf bestanden, in der Wohnung zu bleiben, nachdem David vor der Konditorei tätlich geworden war.

»Noch drei Wochen, bis unser Haus fertig ist.« Kellen ließ sich auf einen Barhocker an dem Granittresen fallen. »Kat weigert sich, einen anderen Mitbewohner zu suchen. Ich mache mir Sorgen um sie, wenn sie allein lebt.«

Zum Teufel. Sloane machte sich jetzt ebenfalls Sorgen. Das Beste, was er für sie tun konnte, war, aus ihrem Leben zu verschwinden.

Doch das kam nicht infrage. Er wollte sie, er brauchte sie.

Scheiße, er sehnte sich nach ihr.

Er schaute zu dem Tastenfeld ihrer Alarmanlage und dachte über die Optionen nach. »Ich werde ihr Sicherheitssystem auf den allerneuesten Stand bringen lassen.« Was konnte er noch tun? Verdammt, ihr Bein machte Kat einfach zu verletzbar. Sie konnte nicht schnell genug und nicht weit genug laufen. »Würde sie vielleicht eine Waffe in Erwägung ziehen?«

»Niemals.«

»Einen Hund?«

»Sie sagt, sie sei zu viel weg. Wegen der Gesundheitsvorschriften kann sie einen Hund nicht mit in die Konditorei nehmen.«

Dass er nichts tun konnte, nagte an ihm. »Ich werde ihr einen Hundesitter besorgen.«

»So etwas kann sie sich nicht leisten, Sloane. Sie brauchen es gar nicht vorzuschlagen. Sie wird ohne meine Miete die Hypothek aufbringen müssen.«

»Sie würde nicht für den Hundesitter bezahlen müssen.« Das war lächerlich. Wenn Kat eine Ahnung hätte, wie viel Geld er darauf verwandte, dass sein Miststück von einer Mutter sicher war, würde sie begreifen, dass ihm die Kosten für so etwas wie einen Hundesitter nichts ausmachten. Aber natürlich würde er ihr dann erzählen müssen, warum seine Mutter Schutz brauchte, und dann würde sie ihre Vereinbarung aufkündigen.

»Wenn Sie das vorschlagen, werden Sie dankbar sein, dass sie keine Waffe hat. Aber, um das Kind beim Namen zu nennen, Ihr Verhältnis ist nur eine vorübergehende Sache. Sie würde die Kosten übernehmen müssen, sobald Sie weiterziehen.«

Weiterziehen. Sloane hörte das nicht gern. Er wollte sie nicht verlieren. Er hatte gewusst, dass Kat Probleme bedeutete, als er sie in dem Ballsaal zum ersten Mal gesehen hatte. »Ich …«

Die Schlafzimmertür öffnete sich, und Sloane vergaß Kellen.

Vergaß alles über der Frau, die in den Flur trat. Sie trug ein champagnerfarbenes Kleid, das so um ihren Körper drapiert war, dass es verboten gehörte. Es zog sich über ihre linke Schulter und ließ ihre zarte rechte Schulter frei. Das Kleid schmiegte sich eng an ihre Kurven und hatte einen ungleichmäßigen Saum. Die rechte Seite war länger und bedeckte ihr Bein bis zur Mitte der Wade. Eine clevere Art, die Narbe zu verbergen, die ihr zu schaffen machte. Sie hatte das Kleid mit irgendeiner Art von Ballettschuhen kombiniert, die Schnürsenkel hatten, die sich um ihre schlanken Knöchel wanden.

Er musste sie berühren. Außerstande, die Finger von ihr zu lassen, hob er eine Locke ihres seidigen Haares von ihrer nackten Schulter. Sie hatte sich die Augen geschminkt, sodass ihr Blau besonders zur Geltung kam. Es war höllisch sexy. Er wollte sie für sich allein haben und ihr dieses Kleid Zentimeter für Zentimeter vom Leib schälen. »Kätzchen, du siehst wunderschön aus.«

»Danke.«

Ihre atemlose Stimme machte ihn auf ihre Nervosität aufmerksam. Er strich mit dem Daumen über den flatternden Puls an ihrer Kehle. Sie hatte dies für ihn getan. Jahrelang hatte sie kein Kleid getragen, und heute hatte sie für ihn eins angezogen. Ihre Tapferkeit demütigte ihn.

»Kat«, unterbrach Kellen. »Dieses Kleid ist sensationell. Du siehst einfach umwerfend darin aus.«

Sie lächelte ihren Freund an. »Danke, Kel. Aber ich zeige dir trotzdem nicht den Kuchenentwurf.«

Ihr Mund war viel zu verführerisch, ihre vollen Lippen glänzten von irgendeinem Gloss. Sloane zwang sich, den Blick zu heben, und fragte: »Welcher Entwurf?«

Kellen grunzte. »Kat macht einen Kuchen für unsere Hauseinweihungsparty. Aber sie will uns nicht verraten, was sie plant. Das ist nicht in Ordnung. Es ist unsere Party.«

Sloane hatte das Gefühl, dass dies ein ständiger Streitpunkt zwischen den beiden war. Das Funkeln in Kats Augen ließ ihn das vermuten.

»Kellen ist ein unverbesserlicher Schnüffler. Er hat versucht herauszufinden, wie er die Schachtel öffnen kann, um mein Kleid zu sehen, als es geliefert wurde.«

»Habe ich nicht«, verkündete Kellen geziert. »Diego war nämlich hier, als der Karton kam, und er stiftet mich immer an, Kats Kekse zu klauen.«

Kat lachte aus vollem Halse, ein Ton, der bei Sloane Bauchkribbeln erzeugte. Kellen neckte sie absichtlich, damit sie sich entspannte.

Sloane nestelte an einer violetten Strähne in ihrem Haar und fragte: »Wirst du mich bitten, dein Begleiter für die Hauseinweihungsparty zu sein?«

Sie reckte das Kinn. »Oh nein. Da brauchst du nicht mitzukommen.«

Bei anderen Frauen hätte er den Verdacht gehabt, dass sie sich zierten. Nicht so Kat. Sie spielte diese Spielchen nicht. Er strich mit einem Finger leicht über ihre Wange. »Ich will aber. Frag mich.«

Sie schmiegte sich an seinen Finger. »Wir verwischen die Grenzen.«

»Ja.«

»Gefährliches Terrain.«

»Trügerisch.« Und voller emotionaler Landminen, von denen er nicht wusste, wie er um sie herumnavigieren sollte.

Ihr stockte der Atem. »Du könntest Nein sagen.«

Glaubte sie das wirklich? Er legte die Hand um ihren Nacken und zog sie nah genug zu sich heran, um in dem blaugrünen See ihrer Augen zu versinken. »Nicht bei dir. Frag mich.«

»Wärst du gern mein Begleiter bei Kellens und Diegos Hauseinweihungsparty?«

»Nur zu gern.« Das Verwischen von Grenzen? Wohl eher das Abstreifen seiner verfluchten Fesseln. Aber das Verlangen, sie zu sehen, mit ihr zusammen zu sein – und in ihr zu sein –, wurde zu einem Bedürfnis, das nach seinem Verlangen, seine Schwester zu rächen, gleich den zweiten Platz belegte.

Kellen räusperte sich. »Habt ihr zwei vor, zu dieser Weinverkostung zu gehen, oder muss ich euch erst mit dem Gartenschlauch abspritzen, damit ihr wieder zur Besinnung kommt?«

Sloane wollte Kat in seine Arme reißen, wollte sie im Schlafzimmer nehmen und sich in ihr verlieren. Aber der heutige Abend war wichtig. »Bist du so weit, dass wir gehen können?«

»Jepp.«

Kel legte die Hand auf ihren Arm. »Ich nehme an, dass du heute Nacht nicht allein hier sein wirst, also bleiben wir bei Diego. Sollte sich etwas daran ändern, schick mir eine SMS, oder ruf mich an. Schwörst du es?«

Kat stellte sich auf die Zehenspitzen, um ihn auf die Wange

zu küssen. »Ich schwöre es.« Dann grinste sie. »Du versuchst, uns loszuwerden, damit du auf die Pirsch nach den Kuchenplänen gehen kannst.«

Sobald sie sich verabschiedet hatten, verfrachtete Sloane sie in die Limousine, und sie fuhren los. »Erzähl mir von diesem Projekt mit Anna.« Er wollte sie von dem Gedanken ablenken, dass sie das Kleid trug. Und sich selbst von dem Gedanken an das, was unter diesem Kleid war.

»Kellen.« Sie seufzte. »Er ist ein Plappermaul.«

»Ist es denn ein Geheimnis?« Er schenkte ihr etwas von dem sprudelnden Wasser ein, das sie am liebsten mochte.

»Nein, eigentlich nicht. Es passiert einfach alles so schnell. Wie dem auch sei, es handelt sich um ein Projekt für Annas Marketingstudium.«

Sloane starrte ihr auf den Mund. Wieder einmal. »Sprich weiter. Sonst küsse ich dich. Und wir wissen beide, wie das enden wird.« Er betrachtete den Saum ihres Kleides auf ihrem linken Schenkel. Hatte sie überhaupt einen Slip an?

Einen Tanga?

Welche Farbe? Er würde weiß sein oder vielleicht hautfarben, um nicht durchzuschimmern.

Sloane lockerte seine schwarze Krawatte. Das Blut pochte ihm in den Adern, und sein Schwanz machte sich schmerzhaft bemerkbar. Gierig nahm er einen Schluck Wasser.

»Anna hat eine Videocrew vom College engagiert, die mich begleitet, um einen Film über mein Unternehmen zu drehen. Sie sind heute mit mir unterwegs gewesen, als ich einen Hochzeitskuchen aufgebaut habe. Nächste Woche starten wir mit den Aufnahmen für die Geschichte über mich. Aus dem ganzen Material werden Anna und ihr Team dann zwei Filme zusammenstellen. Der eine wird eine Art Werbeclip über die *Sugar Dancer Bakery* sein, und der zweite wird eine Homestory über mich als Besitzerin von *Sugar Dancer* werden. Anna hat einen kompletten Marketingplan erstellt.« Eine leichte Röte ließ ihr Gesicht vor Aufregung strahlen.

»Alles für ihr Studium?«

»Ja und nein.«

Okay, jetzt hatte sie seine ungeteilte Aufmerksamkeit. Er stellte sein Glas in einen Halter, dann legte er den Arm um ihre Schultern. »Spuck's aus, kleine Bäckerin.«

»Wenn mir das Ergebnis gefällt, habe ich vor, Annas Marketingplan zu folgen und die Videos bei drei Kochshows einzureichen, bei denen es auch ums Backen geht.«

Die Knöchel ihrer Hand, die das Glas hielt, waren weiß.

»Ich erinnere mich, dass Anna erwähnt hat, dass sie dich in eine dieser Shows bringen wollte, als ich ihr das erste Mal begegnet bin. Wärst du dazu bereit, Kat?«

Sie holte tief Luft. »Wenn ich es hinkriege.«

Ah. Jetzt wusste er, warum sie so angespannt dasaß. »Deine Panikattacken.«

»Ich komme damit klar, wenn Aufnahmen in meiner Konditorei gemacht werden, und es war okay, als sie mich beim Herrichten der Hochzeitstorte gefilmt haben. Aber in einem Studio würde ich mich ernsthaft unter Druck fühlen.« Sie zuckte mit den Achseln und hob ihr Gesicht dem seinen entgegen. »Aber wenn ich es hinkriege, wäre es eine großartige Werbung. Und dann könnte ich darüber nachdenken zu expandieren.«

»Willst du deinen jetzigen Laden vergrößern oder weitere Konditoreien eröffnen?«

»Weitere *Sugar Dancer Bakerys*.« Sie nagte an ihrer Unterlippe. »Zwar nicht sofort. Doch ist es das, was ich eines Tages möchte.«

Verdammt, er fand sie gleich noch viel heißer. Eine Frau mit Ehrgeiz bedeutete, dass sie nicht nach einem Mann suchte, der sie rettete. Kat brauchte keinen Prinzen, der angeritten kam und sich um sie kümmerte. Sie kümmerte sich um sich selbst.

»Ich will außerdem eine Produktlinie von Fertigbackmischungen entwickeln. Mit Videos als Backanleitungen. Diese wären dann auf meiner Website kostenlos zugänglich.«

»Hmmm.« Sie hatte wirklich darüber nachgedacht.

»Anna und ich werden ein paar Videos darüber drehen, wie man Kuchen dekoriert und so weiter, und sie auf die Webseite stellen, um zu testen, ob Interesse dafür vorhanden ist. Entschuldige, ich glaube, ich gerate ins Schwafeln.« Sie beugte sich vor und stellte ihr Wasserglas in den Halter.

Sloane zog sie wieder in seinen Arm. »Du bist aufgeregt, und ich würde gerne mehr hören. Erzähl mir, an welchen Orten du weitere Konditoreien aufmachen willst.«

Unsicherheit trat in ihren Blick.

»Vorsicht, Baby. Du willst dich zurückziehen, weil du denkst, ich werde dich zurückstoßen wie deine Familie.« Er hasste diese Kacke. Kat war umwerfend sexy, wenn sie ihm die Stirn bot. Aber wenn sie sich zurückzog, fuchste ihn das, und er war versucht, sie aus ihrer Ecke hervorzuholen.

Ihre Zweifel zerstreuten sich. »Du hast recht, du bist ein Tyrann.«

»Du magst das. Gib es zu, Kat. Es törnt dich an, wenn du

dich wehren kannst.« Er schob seine Finger zwischen ihre. »Du brauchst dich bei mir nicht zurückzuhalten.«

»Wie als ich dir von meiner Fantasie erzählt habe, in der du mich übers Knie legst? Das war nicht zurückhaltend.«

Ihre sanfte Stimme pflügte sich durch seine Lenden. Nachdem er ihre beiden Hände auf seinen Oberschenkel gelegt hatte, holte er tief Luft, um seine Lust im Zaum zu halten. »Was war es dann?«

»Ich habe dir etwas von mir gezeigt, mit dem ich mich noch unsicher fühle.«

»Und was ist das?« Er wollte es wissen, noch mehr als er ihr Begehren, übers Knie gelegt zu werden, auskundschaften wollte.

Sie hob anmutig die Schultern. »Es ist die Seite an mir, die die Kontrolle abgeben möchte, mit der ich mich selbst beherrsche.«

Verdammt. Heftige Lust wetteiferte mit einer Vielzahl von Gefühlen, von denen er lieber nichts wissen wollte. »Du brauchst nur zu fragen. Wenn du es zulässt, werde ich die Kontrolle übernehmen und auf dich aufpassen. Aber nur, wenn du dazu bereit bist.« Gott, er würde auf sie aufpassen, würde sie zu Höhen führen, die sie sich nicht einmal vorstellen konnte.

Er musste aufhören. Sofort. Bevor er vergaß, wie verdammt wichtig dieser Abend war.

»Aber jetzt …«, er hatte Mühe, seine Stimme unter Kontrolle zu halten, »… müssen wir wieder über deine Arbeit reden. Sonst werde ich dich an mich reißen.« Und er würde sich nicht damit zufriedengeben. Er mahnte sich zur Zurückhaltung und dachte scharf nach, worüber genau sie gesprochen hatten. Ja, richtig. »Erzähl mir, wo du gern Filialen eröffnen würdest.«

Einige Sekunden spiegelten ihre Augen ein Wechselbad der Gefühle wider. Dann entspannte sie sich. »Fürs Erste würde ich nach Los Angeles oder San Francisco gehen, um die zweite *Sugar Dancer Bakery* zu eröffnen.«

»Warum?« Er wollte ihre Gründe erfahren. »Hättest du in kleineren Städten nicht eine größere Chance, Aufmerksamkeit auf dich zu lenken?«

»Ja, in kleinerem Maßstab. Aber wenn ich größere Aufmerksamkeit will, um eine Marke zu kreieren, brauche ich öffentlichkeitswirksame Standorte. Dass L. A. und San Francisco trendy sind, kann dafür von Vorteil für mich sein. Und es sind Städte, in denen gutes Essen geschätzt wird, ein weiteres Plus. Aber ein wesentlicher Grund ist außerdem die Erreichbarkeit – ich kann mit dem Auto in ein paar Stunden nach L. A. fahren, und San Francisco ist nur eine Flugstunde entfernt. Das würde mir einen leichteren Zugang verschaffen, um Personal auszubilden et cetera. Sobald ich dort Fuß gefasst habe, kann ich weiter expandieren. Aber bis dahin ist es noch ein weiter Weg.«

»Die Unkosten sind sehr hoch in diesen Städten, und die Konkurrenz ist härter.« Sloane war niemand, der etwas beschönigte. Er sah den Tatsachen stets ins Auge. Aber wenn Kat das durchziehen wollte, konnte er ihr behilflich sein.

Ihre Augen nahmen den gleichen Schimmer an wie beim Training, wenn er sie dazu trieb, härter zu arbeiten. »Es stimmt, die Risiken sind höher, aber der Gewinn ist es ebenfalls. Wenn Anna und ich eine große Resonanz auf unsere

Kampagne erzielen und ich in einer Backshow auftrete, dann wäre das für meine Expansionspläne nur von Vorteil.«

Sie hatte die Sache wirklich durchdacht. »Ich kann dir helfen, deinen Traum zu verwirklichen. Ich habe Beziehungen, um dich in diese Shows zu bringen, außerdem kann ich dir helfen, das Profil deiner Konditorei zu schärfen. Du wirst Kapital brauchen, um …«

Sie schüttelte den Kopf und zog die Hand zurück. »Nein. Danke, aber nein.«

Er griff nach ihrer Hand und unternahm einen erneuten Versuch. »Kat, ich verfüge über eine Werbeabteilung bei *SLAM*, die bei einem solchen Vorhaben einen exzellenten Handlungsspielraum ermöglicht …«

»Kommt gar nicht infrage.« Sie versuchte nicht noch einmal, ihre Hand wegzuziehen, sondern drehte sich zu ihm um. »Ich weiß das Angebot zu schätzen, aber ich muss selbst herausfinden, wie ich meine Pläne am besten umsetze, statt mir das Ganze von jemand anderem auf einem Silbertablett präsentieren zu lassen. Du tust schon genug, indem du mir beibringst, wie ich mich verteidige und meine Panikattacken bezwingen kann. Das ist der Schlüssel zu dem Ganzen. Wenn ich meine Ängste nicht in den Griff bekomme, werde ich den Rest gar nicht erst bewerkstelligen können.«

Unvermittelt überkam ihn ein Gefühl der Zufriedenheit. Er hatte es ernst gemeint, dass er ihr helfen würde. Für seine anderen Begleiterinnen hatte er das schließlich auch getan. Aber Kat wollte weder sein Geld noch seinen Einfluss. Sie wollte ihn und die Selbstverteidigungslektionen, die er ihr erteilen konnte.

»Außerdem habe ich einen Investor.«

Sloane versteifte sich. »Wen?«

»Meinen Bruder. Er sagte, wenn ich expandiere, habe er etwas Geld, das er investieren könne, und er wird für ein Darlehen bürgen.«

»Marshall?« Während ihre Eltern und David Kat behandelten, als sei sie eine Peinlichkeit mit Gehirnschaden, schien ihr Bruder überaus fürsorglich zu sein. »Wie hat sich das denn ergeben?« Soweit er wusste, hatte sie sich nicht mit ihrer Familie getroffen.

»Ich wollte mit ihm über David sprechen.«

Sloane hörte interessiert zu, während Kat von dem Gespräch mit ihrem Bruder berichtete. »Ich hätte fast gekniffen und ihm meine Theorie nicht unterbreitet. Ich wollte nicht sehen, dass er mich so anschaut, wie meine Eltern es tun«, beendete sie ihren Bericht.

»Was hat dich also dazu gebracht, das Risiko einzugehen?«

»Wenn ich es nicht getan hätte und etwas geschehen würde, wie sollte ich mit dieser Schuld leben?«

Sloane hatte keine Antwort. Seine Schuldgefühle wegen Sara hatten ihn seit fast vierzehn Jahren im Würgegriff.

Welche Weinverkostung fand schon in einem achteckigen Käfig für Mixed Martial Arts unter der Kuppel eines gewaltigen Gebäudes statt? Kat gestattete sich ein oder zwei Schlucke Wein und gab sich alle Mühe, sich nicht deplatziert zu fühlen.

Sloanes schwarzer Anzug brachte seinen beeindruckenden Körper wirkungsvoll zur Geltung, und er beherrschte mühelos den ganzen Raum. Vier andere Männer in schwarzen Anzügen wie die Besatzung des Todessterns reihten sich hinter ihm auf.

»Die Eröffnungsveranstaltung des *Donner*-Käfigs, *Profis gegen Amateure*, ist rein privat und einem exklusiven Kreis vorbehalten. Sie wird weder fürs Fernsehen noch sonst irgendwie aufgezeichnet werden. Dies ist eine Veranstaltung, wie man sie nur einmal im Leben erlebt, und nur für einige wenige Auserwählte. Die Amateure gehen in den Käfig, um es zu schaffen, von *SLAM* unter Vertrag genommen zu werden. Sie werden ihr Leben gegen erprobte Kämpfer aufs Spiel setzen.« Sloane ließ die Hand mit dem Mikro sinken, und sein Blick wanderte über die Menge, die sich im Zuschauerraum verteilte.

Kat schnappte nach Luft, als sie diese andere Seite von Sloane sah. Der Performer und der Kämpfer, der stets vor großem Publikum gekämpft hatte. Er wusste, wie man eine Menge beeinflusste. Fasziniert beugte sie sich auf ihrem Sitz nach vorn, so wie alle anderen im Raum.

»Heute Abend versteigern wir einhundert Tickets. Darüber hinaus werden keine weiteren für diese exklusive Veranstaltung zu haben sein. Sie können Ihre Gebote bei meiner Assistentin Liza abgeben …«, er deutete auf die Frau einige Schritte von ihm entfernt, »… und zwar bis heute Abend um Mitternacht. Der gesamte Erlös geht an *Fighters to Mentors*. Alle Kosten werden von der Weinhandlung *Donner* und *SLAM Inc.* übernommen.«

Sloane stellte noch schnell die Kämpfer vor, die es jeweils mit zwei Amateurkämpfern aufnehmen würden. Der Hauptgewinn, falls einer der Kämpfer sich als gut genug erwies, bestand darin, bei *SLAM Inc.* unter Vertrag genommen zu werden.

»Liza wird Ihnen erklären, wie Sie Ihre Gebote abgeben

können.« Sloane reichte das Mikrofon an seine Assistentin weiter.

Kat hörte kaum zu, sie war ganz fixiert auf Sloane, der aus dem Käfig sprang und sofort von einem Schwarm von Menschen verschluckt wurde, die versuchten, seine Aufmerksamkeit zu erregen.

Sie verlor ihn aus den Augen und senkte den Blick auf ihren Wein. Es war ein frischer Weißwein, aber sie konnte sich nicht erinnern, welche Sorte genau es war.

Ihre Gedanken drehten sich allein um Sloane. Er besaß eine ungeheuere Ausstrahlung und verströmte Macht, als sei sie seine zweite Haut. Sie war hier Lichtjahre von ihrer Komfortzone entfernt. In der Limousine hatte sie sich wohl genug gefühlt, um mit ihm über ihre Träume für ihre Konditorei zu sprechen – und über ihre Fantasie, sich von ihm übers Knie legen zu lassen. Er gab ihr das Gefühl von Sicherheit und Vertrauen in ihre eigenen Fähigkeiten und vermittelte ihr nicht den Eindruck, eine törichte Träumerin mit verdorbenen Fantasien zu sein. Wenn sie es fertigbrachte, so mit Sloane zu sprechen, konnte sie diese Veranstaltung überstehen.

Sie hörte auf, ihren Wein anzustarren, als zwei handgearbeitete Mokassins aus Leder in ihrem Blickfeld auftauchten. Langsam glitt ihr Blick zu der perfekt sitzenden Hose und den schlanken Hüften – bis hin zu dem schwarzen Seidenhemd, das unter einem erlesenen Jackett steckte.

In dem hellen Licht fesselte sein Gesicht sie und weckte in ihr den Wunsch, die harten Umrisse seines Kinns zu streicheln und seine beiden Narben nachzuzeichnen – die eine durch seine Augenbraue war schwächer als die an seinem Mund. Wörter wie »süß« waren keine Attribute, die auf Sloane zutrafen. Rau und stattlich schon eher. Sündhaft sexy. Berauschend und gefährlich.

Er sah sie an, als sei niemand sonst im Raum.

»Schmeckt dir dein Wein nicht?«

Konzentrier dich. »Er ist hervorragend.«

»Du trinkst nicht.«

»Unglücklicherweise passt der Jahrgang nicht zu meinem Hinken.« Es kostete sie Überwindung, nicht an sich herunterzusehen, um sicherzustellen, dass ihre Narben bedeckt waren. Der schräg geschnittene Saum des Kleides half, sie zu verstecken.

Sloane beugte sich vor und stützte die Hände auf die Armlehnen ihres Stuhls. »Haben wir nicht gerade darüber gesprochen, dass du loslassen willst? Du wirst nicht fallen, solange du bei mir bist.«

Seine karamellfarbenen Augen machten sie ganz heiß. Gaben ihr das Gefühl von Sicherheit, das Gefühl, beschützt zu sein und sexy. Weckten in ihr den Wunsch, sich nicht länger um ihr Bein zu sorgen und nicht eine Sekunde lang darüber nachzudenken, ob es sie beide in Verlegenheit stürzen könnte. Ihr Herz pochte heftig. Wenn sie ihm so nah war, beschleunigte sich ihr Pulsschlag.

»Ich kann nicht.« Sie hatte sich bisher gut geschlagen, aber sie würde nicht das Risiko eingehen, zu stolpern und zu fallen. Oder eine Panikattacke zu bekommen. Es war wichtig für sie, ihn heute Nacht nicht in Verlegenheit zu bringen.

»Du kannst.« Er legte seine Hand um ihre, die das Weinglas hielt, und fügte hinzu: »Es sei denn, du brauchst Hilfe dabei. Ich könnte dich den Wein aus meinem Mund trinken lasse.«

Sie presste die Schenkel zusammen, als Hitze durch sie hindurchschoss. »Du bluffst. Hier sind mindestens hundert Menschen.«

Er zog ihr das Glas aus der Hand. Er nahm einen tiefen Schluck, aber sein Adamsapfel bewegte sich nicht. Langsam ließ er das Glas sinken und näherte sich ihr. Je näher er ihr kam, umso weniger wollte sie sich ihm widersetzen. Umso mehr sehnte sie sich danach loszulassen. Die Verführung, ihm zu vertrauen, ließ sie dahinschmelzen.

Als er nur noch zwei Zentimeter von ihr entfernt war, krallte Kat sich die Finger in die Schenkel, um ihr Stöhnen des Verlangens zu ersticken. Eine leichte Röte ließ die Narbe neben seinem Mund weiß erscheinen, gezackt.

»Sloane?«

Eine verführerische Frauenstimme zerstörte den Moment.

Sloanes Augen wurden schmal, und seine Nasenflügel bebten.

Für den Bruchteil einer Sekunde dachte Kat, dass er die Stimme ignorieren würde, um ihr den Wein zu trinken zu geben. Und sie würde es ihm erlauben.

Dann schluckte er und richtete sich zu seiner vollen Größe auf. Er reichte das Weinglas an einen Kellner weiter und sah die Frau an. »Paloma.«

Kat holte tief Luft und schloss den Mund, als eine Frau in einem feuerroten Kleid, das kaum über die Oberkante ihrer hauchzarten Strümpfe reichte, eine Hand auf Sloanes Arm legte. »Es ist lange her.«

Sloane ergriff Kats Hand und half ihr aufzustehen. »Das ist Kat Thayne.«

»Freut mich, Sie kennenzulernen.« Die Worte kamen automatisch, während es bei Kat klick machte: *Die Sängerin Paloma!* Ihr berühmtes blondes Haar fiel ihr in einem schimmernden Vorhang bis auf die Taille.

Paloma ließ ein Lächeln aufblitzen. »Ist mir ein Vergnügen, Kat. Ich nehme an, Sie sind heute Abend mit Sloane zusammen hier?« Unverhohlene Neugier flackerte in ihren weichen, rehbraunen Augen.

»Ja.« Sloane hakte Kat unter. »Ich höre, du bringst bald eine neue CD raus.«

Ihr Lächeln wurde breiter, und sie wippte leicht auf ihren Stilettos. »Es ist unglaublich. Ich kann dir gar nicht genug für all deine Hilfe danken.«

»Ist mir ein Vergnügen. Genieß den Abend.« Sloane führte Kat zu einer Tür. »Lass uns zu Abend essen und die Verpflichtungen hinter uns bringen, damit ich dich für mich allein haben kann.«

Sie bemerkte die kühle Luft draußen kaum, als sie hinausgingen. »Paloma war einmal deine Begleiterin.« Kat zuckte zusammen, kaum dass ihr die Worte herausgerutscht waren. Verdammt, es spielte keine Rolle.

»Eine Zeit lang, ja.«

Das klang so sachlich. »Du hast ihr bei ihrer Karriere geholfen.«

»Es war das, was sie von mir wollte.«

Nicht das Einzige. Das Bild von Sloane, nackt mit Paloma, mit irgendeiner anderen Frau, die er berührte, wie er Kat berührte – sie bekam Sodbrennen bei dem Gedanken. Oh, Mist, das war ein ganz schlechtes Zeichen. Eifersucht war ätzend und signalisierte Besitzstreben, wo doch niemand Sloane besitzen konnte. Kat wappnete sich gegen das unwillkürliche Gefühl von Besitzgier und konzentrierte sich auf Ethan, der ihr die Tür der Limousine aufhielt. Sobald sie Platz genommen hatte, fragte sie: »Wohin fahren wir?«

»Die *Donner*-Käfig-Sportanlage ist gleich neben dem Weinhandel *Donner*. Wir essen in dem Weinverkostungsraum dort zu Abend. Es ist nur eine Minute Fahrt von hier.«

Kat, der immer noch der Kopf schwirrte von den Gefühlen, die Paloma in ihr wachgerufen hatte, suchte nach einem anderen Gesprächsthema. Schließlich verfiel sie auf das, was Sloane erwähnt hatte, als er in dem Käfig gewesen war. »Was ist *Fighters to Mentors*?«

»Genau das, wonach es klingt. Eine Organisation, in der Kämpfer, von denen viele im Ruhestand sind, Jugendliche unterrichten.«

Kat sah ihn an und dachte an seine Jahre als Heranwachsender, von denen er einige in Pflegefamilien verbracht hatte. »Du bist einer der Mentoren?«

»Ja, wenn ich Zeit habe. Dann kümmere ich mich um zwei Jungen, Robert und Kevin, und auch hier und da um ein paar andere Kids. Ich helfe ein wenig mit bei einigen anderen Kids. Aber andere sind da erheblich engagierter, so wie Drake …« Die Stimme versagte ihm, und er wandte sich ab. Er krallte die Finger in die Oberschenkel.

Sloane schottete sich ab. Er erlaubte so wenigen Menschen Zutritt zu seinem Inneren und ließ niemals seinen Schmerz heraus. Sie schlang die Finger um seine starre Hand und zog daran, bis sie sie zwischen beiden Händen hielt.

»Du tust es schon wieder, nicht wahr?«

Sie wandte sich ihm zu. »Dich trösten? Deine Freundin sein? Klar.« Er verschränkte seine Finger mit ihren. »Wenn du weiter solchen Unsinn machst, werde ich dich vielleicht nicht gehen lassen können. Niemals.«

19

Um gegen ihre Nervosität anzukämpfen, unterzog Kat den Verkostungsraum in der Weinkellerei *Donner* einer eingehenden Betrachtung. Der große Raum war voller Regale mit schmiedeeisernen Gestängen, in denen Wein präsentiert wurde. Kellner bewegten sich gekonnt zwischen den runden Tischen, die mit schneeweißen Tischtüchern und zartem Porzellan gedeckt waren.

Die Augen aller Anwesenden im Raum ruhten auf ihrem Tisch, genauer gesagt auf Sloane und Ronnie T. Devonshire, dem Immobilienmogul, der zum Reality-TV-Star geworden war.

»Es ist geradezu überwältigend, nicht wahr?«, sagte die blonde Frau neben Kat.

Kat drehte sich zu ihr um und lächelte. »Ist das so offensichtlich?«

»Nein, ich weiß nur zufällig ganz gut Bescheid. Ich bin Sherry Moreno. John …«, sie stieß den massigen Mann mit dem rasierten Kopf neben sich an, » … ist mein Ehemann. Er und Sloane sind seit ihren UFC-Tagen befreundet.«

»Hallo, Kat.« John schaute über den Kopf seiner Frau hinweg zu ihr herüber. »Ich habe Sie im Fitnessstudio gesehen, hatte aber noch keine Gelegenheit, Hallo zu sagen.«

Kat nickte ihm zu. »Freut mich, Sie beide kennenzulernen.«

Sloane beugte sich vor. »Sherry hat einen schwarzen Gürtel in Taekwondo. Ich habe sie gebeten, diese Woche mit dir zu trainieren, während ich fort bin.«

Verblüfft über diese Äußerung rutschte es Kat heraus: »Tatsächlich?« Sie wusste nicht, ob ihr diese Idee gefiel.

Er sah sie mit warmem Blick an und spielte mit ihrem Haar. »Ich werde es vermissen, mit dir zu trainieren, aber ich werde die ganze Woche auf Reisen sein. Sherry ist gut.«

»Ich könnte warten.«

Er schüttelte den Kopf. »Tu es für mich. Du musst das Training fortführen, um in der Lage zu sein, mit allem fertigzuwerden.«

Er meinte ihre Panikattacken und David. Allein der Gedanke an David befeuerte ihre Entschlossenheit. »In Ordnung.«

Seine Mundwinkel zogen sich in die Höhe. »Das ist meine Kämpferin.«

»Du wirst es eines Tages vielleicht bereuen, das in mir hervorgelockt zu haben.«

Er neigte sich näher zu ihr. »Denkst du, du kannst mich Bange machen, kleine Bäckerin?«

»Oh Mann.« Sherry lachte. »Ich werde ihr beibringen, dich auf den Hintern zu werfen, Sloane.«

Kat riss ihre Aufmerksamkeit von Sloane los, um die Frau zu mustern, mit der sie trainieren würde. Ihr saphirblaues Cocktailkleid offenbarte deutlich, wie muskulös ihre Arme waren, aber sie sah trotzdem ganz weiblich und reizvoll aus. »Wenn Sie mir das beibringen, erhalten Sie ein Jahr lang kostenlos Süßigkeiten aus meiner Konditorei.«

Sherrys haselnussbraune Augen leuchteten auf wie ein Feuerwerkskörper. »Abgemacht.«

John beugte sich an seiner Frau vorbei zu Sloane hinüber. »Mann, du sitzt ganz schön in der Patsche. Die beiden zusammen bedeuten nichts als Ärger.«

Sloane zog sanft an einer Locke von Kats Haar. »Sie können es gerne versuchen. Ich kann es kaum erwarten, dass Kat versucht, mich auf den Boden zu legen.«

Sein Blick prickelte auf ihrer Haut und ließ sie erröten, während die Kellner das Essen servierten. Filet mignon, Lavendelreis, Zitronenspargel, alles kunstvoll angerichtet. Doch sie bemerkte es kaum. Zu sehr war sie abgelenkt von Sloanes Blicken, die sie herausforderten, ihm vor all den Leuten die Stirn zu bieten. Er beschwor es geradezu herauf. »Vorsicht, Champion, ich kenne deine Schwäche.«

Er zog eine Augenbraue hoch. »Und die wäre?«

»Zitronencupcakes. Ich bin mir ziemlich sicher, dass ich dich dazu bringen könnte, um einen Zitronencupcake zu betteln.« Okay, sie trieb es vielleicht ein wenig auf die Spitze.

»Das ist Betrug.« Er schlang ihr Haar um seine Hand und beugte sich vor. »Du weißt, dass ich alles für deine Zitronencupcakes tun würde.«

Sie konnte den Blick nicht von ihm abwenden, fasziniert von dem unerschütterlichen Selbstvertrauen, das dieser Mann besaß. Oh, sicher, sie kämpften nur verbal miteinander, neckten einander, aber einige Männer würden sich bedroht fühlen, würden zornig oder defensiv reagieren.

Sloane überließ ihr den Sieg und gab ihr das Gefühl, stark zu sein. Sie hatte das nie bei einem Partner erlebt. David hatte sie oft spüren lassen, dass sie nicht so klug war wie er. Während Sloane, ein Mann, der sie kräftemäßig locker in die Tasche steckte, ihr das Gefühl gab, stark zu sein.

»Sloane«, unterbrach eine Stimme sie. »Ich habe gehofft, dass du bei der Eröffnungsveranstaltung des *Donner*-Käfigs kämpfen würdest.«

Kat schaute über den Tisch zu Ronnie T. Devonshire hinüber. Er war zwanzig Jahre älter als Sloane, aber sein berühmtes rotes Haar war nach wie vor voll, und seine grünen Augen hatten ihren scharfen Blick nicht verloren.

»Kein Interesse.«

Ronnie legte sein Besteck beiseite und konzentrierte sich ganz auf Sloane. »Was ist nötig, um dich in den Käfig zurückzubringen?«

»Ein Gegner, der es wert ist. Anderenfalls interessiere ich mich mehr für mein Geschäft.«

»Nenne mir jemanden, und ich werde dafür sorgen, dass er da sein wird. Wir machen eine Extra-Einlage: Wer zahlt, darf zuschauen. Das Ganze läuft dann unter dem Motto: *Der Racheengel im Käfig*.

Kats Magen krampfte sich bei dem Gedanken daran zusammen. Sie bekam ihren Bissen Reis kaum herunter. Die Vorstellung, dass Sloane wieder kämpfen würde, war einfach unerträglich.

Sloane entspannte sich auf seinem Stuhl und erwiderte: »Ich werde es dich wissen lassen, wenn mir einer einfällt.«

»Du bist was, dreißig? Dir bleiben nicht mehr viele Jahre, um zu kämpfen. Wir müssen zu Potte kommen, solange du noch in vollem Saft stehst.«

Kat knirschte mit den Zähnen, um dem Drang zu widerstehen, einem der stärksten Männer auf der Welt zu sagen, dass er sich verziehen solle. Sie wollte nicht, dass Sloane kämpfte.

Ein Mann trat hinter sie und schlug Sloane eine Hand auf die Schulter. »Sloane, Sie sollten auf ihn hören. Sie könnten das *Profis gegen Amateure* zum Aufwärmen benutzen.«

Sloane schaute auf. »Keine Chance.« Er ergriff Kats Hand. »Kat, hast du Clay Barton schon kennengelernt? Ihm gehört die Weinkellerei *Donner*.«

Kat erkannte ihn als einen der vier Kämpfer, die Sloane während seiner Ansprache vorgestellt hatte. »Freut mich, Sie kennenzulernen. Ihnen gehört also die Weinkellerei, und kämpfen tun Sie auch noch?«

»Nicht mehr bei der UFC.« Er zwinkerte ihr zu. »Jetzt mache ich es nur noch zum Spaß.«

Kämpfen als Spaß. Huh. Sicher, es machte Spaß, wenn Kat mit Sloane trainierte, aber sie versuchten nicht, einander wehzutun. Sie musterte Sloane. »Vermisst du es? Willst du aus dem Ruhestand zurückkehren?«

»Nein.« Seine Kiefer mahlten, und in seinen Augen glitzerte es wie von Schmerz und Entschlossenheit. »Nicht bevor der triftige Grund kommt, wieder in den Käfig zu gehen.«

Es überlief sie kalt. Sie dachte an Drake, der ihr erzählt hatte, dass Sloane trainiere wie ein Besessener. Es bedurfte einer ernsthaften Motivation, um sich dieser Art von rigorosem Workout zu unterziehen.

Wollte sie überhaupt wissen, was ihn in den Käfig zurückbringen würde?

Sloane schlüpfte aus seinem Mantel und band seinen Schlips ab, als er neben der Limousine stand, um der angestauten Energie in sich Raum zu geben. Den ganzen Abend hatte er sein Verlangen nach Rache unter einer fröhlichen Miene verborgen gehalten. Nach Jahren des Trainings, der Planung, des Lebens für diesen Moment, schien seine Strategie aufzugehen: Lee Foster würde in den Käfig gehen.

Und Sloane würde warten. Nur noch ein paar Wochen.

Im Nu waren die letzten zwölf Jahre wie weggewischt, und Sloane erinnerte sich lebhaft daran, wie dieser Mistkerl aus dem Haus gerannt war. Dann wechselte die Szene, und er sah Sara auf dem Boden des Schlafzimmers liegen, nackt und leblos …

Nein. Sloane verdrängte die Erinnerung, ließ sich neben Kat auf den Sitz gleiten und warf seinen Mantel und seine Krawatte von sich. Ihr Duft nach warmen Backwaren durchdrang den Raum, und dieses Kleid rutschte an ihrem linken Oberschenkel hinauf. Sein Mund wurde trocken, und das Blut pochte in seinen Adern. Nachdem sie Ethan gesagt hatten, dass sie zu Kats Wohnung fahren würden, fuhr er die Trennscheibe hoch.

Sie lehnte sich gegen den taupefarbenen Sitz. »Du wirkst plötzlich ganz nervös.«

»Du hast ja keine Ahnung.« Er öffnete den Minikühlschrank und schenkte sich ein Glas frischen Weißwein ein.

»Willst du reden?«

»Nein.« Er wollte Sex. Brauchte Sex. *Reiß dich zusammen, Arschloch.* Kat war in ihrem Leben genug herumgestoßen worden, er würde sich ja wohl so weit beherrschen können, sie ein wenig zu verführen. »Du bist es, was ich brauche.« Er stellte das Glas beiseite und zog sie auf seinen Schoß.

Sie schaute zu der Trennscheibe hinüber. »Dein Fahrer.«

»Ethan kann uns weder hören noch sehen.« Er hob sie rittlings auf seine Oberschenkel und überzeugte sich davon, dass ihr rechtes Bein bequem lag. Ihre blaugrünen Augen waren von einem stürmischen Grau überlagert. Sorge? Angst? »Ich habe dir gesagt, kleine Bäckerin, ich teile nicht. Erst recht nicht dich.«

Sie berührte seinen Mundwinkel und sagte: »Deine Narbe wird weiß, wenn du angespannt bist. Aus irgendeinem Grund war der heutige Abend hart für dich. Ich verstehe nicht, warum, aber es ist so.«

Die sanfte Berührung wirkte sich unmittelbar auf seinen Schwanz aus. Aber das körperliche Empfinden war gar nichts im Vergleich zu den Gefühlen, die plötzlich sein Gemüt übermannten. Sie sah ihn. Den ganzen Abend lang, wann immer ihn der kalte Zorn zu überkommen drohte, wenn Hass und Schuldgefühle ihn bestürmt hatten, war Kat da gewesen. Sie hatte ihn geneckt, ihn angelächelt oder einfach berührt. Sie hatte sich Sorgen gemacht, dass sie ihn mit etwas so Trivialem wie einem Stolpern in Verlegenheit bringen könnte, und nicht begriffen, dass sie an diesem Abend seine persönliche Hölle in Schach gehalten hatte.

Genauso, wie sie es jetzt tat.

Adrenalin durchströmte ihn, sodass er sie am liebsten rücksichtslos und primitiv genommen hätte. So tief und hart, dass sie seinen Abdruck auf ewig spüren würde.

Er konnte sie nicht ewig haben, aber er würde verdammt noch mal dafür sorgen, dass sie ihn nicht vergaß. Das war alles, was er ihr geben konnte.

Um sie von seiner Narbe und seiner Nervosität abzulenken, griff er nach dem Weinglas. »Trink etwas Wein.«

Ihr Blick fiel auf das Glas, und sie streckte die Hand danach aus. »Nein. So.« Er führte das Glas an die Lippen und neigte es. Dann stellte er das Glas in einen Halter und senkte den Kopf.

Kats Augen weiteten sich. Sie öffnete ihren Mund. Als er nah genug war, leckte sie über seine Lippen, eine warme, feuchte Berührung, die in einer angenehmen Schockwelle in seine Lenden schoss.

Sloane drückte sie an sich und gab ihr den Wein zu trinken, ließ sie aus ihm trinken. Den Wein mit ihr zu teilen entfachte seine Gier, mehr von ihr zu wollen. Seine Brust schmerzte, so sehr verlangte es ihn nach ihr.

Er drang mit seiner Zunge in ihren Mund ein, kostete die letzten Tropfen des Chardonnays, die letzten Tropfen Kats. Sie krallte die Finger in seine Schultern.

Verlangen lief ihm wie ein Schauder den Rücken herunter. »Zieh dein Kleid hoch. Ich will es nicht zerreißen.« Denn das würde er unweigerlich tun.

Sie zog das Kleid hoch und entblößte ihre langen, trainierten Beine bis zum oberen Rand ihrer Oberschenkel.

Er grub die Finger in seine Handflächen, um sich daran zu hindern, sie zu berühren. Nicht jetzt. »Höher. Zeig mir, was für einen Slip du trägst.«

Sie biss sich auf die Unterlippe, zog das Kleid höher und entblößte einen Hauch von durchscheinendem Stoff mit zarten Bändern, die sich um ihre Hüften wanden.

Ihm schoss das Blut in die Lenden und ließ seinen Schwanz schmerzhaft anschwellen, während ihr Vertrauen sich in sein Herz schlich. Kat glaubte, dass er sie beschützen würde, dass er andere daran hindern würde, sie zu sehen. Das Kleid blieb an, sodass er sie leicht bedecken konnte, falls etwas dazwischenkam und dies notwendig wurde. Er öffnete die Faust und zeichnete den oberen Rand ihres Slips nach. »Der muss weg.« Sloane schob Kat auf den Sitz und ließ sich auf die Knie nieder. Er ergriff den zarten Stoff, zog ihn herunter und entblößte sie vollkommen von der Taille abwärts. Sloane beugte sich über sie, um an seinen Wein zu kommen.

Ihre Augen weiteten sich. »Hast du Durst?«

»Du hast von mir getrunken. Sollte ich nicht das gleiche Privileg haben?«

Sie nestelte an dem zusammengeknüllten Kleid und fragte: »Willst du aus meinem Mund trinken?«

Mit einem wölfischen Grinsen sagte er: »So einfallslos bin ich nicht. Halt dieses Kleid fest.« Er neigte das Glas, um die goldene Flüssigkeit in ihren Nabel tropfen zu lassen.

Kat erschauerte und sog die Luft zwischen ihren Zähnen hindurch.

Sloane leckte den Wein ab, das frische Aroma vermischte sich mit dem Geschmack von Kats Haut. Er ließ etwas mehr von der Flüssigkeit aus dem Glas tröpfeln und leckte eine Linie von einem Hüftknochen zum anderen. Ihre Bauchmuskeln zuckten und spannten sich an. Oh, er wollte mehr. Er sehnte sich nach dem Geschmack ihres Verlangens.

Er positionierte sich zwischen ihren Oberschenkeln und spreizte ihre Beine. Rosa, feucht und geschwollen. Sloane schaute ihr ins Gesicht und schnappte nach Luft. In ihren Augen, die voller Begehren waren, stand keine Furcht, keine Zurückhaltung. Sie gab sich ihm mit dem absoluten Vertrauen hin, dass er sowohl für ihre Privatsphäre als auch für ihr Vergnügen sorgen würde. Er würde es gut für sie machen. Er hielt das Glas dicht an sie heran und goss etwas aus.

»Sloane.« Kat wölbte sich ihm entgegen, als die Flüssigkeit sich über ihre Schamlippen ergoss.

Er stellte das Glas beiseite und tauchte ab. Das Gefühl ihrer feuchten Hitze auf seiner Zunge entfachte feurigen Hunger nach mehr. Er leckte sie, neckte ihre Klitoris, bis er spüren konnte, dass die Knospe pulsierte.

Kat krallte die Hände in sein Haar und zerrte daran.

Ihr Drängen legte seinen Schalter um. Das Verlangen, sie kommen zu lassen, trieb ihn animalisch an.

Er wollte sie in Höhen bringen, in die nur er sie bringen konnte.

Dann wollte er seinen Schwanz in ihr versenken.

Er rutschte tiefer herunter und zeichnete ihre Öffnung mit der Zunge nach, bis sie sich unter ihm wand und krümmte. Er wusste genau, wie er sie zum Orgasmus bringen konnte. Er benutzte den Daumen und streichelte ihre Klitoris, während er sie darunter weiter leckte, bis sie erschauerte und kam. Ihre Schenkel krampften sich um ihn herum zusammen, während sie den Rücken durchbog und stöhnte.

Ihr Geschmack und ihr Duft machten ihn wild. Das Verlangen, sie zu nehmen, hatte ganz und gar von ihm Besitz ergriffen. Er stützte sich auf die Arme und knurrte: »Ich kann es nicht erwarten.« Er öffnete mit einer Hand seine Hose und streifte sie gerade weit genug herunter. Dann umfasste er seinen Schwanz, führte seine Spitze an ihren feuchten Eingang und stöhnte. Dies war ein weiteres Geschenk, das sie ihm machte, sie gab sich ihm ohne Widerstand hin. Er würde nicht wie ein Tier in sie hineinstoßen. Sloane bezwang den animalischen Drang und schob sich Zentimeter für Zentimeter hinein. Sie war feucht, weich und so eng wie ein Handschuh, dass er den Kopf in den Nacken warf und mit den Backenzähnen knirschte.

»Sloane.« Kat umfasste seine Arme und hob ihm ihre Hüften entgegen.

Als er schon halb in sie eingedrungen war und sein Kreuz wie Feuer brannte, weil es ihn danach verlangte, rasend in sie hineinzustoßen, hielt er inne und senkte den Blick.

Ihre von Verlangen geweiteten Augen fanden seine. »Lass mich dir geben, was du brauchst. Alles.«

Die Süße ihrer Worte war sein Untergang.

Er senkte sich auf sie hinab, und ihre Münder verschmolzen miteinander, während er sich tief in ihrer Hitze vergrub. Sie saugte an seiner Zunge, schob ihm das Hemd hoch und ließ ihre Hände überallhin wandern. Als könne sie nicht genug bekommen.

Sloane löste sich aus dem Kuss. Er stützte sich auf die Unterarme und sah ihr fest in die Augen. Kat war kleiner und zierlicher als er, und doch hatte sie allein die Macht, ihn von dieser Grube der Einsamkeit zurückzuhalten, in die er zu fallen drohte. Verzweifelt schrie er auf: »Ich brauche dich.« Der Schrei riss ihn hinweg vom Abgrund.

Sie schlang die Beine um ihn und liebkoste seinen Rücken. »Du hast mich.«

Der kühle Satin ihrer Schuhe grub sich in seinen Hintern, als sie seinen Bewegungen entgegenkam. Mit jedem Stoß erregten ihn die Geräusche, die sie beide hervorbrachten, mehr. Er schob die Hand unter sie und zog ihre Hüften zu sich, um noch tiefer in sie einzudringen.

»Ich werde gleich …« Sein Körper bog sich durch, er atmete schwer, während Kat den Blick fest auf ihn gerichtet hielt.

Sie ließ ihn teilhaben an dem Moment, in dem sie sich ganz und gar gehen ließ und in dem sich ihr Inneres um seinen Schwanz krampfte.

Ihr atemberaubend schöner Anblick raubte ihm auch noch den letzten Rest seiner Kontrolle. Er stieß in sie hinein, keuchte und spannte sich an, während er die Wonne ersehnte, die nur sie ihm schenken konnte.

Sein Orgasmus schoss seinen Rücken hinunter und barst aus ihm heraus. Hilflos unter der Macht seiner Ekstase hielt er ihren Blick fest, und die Verbindung zwischen ihnen labte ihn und füllte die Grube seiner kalten, kahlen Einsamkeit. Er ersehnte dieses Band noch mehr als den erlösenden Orgasmus.

Er brauchte Minuten, um wieder zu Atem zu kommen. Die Intensität erschütterte ihn und gefiel ihm gleichzeitig. Sanft legte er beide Hände um ihr Gesicht. »Ich bleibe heute Nacht bei dir.«

20

Kat schreckte aus dem Schlaf hoch. In ihrem Zimmer war es stockdunkel, bis auf die grünen Ziffern an ihrem Wecker. Ein Uhr einundvierzig am Morgen. Sloane lag eng an sie geschmiegt da, und sein schwerer Arm drückte sie fest. Er fühlte sich an wie ein Ofen, der ihren Rücken versengte.

War er krank? Sie wollte sich gerade zu ihm umdrehen, hielt jedoch inne, als sie Sloane mit rauer Stimme etwas murmeln hörte. Er legte den Arm noch fester um sie und hinderte sie daran, sich zur Gänze zu drehen. Was sagte er? War er wach?

Sloane ächzte und riss Kat zurück, presste sie an sich.

Sie bekam kaum noch Luft, und Adrenalin schoss durch ihre Adern. Mit hämmerndem Herzen versuchte sie, seinen Arm wegzuschieben. Er bewegte sich nicht. Gefangen, sie war gefangen.

»Sara.«

Das eine klare Wort durchbrach ihre Panik. Sie holte tief Luft und zwang sich, die Ruhe zu bewahren. »Ein Albtraum«, flüsterte sie. Sie brauchte ihn nur zu wecken. »Sloane?«

Er stöhnte, äußerte weitere unverständliche Laute, wachte jedoch nicht auf.

Sie geriet in Panik und wollte um sich schlagen, um sich freizukämpfen. Aber Sloane hatte einen Albtraum, es konnte gut sein, dass er zurückschlug. Dieser Gedanke versetzte sie dermaßen in Schrecken, dass es ihre Stimmbänder blockierte.

Denk nach. Kein Grund zur Panik.

Sloane hatte ihr gesagt, was sie tun könne, um ihn aufzuhalten, wenn sie nicht sprechen konnte. Er hatte ihr gesagt, dass er darauf trainiert war, entsprechend zu reagieren. Ob das auch funktionierte, wenn er schlief? Kat tippte ihm dreimal kräftig auf die Wölbung seines Unterarms.

Sloane richtete sich hinter ihr auf, stützte sich auf seinen anderen Arm.

»Kat?«

Es funktionierte. Genau wie er es gesagt hatte. Erleichtert entspannte sie sich und rollte sich auf den Rücken. Als sich ihre Augen an die Dunkelheit gewöhnt hatten, konnte sie die Umrisse seines Gesichts erkennen. »Du hattest einen Albtraum.«

»Mist.« Er rückte ein Stück von ihr ab, brachte Abstand zwischen sie. »Schlaf weiter. Du musst in wenigen Stunden aufstehen.«

Sie lagen Seite an Seite in der Stille der Nacht. Jetzt, da Sloane aufgewacht war, konnte sie nachdenken. Das einzige Wort, das sie verstanden hatte, war *Sara*.

»Der Albtraum handelte von deiner Schwester, nicht wahr?«

Die Matratze bewegte sich, als Sloane sich anspannte. »Ja.«

Was konnte sie tun, um ihm zu helfen? Er war von ihr abgerückt, schwieg beharrlich und versuchte krampfhaft ruhig zu atmen.

Außerstande, es noch länger zu ertragen, tastete sie mit der Hand über die Bettdecke, traf auf seinen Unterarm und streichelte ihn bis hinunter zu seiner fest geschlossenen Faust. Sie strich mit dem Daumen über die hervortretenden Knöchel. »Kann ich irgendetwas für dich tun?«

Er entzog ihr seine Hand und schlüpfte aus dem Bett. »Schlaf weiter. Ich werde etwas Wasser trinken.« Er stolperte aus dem Raum.

Sollte sie ihn allein lassen? Aber wie konnte sie das, wenn sie seine Einsamkeit und seinen Schmerz spürte? Sie schlug die Decke beiseite, schnappte sich Sloanes Hemd und zerrte es sich über den Kopf. Ohne sich die Mühe zu machen, es zuzuknöpfen, trottete sie den Flur entlang zu ihrer Küche. Sloane war nicht dort, sondern stand an der gläsernen Schiebetür, die in ihren kleinen Innenhof führte. Weiches Mondlicht floss über seine breiten, wohlgeformten Schultern und seinen Rücken, der in einer schmalen Taille auslief. Die Wölbungen seines nackten Hinterns waren wie geschaffen für die Hände einer Frau, um sich daran festzuhalten, während er in sie hineinstieß.

Die Tätowierung auf seinem rechten Bizeps schimmerte, die Flammen um das S herum wirkten beinahe real.

Aber was Kat zu ihm hinzog, war die Art, wie er da so still stand, nackt und allein. Als sei das alles, was er vom Leben erwartete.

Sie ging auf ihn zu.

»Ich habe sie gefunden.«

Kat umklammerte die Rückenlehne des Sofas, als die volle Bedeutung seiner Worte ihr den Atem raubte. Er hatte Saras Leichnam gefunden. Oh Gott, er hatte seine ermordete Schwester gefunden. Sie riss sich von der Couch los, lief zu Sloane hinüber und legte ihre Arme um ihn. Dann drückte sie sich an seinen Rücken und sagte sanft: »Komm zurück ins Bett. Ich werde keine weiteren Fragen stellen.«

Er schlang eine Hand um ihre. »Sara war bei einer Pflegefamilie. Ich selbst hatte das abgelehnt. Ich war kein Kind mehr, und ich wollte den ganzen Scheiß einfach nur hinter mir lassen. Ich habe gepennt, wo immer ich einen Platz finden konnte.«

Sie schloss die Augen und bettete das Gesicht auf seine Haut, unter der die angespannten Muskeln zu spüren waren. Was musste das für ein Gefühl sein? Kat hatte keine Ahnung. Sie könnte morgen wieder im Haus ihrer Eltern einziehen. Oh, sicher, sie schwangen sich zum Richter über sie auf und würden versuchen, Macht auf sie auszuüben, aber sie liebten sie auch, so gut sie es verstanden. Sie würden niemals zulassen, dass sie irgendwo *pennte.* »Wie alt warst du?«

»Sechzehn.«

Wie konnte seine Mutter das zulassen? Und Sara … So wie Sloane sich benahm, war Kat sich ziemlich sicher, dass sie jünger gewesen war als er. »Wie alt war Sara?«

»Sechzehn.«

Kat riss die Augen auf und starrte auf den schwarzen Großbildfernseher, der in der Ecke angebracht war. *Ich feiere meinen Geburtstag nicht.* Jetzt ergab alles einen Sinn. »Ihr wart Zwillinge.«

»Vier Minuten auseinander. Ich war der Ältere.«

»Oh, Sloane.« Sie hielt ihn noch fester und wünschte, sie könne ihm so den Schmerz nehmen. Marshall war acht Jahre älter als sie, und sein Verlust würde sie tief treffen. Den Zwilling zu verlieren, mit dem man den Mutterschoß geteilt hatte? Mit dem man jeden Geburtstag gefeiert hatte? Es war einfach unvorstellbar.

»Sara hat mir immer einen Kuchen gebacken oder Cupcakes, wenn wir Geburtstag hatten. Aber an diesem Tag hatte ich die Gelegenheit, mir einen Mixed-Martial-Arts-Kampf anzusehen. Ich war spät dran, als ich zu der Pflegefamilie kam, bei der sie untergebracht war.« Er schlug mit einer Hand gegen das Fenster und lehnte sich an das Glas. »So verdammt zu spät.«

Die Wahrheit traf sie wie ein Schuss in die Brust. »Sara ist an eurem Geburtstag gestorben.« Kat hatte an ihrem sechzehnten Geburtstag eine *Sweet Sixteen Party* in einem Ballsalon gehabt und ein funkelnagelneues Auto bekommen. Sloanes Geburtstagsüberraschung bestand darin, den Leichnam seiner vergewaltigten und ermordeten Schwester zu finden.

»Ich hatte ein Geschenk für sie, eine billige Kette, die ich um den Hals eines Plüschhundes gehängt hatte. Aber ich bekam nie die Chance, sie ihr zu geben.«

Kat, die sich weigerte, Sloane loszulassen, wischte die Tränen, die ihr übers Gesicht strömten, mit ihrer Schulter ab. »Es war nicht deine Schuld.«

»In gewisser Weise war es das doch. Wir konnten uns auf Olivia nicht verlassen; wir hatten nur uns. Ich dachte, ein Mixed-Martial-Arts-Kampf sei wichtiger als Sara an unserem Geburtstag. Wenn ich zu der Zeit aufgetaucht wäre, zu der ich eigentlich kommen sollte, hätte dieser Mistkerl sie nicht angerührt.«

»Wer hat sie getötet? Und warum?« Kat konnte es sich einfach nicht vorstellen.

»Lee Foster. Er hatte ein Zimmer bei der Familie gemietet, in der sie lebte. Später stellte sich heraus, dass das Jugendamt das nicht wusste, aber es gibt eine Menge Scheiße, von der die Leute da keine Ahnung haben oder die sie nicht schert. Foster kam herein und traf Sara allein an. Er hat es wahrscheinlich bei ihr probiert, und sie hat ihn zurückgewiesen. Aber sie war klein, wie unsere Mutter, und … Verdammt.«

Da sie nicht wusste, was sie sonst tun sollte, hielt sie ihn einfach fest und zeigte ihm so, dass er nicht allein war.

»Als Foster geschnappt wurde, schwor er, er habe sie nicht getötet. Dass sie einvernehmlichen Sex gehabt hätten und er dann gegangen sei. Er sagte, sie sei eine kleine Hure gewesen und hätte es mit jedem getrieben.« Zorn ließ seine Stimme erbeben.

Kat schlüpfte unter seinem Arm durch, mit dem er sich an der Scheibe abstützte. Die Qual in seinem Blick schnitt ihr ins Herz. Tränenlose Augen überschattet von vierzehn Jahre alter Trauer, Schuldgefühlen und Zorn. Sie umfasste sein Gesicht mit beiden Händen und scherte sich nicht darum, dass er ihre Tränen sehen würde. »Foster hat sie ermordet, Sloane. Nicht du.«

»Es war ihr Geburtstag. Sie war ganz aufgeregt deswegen. Und ich war zu abgeklärt, um mich darum zu scheren, aber Sara …« Er rieb sich mit der Hand übers Gesicht. »Sie wusste nicht einmal, dass ich Geld gespart und ihr diese Kette und den Plüschhund gekauft hatte. Sie hatte sich immer einen verdammten Hund gewünscht. Denn ein Hund würde sie bedingungslos lieben.«

»Du hast sie geliebt. Du liebst sie immer noch. Das zählt. Und zwar eine Menge.« Dessen war sie sich sicher. Aber was war mit Saras Mutter? »Wo war deine Mom? Ist sie nicht gekommen, um dich und Sara an eurem Geburtstag zu besuchen?«

Sloanes Blick schweifte zum Fenster. »Olivias Freund mochte keine Kinder im Teenageralter. Aber daran waren wir gewöhnt. Wann immer sie irgendeinen Mann bumste, der uns nicht wollte, schob sie uns in Pflegefamilien ab. Dann, wenn ihr jeweiliger Prinz sich als ein Frosch herausstellte, nahm sie uns wieder zurück. So lief das jedes Mal, bis zu jener Nacht.«

An die zwei verlorenen Kinder zu denken schnitt ihr ins Herz. Und jetzt verstand sie, warum ihre elitären, überfürsorglichen Eltern ihn nicht verschreckt hatten. Er hatte Schlimmeres erlebt. So viel Schlimmeres.

In der Tat. Wie konnte ein so großzügiger Mann wie Sloane, ein Mann, der Kat vor Drohungen beschützte, denken, er könne nicht lieben?

Sloane beugte sich vor und lehnte seine Stirn an ihre. »Du weinst ja.«

Wie konnte sie auch nicht? »Ja.«

Er wischte mit dem Daumen ihre Tränen weg. »Um Sara?«

Mitten in der Nacht und in Mondlicht getaucht, brachte sie es nicht über sich, ihm die Wahrheit vorzuenthalten oder zu beschönigen. Sie wollte es nicht. »Um euch beide.«

Er sah sie an, und zu der Verlorenheit in seinen Augen gesellte sich Verwirrung. »Warum um mich?« Seine Stimme klang aufrichtig verwundert. »Ich bin doch nicht gestorben.«

Er hatte *gelitten.* »Ich glaube, irgendetwas in dir ist durchaus gestorben«, sagte sie sanft. Die Fähigkeit, auf Liebe zu vertrauen. Seine und Saras Mutter war von einem Bett ins andere gehüpft, und zwar in die Betten von Nichtsnutzen, die sie ihren eigenen Kindern vorgezogen hatte. Dann hatte Sara Sloane verlassen, als sie starb. Oh, sicher, es war irrational, aber Kat wusste alles über irrationale Ängste, und sie würde darauf wetten wollen, dass Sloane tief im Innern niemanden mehr lieben wollte aus Angst, erneut verlassen zu werden.

Nun, er liebte Drake, seinen Mentor. Aber Sloane betrachtete es wahrscheinlich nicht so. Und würde Drake Sloane nicht auch verlassen? Also zementierte das seinen Glauben nur noch.

Sloanes ganze Begleiterinnen-Arrangements ergaben jetzt auf eine traurige Art einen Sinn. Er kontrollierte die Situation mit einer Verabredung und vertraute weder auf Gefühle noch auf Schicksal.

Es brach ihr das Herz. Er verdiente mehr. Sie liebkoste sein Kinn, versuchte, die verzweifelte Einsamkeit wegzustreicheln, die sich in seine Züge geschlichen hatte. »Komm ins Bett. Schau, ob du dich ausruhen kannst. Du kannst ausschlafen, auch wenn ich morgen früh zur Arbeit gehe. Ich werde dir einen Schlüssel hinlegen, mit dem du abschließen kannst.«

Seine Miene wurde weicher, und er zog Kat in die Arme. »Erlaubst du mir, dich zu halten?«

Kat drückte die Wange auf seine Brust und spürte den langsamen, stetigen Schlag seines Herzens. Seine Haut auf ihrer erzeugte ein leises, tröstliches Summen, nicht sexueller Natur, sondern von etwas, das viel mächtiger und verletzbarer war. Jeder Atemzug, den sie zusammen nahmen, schien sie fester aneinander zu binden. »So lange du willst.«

21

Kat saß auf dem Beifahrersitz ihres Wagens. Es war vor fünf am Morgen, und Sloane sah heiß aus in Workout-Shorts und Tanktop, während er am Lenkrad ihres *Hyundai Santa Fe* saß. Wie konnte er nach drei Stunden Schlaf, vielleicht vier, so gut aussehen? »Du hättest ausschlafen sollen und dich von Ethan später an der Wohnung abholen lassen.«

»Nicht, wenn Dr. Arschloch wieder in der Stadt ist. Ich bringe dich zur Arbeit und überzeuge mich davon, dass du ins Haus gehst und die Tür hinter dir abschließt.«

Kat war angespannt. David sollte dieses Wochenende zurückkommen. Würde er noch einmal versuchen, mit ihr zu reden, oder würde er sie in Ruhe lassen?

»Ich habe Ethans und Johns Telefonnummern in dein Handy eingespeichert.«

»Wann hast du das gemacht?« Sie schnappte sich ihr Handy aus der Handtasche und blätterte durch die Nummern. Jepp, da waren sein Fahrer, Ethan, und sein Freund, John Moreno.

»Als du im Bad warst.« Er warf ihr einen Blick zu. »Spielt das eine Rolle?«

Dass er wie eine Dampfwalze in ihr Leben eindrang? »Es ist mein Telefon. Ich gehe auch nicht deins durch.«

Die Tätowierung auf seinem Bizeps dehnte sich sichtbar. »Habe ich gesagt, dass ich deine Telefonnummern durchgegangen bin, Kätzchen?«

Der sanfte Tonfall machte sie nur noch ärgerlicher. Sie war müde, und sie war gereizt, vor allem da sie daran dachte, dass er an diesem Morgen abreisen würde. Kein Training mit ihm. Keine Nächte mit ihm. Keine Reibereien mit ihm. Keine intensiven, überwältigenden Orgasmen mit ihm. Es war nicht mit anzusehen, wie er sich für sie in Stücke riss. Es störte sie, und das war ätzend. Aber es würde nichts bewirken, wenn sie jetzt einen Streit mit ihm vom Zaun brach. »Warum speicherst du die Nummern deiner Freunde in meinem Handy?«

»Wenn es irgendwelche Probleme mit Dr. Arschloch gibt, während ich in Südamerika bin, kannst du Ethan oder John anrufen.«

War er noch ganz richtig im Kopf? Er drang ungeniert in ihr Leben ein. »So geht das nicht.« Sie drehte sich von ihm weg und sah aus dem Fenster, während sie die Finger um den warmen Thermobecher aus Edelstahl zwischen ihren Oberschenkeln presste. »Ich werde mich nicht auf dich verlassen. David ist mein Problem. Ich werde das mit ihm regeln.«

Schweigen breitete sich zwischen ihnen aus.

Kat weigerte sich, klein beizugeben.

Er krampfte die Finger um das Lenkrad und sagte: »Wäre es dir lieber, ich würde eine Armada von Bodyguards auf dich ansetzen?«

Ungläubig blaffte sie ihn an: »Versuchst du, mir Angst zu machen oder mich zu bedrohen?«

Er funkelte sie an. »Ich werde, verdammt noch mal, im Ausland sein, und du somit außerhalb meiner Reichweite. Und dieser ganze Mist gefällt mir gerade so gar nicht. Gefällt mir kein bisschen. Dieser Obertrottel von einem Ex hat sich vermutlich mit den falschen Leuten eingelassen, und du bist bereits einmal darin verwickelt worden. Das passiert nicht noch einmal. Basta.« Er presste die Zähne zusammen, und sämtliche Muskeln und Sehnen erweckten den Eindruck, als machten sie sich kampfklar.

Sie stieß den Atem aus. Sie verspürte ein leichtes Ohrensausen. Nicht als Vorbote einer Panikattacke, sondern vor Schreck. Es war ein Gefühl wie von einer Klippe geworfen zu werden und nicht zu wissen, was unter einem war. »Ich … ähm …« Was sollte sie sagen?

»Darüber hinaus habe ich Reporter am Hals, die dir ganz schnell das Leben schwer machen können. Also, Baby, du kannst einfach zustimmen und mir versprechen, dass du Ethan oder John anrufst, falls Dr. Arschloch oder irgendjemand sonst dich belästigst, oder ich besorge dir ein paar Bodyguards.«

Sie wusste nicht, was sie tun sollte. Oder sagen. Oder denken. »Ich könnte einfach Diego oder Kellen anrufen.«

»Die kannst du anrufen, nachdem du Ethan oder John verständigt hast. Deine Freunde lieben dich, aber meine Freunde sind besser trainiert. Also rufst du beide an, wenn es nötig ist. Oder du holst dir Schutz.«

»Du benimmst dich albern.«

»Selbst schuld. Find dich damit ab.«

»Du machst mir Angst, Sloane.«

»Nein, tue ich nicht. Du hast keine Angst vor mir. Überhaupt nicht. Du hättest gestern Nacht Angst haben sollen. Ich habe dich in einem verdammten Albtraum auf das Bett gepresst. Da hättest du Angst haben sollen.«

»Hatte ich auch. Ein wenig.«

»Nicht genug, um mich allein zu lassen, als du es hättest

tun sollen. Nein, du bist aus dem Schlafzimmer getrottet gekommen, mit meinem Hemd am Leib. Meinem gottverdammten Hemd.«

»Du benimmst dich wie ein Verrückter.«

»Darüber bin ich mir vollends im Klaren, kleine Bäckerin. Denn du bist diejenige, die mich verrückt macht. Ich könnte dir die Welt zu Füßen legen. Autos. Boote. Schmuck. Zum Teufel, ich könnte dir Häuser kaufen. Du willst, dass *Sugar Dancer* ein Erfolg wird? Baby, ich kann es wahr werden lassen.«

Sie war ziemlich verwirrt, zornig sogar, denn diese Vorstellung machte sie ganz krank. »Ich will das alles nicht von dir.« Sie war nicht wie Paloma und die anderen. Als sie in den Parkplatz von *Sugar Dancer* einbogen, verspürte sie Besitzerstolz. Sie wollte ihr Geschäft selbst aufbauen.

»Es wäre besser, wenn du es wolltest. Dann hätten wir einen Deal.«

»Wir haben einen Deal.« Oder etwa nicht?

»Unseren Deal?« Er parkte den Wagen und wandte sich ihr zu. »Diesen Deal hast du gestern Nacht zum Teufel geschickt.«

Moment. Das Atemholen schmerzte auf einmal, und sie keuchte. »Du machst Schluss mit mir, weil ich dein Hemd getragen habe?«

»Kat, nein. Oh Gott.« Er schnappte nach Luft. »Nein. Ich kann dich nicht gehen lassen. Es wäre das Beste, wenn ich es täte. Das Beste für dich. Aber ich kann nicht. Du bist in meinem Hemd zu mir gekommen. Du hast um meine Schwester geweint.«

»Sloane …«

»Du hast mir erlaubt, dich im Arm zu halten, und ich lasse dich nicht gehen. Zu wissen, dass du in Sicherheit bist, ist die einzige Möglichkeit, wie ich morgen in meinen Flieger steigen und gehen kann, um zu tun, was ich tun muss.«

Irgendetwas stimmte nicht mit ihrem Herzen. Die Art, wie es pochte, ihr den Atem nahm, ihre Brust zu sprengen drohte, konnte nicht richtig sein.

»Ich mische mich nicht in dein Leben ein. Ich will nur wissen, dass du in Sicherheit bist. Ich kann nicht atmen, wenn ich nicht weiß, dass jemand auf dich aufpasst, während ich nicht da bin. John und Ethan. Wenn du Hilfe brauchst, ruf einen von ihnen an. Von mir aus auch Diego oder Kellen. Es ist mir egal, das ist deine Entscheidung. Versprich mir nur, dass du beim ersten Anzeichen von Schwierigkeiten John oder Ethan anrufst.«

»Ich … Okay.« Er ließ es so vernünftig klingen. Und so wahnsinnig. Und Furcht einflößend. »Aber wir haben eine Abmachung, und daran müssen wir uns halten. Ich bin bloß deine Begleiterin.« Ihre Haut prickelte unter seinem eindringlichen Blick.

»So hat es sich angefühlt, als du in meinen Armen warst?«

Nein, es hatte sich eher so angefühlt, als verliebe sie sich. Sie schaute auf seine Hand hinab, die ihre hielt, auf seine langen, kräftigen Finger, die sanft um ihre geschlungen waren, und konnte nicht lügen. »Nein.« Das Flüstern tat weh, weil ihr Herz einfach so verdammt hämmerte.

»Mir ging es genauso.«

»Ich habe Angst. Das erscheint mir alles so irreal.«

»Ich habe nie etwas gehabt, das sich so real und so richtig anfühlte. Niemals.«

Sie hob den Kopf, und ihre Blicke trafen sich mit einer solchen Wucht, dass es sie bis ins Mark traf. Kat versuchte in einem Anfall von Widerstand, gegen den magnetischen Sog anzukämpfen, der von Sloane ausging. »Also, was tun wir?«

»Ich reise nach Südamerika, und du machst deinen Werbefilm für Annas Schein. Wir telefonieren, und ich wette, wir können uns beide davon überzeugen, dass dies nicht so ist, wie wir denken.«

Kat war auf einmal erleichtert, was ihr wieder Luft zum Atmen gab. Richtig. Die Dinge waren emotional geworden, als Sloane ihr erzählt hatte, was mit Sara passiert war. Sie würden fünf Tage oder eine Woche getrennt sein, und dann würden sie sehen. »Diese Sache wird verblassen. Es ist einfach ein wenig zu intensiv mit uns geworden.« Kat öffnete ihre Tür und schob sich hinaus. Sobald sie ihr Gewicht auf ihrem Bein getestet hatte, schaute sie auf.

Sloane stand da, ein ein Meter fünfundneunzig großer Muskelprotz in Shorts und Tanktop.

»Gehst du jetzt ins Fitnessstudio?« Es war noch früh, und er hatte kaum geschlafen.

Er legte ihr die Hände auf die Schultern, berührte mit den Daumen die entblößte Haut über ihrem Schlüsselbein. »Du wechselst das Thema?«

»Ja.«

Er grinste sie an. »Eine Runde laufen, dann das Fitnessstudio.«

»Drake sagt, du trainierst wie ein Besessener.«

»Ich habe die Kämpfe aufgegeben, nicht aber die Disziplin. Ich trainiere gern. Es hält mich fit.«

Vollkommen plausibel, aber sie bohrte tiefer. »Willst du wirklich diesen Schaukampf bestreiten, von dem Ronnie T. Devonshire gesprochen hat? Der Racheengel im Käfig?« Vermisste er es so, wie die anderen Kämpfer scheinbar auch, die in den Ruhestand gegangen waren?

Er strich mit einem Finger über ihre Stirn. »Das macht dir wirklich zu schaffen?«

Was sollte sie sagen? Allein der Gedanke daran führte dazu, dass ihr Magen sich zusammenkrampfte. Dass ihr das Herz wehtat. »Es ist zu gefährlich.«

»Du weißt nicht, wie gut ich bin. Vielleicht wird es Zeit, dass ich es dir zeige. Ich habe DVDs von meinen Kämpfen. Oder du kannst mitkommen und mir bei Übungskämpfen zusehen.«

Ihr schauderte es. »Ich will dich nicht blutverschmiert und verletzt sehen. Ganz gleich, wie gut du bist, es gibt immer jemanden, der einen Glückstreffer landen könnte oder vielleicht noch besser ist als du. Du hast selbst gesagt, ein Grund für deinen Rückzug sei der, dass du das Glück gehabt hättest, dir keine ernsthaften Verletzungen zugezogen zu haben, aber dass dein Glück dich verlassen könnte.« Sie schaute zum Himmel auf, der den ersten Hauch von Morgenröte zeigte. »Manchmal löst das Geräusch von Schlägen etwas aus.«

»Flashbacks?«

Sie senkte das Kinn, um ihn anzusehen, und nickte. »Ja. Flashbacks.« Sie war ihre Probleme nicht nur leid, sie hatte auch nicht das Recht, Sloane zu sagen, was er tun sollte. »Ich muss mich an die Arbeit machen.«

Er legte die Hand um ihren Nacken, beugte sich vor und küsste sie.

Kat schmiegte sich in seine Arme, bis er stöhnte und den Kopf hob. Seine Augen brannten. »Wir werden jetzt aufhören, sonst begleite ich dich nicht nur bis zur Tür, sondern komme mit rein.«

Sloane betrachtete die SMS, die bestätigte, dass sein Flugzeug startbereit war und die notwendigen Freigaben hatte, während er in den letzten Schwaden der Morgendämmerung an diesem Montagmorgen in seine Küche ging.

»Du ziehst das nach wie vor durch.«

Drake saß an der massiven Granitinsel. Im Licht der Hängelampe war überdeutlich zu erkennen, wie der Krebs den Mann verwüstet hatte. Er sah eher wie siebzig aus als nach Mitte fünfzig. Der ehemalige UFC-Meisterschaftskämpfer war früher einmal mit zweihundert Pfund mächtigen Muskeln bepackt gewesen. Aber der Mann auf dem Barhocker war so dünn, dass seine Knochen wahrscheinlich aneinanderschlugen, wenn er ging. Seine Haut hatte eine kränkliche Färbung angenommen. Nur seine Augen hatten sich nicht verändert. Sie waren immer noch hart und entschlossen. Drake war die eine Konstante in Sloanes Leben gewesen, seit er fünfzehn Jahre alt gewesen war.

Jetzt starb Drake.

Sloane nahm eine Tasse herunter und stellte sie unter die Kaffeemaschine. Er funktionierte normal, aber er bekam kaum Luft und litt fürchterliche Qualen vor Bitternis und hilflosem Zorn angesichts der Krankheit, die Drake dahinraffte. Es war leichter, sich darauf zu konzentrieren, was er tun konnte – den Mistkerl töten, der Sara vergewaltigt und ermordet hatte. »Der Plan steht. Lee Foster wird einer der

Amateure sein, die zur Eröffnungsveranstaltung des *Donner-Käfigs*, *Profis gegen Amateure*, ausgewählt werden.«

Drake schüttelte den Kopf. »Es wird nicht funktionieren.«

»Zum Teufel, natürlich wird es das!« Sloane hatte nichts dem Zufall überlassen. Einschließlich seines Rear Naked Choke, einem Würgegriff, den er benutzen würde, um Foster zu töten. Er trainierte mit einem Mann, der bekanntermaßen der Beste in diesem Würgegriff war, drei- bis viermal im Jahr in Brasilien. Er sorgte dafür, dass er dort auch geschäftlich zu tun hatte, um seine Spuren zu verwischen. »Foster wird dafür bezahlen, was er Sara angetan hat.«

Drakes Augen verdunkelten sich. »Es wird an nichts etwas ändern – außer an dir. Du wirst trotzdem die Erinnerung daran mit dir herumtragen, wie du sie gefunden hast, wirst trotzdem das Gefühl haben, sie im Stich gelassen zu haben, nur dann in der Gewissheit, dass du auch ein Mörder bist. Und das verändert einen Mann.«

Sloane legte den Kopf in den Nacken und starrte zur Decke empor. »Ich bin nicht du.«

»Nein. Du bist besser als ich.«

Sloane ließ das Kinn sinken. Überrascht fuhr er auf. »Wovon zur Hölle redest du?« Drake hatte *Fighters to Mentors* ins Leben gerufen und unterm Strich Dutzende von Jugendlichen gerettet, für die niemand auch nur einen roten Heller gegeben hatte.

Drakes knochige Schultern sackten herab. »Du hast aufgehört. Ich nicht. An dem Tag, als du Foster erwischt hast, wie er aus dem Haus gerannt kam, und auf ihn losgegangen bist, hast du aufgehört.«

Sloane verstand kein Wort. »Du hast mich von ihm weggezerrt.« Wenn Sara Drake nicht eingeladen hätte, mit ihr Kuchen zu essen, als Überraschung für Sloane, hätte ihn nichts daran hindern können, Foster zu töten. Er verspürte einen schmerzhaften Stich in seiner Brust bei der Erinnerung an Sara, die das für ihn getan hatte.

Drake stützte die Arme auf den Küchentresen. »Evie hat mich angefleht aufzuhören. Ich kann immer noch ihre Schreie hören. Aber nach dem, was ihr Vater ihr angetan hatte …« Drake wandte den Blick ab und richtete ihn auf seine Vergangenheit. »Er hat ihr die Hand gebrochen, und ich habe die Beherrschung verloren. Es war mir egal, dass sie geschrien hat. Sie hat mir nie verziehen.« Gram zeichnete das eingefallene Gesicht des todkranken Mannes.

Sloane rieb die Stelle, wo seine Nase zweimal gebrochen worden war. »Du bedauerst es nicht wegen des Mannes, den du getötet hast, sondern wegen seiner Tochter.«

»Ich habe ihr den Vater genommen. Ja, er war ein brutales Arschloch, wenn er trank, aber er war trotzdem Evies Vater. Ich habe an jenem Tag die Frau verloren, die ich liebte.« Drake drehte ihm den Rücken zu. »Genauso wie du Kat verlieren wirst, wenn du dies tust.«

Das traf Sloane wie ein Schlag in die Magengrube. Kat hatte genug Gewalt erlebt. Schon der Gedanke, sich seine alten Kämpfe anzusehen, brachte sie aus dem Gleichgewicht. Seine kleine Bäckerin hatte ein weiches Herz. Nicht nur das, sie berührte ihn dort, wo keine andere Frau ihn berührt hatte. Die Art, wie sie zu ihm gekommen war, nur mit seinem Hemd bekleidet, und ihn dazu gebracht hatte, von Sara zu sprechen.

Oh Gott. Wie widerstand ein Mann einer Frau, die ihn auf eine Weise sah, wie Kat es tat? Er ballte die Hände unwillkürlich zu Fäusten – aus dem Instinkt heraus, Kat festzuhalten. Würde diese Sache zwischen ihnen sich irgendwann verlieren? Wie viele Male hatte seine Mutter geschworen, sie habe mit ihrem neuesten Schwarm die wahre Liebe gefunden – so sicher, dass sie sogar ihre eigenen Kinder dafür links liegen ließ –, nur um zu erleben, wie sich die ganze Beziehung binnen Wochen oder Monaten in Nichts auflöste.

Er hatte noch einige Wochen bis zu dem Kampf. Was ihm Zeit gab, einen Weg zu finden, um … was? Es vor ihr zu verbergen?

Lüg mich nicht an. Lüg einfach nicht. Ich kann damit umgehen, solange du mir die Wahrheit sagst.

Kats Worte hallten in seinem Kopf wider.

Saras Ermordung verfolgte ihn.

Sloane schüttelte es ab. Es gab nur eine Alternative. Er hatte Jahre mit der Planung verbracht, und jetzt war die Umsetzung des Plans in Gang gesetzt. Es gab kein Zurück.

Foster musste sterben.

Danksagung

Vor etlichen Jahren habe ich schon einmal ein paar Kapitel über eine Heldin geschrieben, die mir sehr am Herzen lag, aber die Story selbst hat damals einfach nicht gestimmt. Ich war frustriert, nicht in der Lage, das Problem dingfest zu machen, und musste mich schließlich einem anderen Projekt widmen. Aber Kat Thayne ist immer bei mir geblieben, stark und lebendig bis hin zu ihrem leichten Hinken. Sie war wie eine geduldige Obsession, die schlicht abwartete, bis ich sie wirklich sah und verstand.

Dann wurde mein Sohn bei einem außergewöhnlichen Unfall verletzt, und das änderte vom einen Augenblick auf den anderen alles. In den langen Monaten quälender Sorge, hilfloser Angst und schlafloser Nächte, während mein Sohn sich von seinen Verletzungen erholte, habe ich Kat sehr genau kennengelernt – ihre Kämpfe, Freuden, Träume und Kümmernisse. Und ich lernte den Mann kennen, der ihr Leben komplett auf den Kopf stellen würde: Sloane Michaels, der sie genauso sieht wie ich. Für ihn ist sie tatkräftig und voller Optimismus. Ja, das Leben hat seine Narben auf ihr hinterlassen, aber für ihn macht sie das nur noch schöner.

Ich musste die Geschichte von Kat und Sloane also unbedingt schreiben. Aber dazu war doch noch eine Menge Arbeit nötig, bei der mir in nicht unerheblichem Ausmaß Hilfe zuteilgeworden ist. Zuerst von meinem Ehemann. Jedes Mal, wenn mich Zweifel beschlichen, vertrieb er sie mit seiner nie nachlassenden Unterstützung. Mein zäher Sohn lebt mit einer Kraft und Eleganz, die mich in Erstaunen versetzt, eine neue Realität. Und seine beiden Brüder, die ihrem Vater so ähnlich sind, tun, was getan werden muss, ohne zu jammern und zu stöhnen. Ich bin an jedem einzelnen Tag aufs Neue für meine Familie dankbar.

Aber auch ohne meine Freundinnen wäre dieses Buch nicht geschrieben worden: Laura Wright, Marianne Donley, Maureen Child und Kate Carlisle. Ihr wart von Anfang an dabei, immer bereit, ein paar Seiten oder das ganze Buch zu lesen, mit mir zu planen oder einfach nur zuzuhören. Ich danke euch!

Ein dickes Dankeschön geht an meinen Lektor, Sasha Knight, der mich immer tiefer in meine Story hineingetrieben und viel Mühe darauf verwendet hat, in meinem Text mit seinen Wahnsinnsfähigkeiten und seiner unfehlbaren Professionalität Ordnung zu schaffen. Sein scharfes Auge und sein unerbittlicher Rotstift haben dem Buch sehr gutgetan.

Und schließlich bedanke ich mich bei all meinen Freunden und Fans, die mit unglaublichem Verständnis und großer Unterstützung darauf reagiert haben, dass ich diese Serie einfach schreiben musste, obwohl ich damit persönlich Neuland betrete. Euer Vertrauen in mich macht mich demütig, treibt mich gleichzeitig dazu, noch härter zu arbeiten, um ihm gerecht zu werden. Ich danke euch!

Mehr zu Ihren Lieblingsautoren und –büchern sowie Interviews, Newsletter, Leseproben, Gewinnspiele und Trailer finden Sie unter:

www.egmont-lyx.de